中國
현대어문학의
탐색

中國 현대어문학의 탐색

이정길 지음

한국학술정보㈜

머리말

1992년 노태우 대통령이 북경에서 중국의 실권자 장쩌민과 만나면서 단절된 한·중 간의 문호가 개방되기 시작한 후 국내 대학에 중어중문학과의 숫자는 엄청나게 많아졌다. 그전에는 중어중문학과가 중국어 혹은 고대문학 위주로 교과과정이 이루어졌던 데 비하여 한·중 수교 이후부터는 학문분야가 확대되어 중국의 정치, 경제, 통상, 문화 등의 분야를 전공으로 하는 이들의 숫자가 늘기 시작하였다. 이에 따라 중어중문학과도 그 명칭을 바꾸어 중국학과, 중국어통역과, 한중비즈니스과, 중국통상과 등으로 범위를 확대하였다.

최근에는 사회 분위기가 학문의 실용성을 중시하면서 4년제 대학에서도 취업을 목표로 공부를 하게 되자 중어중문학과도 취업을 하기 위한 학문으로 변질되어 가고 있음을 느낀다. 이는 생활이 중요하기 때문에 어쩔 수 없는 현상으로서 받아들여야 한다고 생각된다. 한편, 그럴수록 중국어, 중국문학에 대한 공부는 더욱 심화되어야 하는데, 이 점에 대해서는 얼른 이해하지 못하는 학도들이 많은 것 같다. 중국어만 잘하면 되지 중국문학 작품과 무슨 상관이 있느냐고, 또는 중국 문법은 홀시해도 된다고 말하는 사람들을 많이 만나게 된다. 실제로 생활에 필요한 단어 수는 별로 많지 않다. 그보다도 작품에 들어 있는 무수히 많은 단어, 어휘들을 읽어 보면 현재 우리의 언어생활이 얼마나 빈곤한가를 절감하게 된다. 이와 같이 풍요로운 언어생활을 위해서도 어문학에 대한 관심은 아무리 강조해도 지나치지 않는다.

본서의 소논문들은 일찍이 1999년부터 시작하여 2011년까지에 걸쳐서 매년 한두 편씩 작성하여 쌓인 것들이다. 따라서 각기 단편의 논문 형식을 갖추고 있다. 모두 중국 현대어문학을 연구하면서 신문학에 관한 시, 산문, 사상 등에 관하여 작성된 것이다. 현대 문학의 밑바닥에는 현대 중국어가 깔려 있으므로 현대중국어학도 지나칠 수는 없다. 그러므로 본서는 문법을 연구하는 측면에서 작성된 논문도 있고, 문장을 연구하다 보니 수사학에 관심을 갖게 되어 작성된 논문도 있다. 지금 현대 중국어문학에 관심을 갖고 연구하고 있는 많은 사람들에게 조금이나마 도움이 될 수 있기를 기대해 본다.

마지막으로 도움을 주신 강태우 님을 비롯한 출판사 여러분께 감사드리며 우리 가족, 친지 분들께도 이 한 권으로서 대신 인사를 드리고자 한다.

2011년 11월 마지막 날
청주 가경골에서
저자 씀

目 次

Ⅰ. 현대문학 부문

개화기 외국시의 수용 양상 / 11

호적 사상의 명암 / 37

신문학 창작 소고 / 82

중국 산문시 논고 / 117

호적의 전통문학 승속에 관한 소고 / 142

유교사상 속의 보편 가치에 관한 소고 / 171

중국 현대문학에서 신시 시파에 관한 소고 / 194

중국 현대문학에서 호적의 시론에 관한 소고 / 212

중국 현대문학에서 혁명에 관한 노신방식 소고 / 232

Ⅱ. 현대중국어학 부문

「春」에 대한 수사학적 분석 / 257

현대중국어 '了'의 용법에 관한 소고 / 272

현대중국어 개사의 용법에 관한 소고 / 288

현대중국어 동태조사 '着'의 용법에 관한 소고 / 306

Ⅰ. 현대문학 부문

개화기 외국시의 수용 양상

1. 서론

개화기에 있어서 한·중·일의 신시가 서구시론의 영향을 받아 성장하였다고 하는 점은 대체로 일치되는 견해를 보이고 있다. 사상적인 측면에서도 다윈의 진화론의 영향을 받아 실험주의적인 작품을 시도하였다는 점 역시 마찬가지이다. 그러므로 본고는 서구 사상가들의 영향을 받아 성장한 개화기 신시가 한·중·일 각 나라에서 어떻게 실천되었는가를 견주어 보는 것을 그 목적으로 하고자 한다. 특히 중국의 호적의 사상을 조명해 볼 때에 그가 주장하는 문학진화론과 실험주의적인 실용사상이 각각 다윈과 존 듀이의 절대적인 영향하에 이루어졌음도 주지의 사실이다. 그러나 이 점은 비단 호적과 중국 내에서만이 아니라 한국과 일본에서도 동시대에 같은 사조를 가지고 있음을 주목할 필요가 있다. 이와 같이 호적의 사상과 신시론이 한국과 일본에서는 어떠한 경로를 통하여 이루어졌는가를 추적해 보는 것도 본고의 목적이 되겠다. 그 방법론으로서는 비교문학적인 연구방법론을 통해서만이 가능하다고 사료된다.

왜냐하면 서구의 이론이 동남아(한·중·일)에서 어떻게 수용되어, 어떻게 발전하고 있으며, 그 미래지향점은 어디로 향하고 있는가를 밝혀 보기 위해서는 동시대에 있어서 세 나라의 문학 사조를 비교해 보아야만이 가능하기 때문이다. 마지막으로 연구자료로서는 주로 한국에서 연구된 호적연구자료를 기본으로 하여 한국에서는 호적의 어떠한 면을 수용하였으며 호적이 주장하는 바와 같은 진화론·실험주의가 한국 내에서는 어떻게 수용·실천되었는가를 살펴보고자 한다.

2. 진화시론의 수용

진화론이 다윈(Darwin, 1809~82)과 헉슬리(Thomas Henry Huxley, 1825~95)로부터 시작되었다고 하는 것은 자명한 사실이다. 중국의 호적은 다윈의 '物競天擇', '優勝劣敗', '適者生存'의 이론을 받아들여 그의 이름을 '適者의 適'으로 할 만큼 깊은 영향을 받았다. 그리하여 그는 '文學改良趨移'를 新青年 雜誌에 발표하게 되었다. 이 시기를 보면 1917년으로 호적이 미국 컬럼비아대학교에 재학하던 시절이었다. 시대적인 배경을 보면 중국 내에서는 1911년에 辛亥革命이 일어났고, 1912년에 중화민국의 성립을 보았다. 1913년에 袁世凱를 반대하는 二次革命이 실패하자 원세개의 언론·출판 탄압은 가중되었다. 1915년에는 재일유학생들의 21개 조약문에 반대하는 소리가 높아지면서 귀국 유학생의 수가 늘어갔다. 이러한 사건들은 民國 8年(1919)에 五四運動을 일으키게 되었다. 胡適이 '文學改良趨移'를 發表한 것을 전후해서 살펴보면 그가 進化論의 影響으로 '文學改良趨移'를 발표했음을 쉽게 알 수가 있다. 먼저 그가 發表한 일련의 논문제복만을 보아도 짐작힐 수기 있다. 이에는 「建設的 文學革命論」, 「歷史的 文學觀念論」, 「文學進化觀念與 戲劇改良」 등이 있다.[1]

호적은 光緒 17年(1891) 11월 17일에 출생하여 민국 51년(1962) 2월 24일에 享年 72세의 나이로 일생을 마쳤다. 호적이 처음 백화문을 대하게 된 것은 광서 26년(1900)으로서 그 나이 10세 때였다. 이때를 白話文 思想의 啓蒙年이라고 할 수가 있다. 이때부터 胡適은 白話文에 關心을 갖게 되고 紅樓夢/儒林外史 등의 백화소설을 통하여 백화문의 훈련을 쌓게 되었다. 광서 30년(1904) 14세 때에 그는 형을 따라서 상해에 가서 수업을 계속하였다. 그곳에서 6년간 (1904~1910) 머무르면서 학당과 中國公學, 中國新公學에서 수업을 받았는데 이 시절에 西洋의 新學術思想을 접하게 되었다. 여기서 호적의 사상은 두 가지 점에서 획기적인 면을 보이고 있는데 하나는 進化論의 觀念을 갖게 된 점이고, 또 하나는 思想의 自由를 自覺한 점이다. 이때에 楊千里 先生의 지도하에 嚴復이 번역한 외국의 학술서적을 탐독하게 되었다. 이때는 다윈/헉슬리의 진화론이 風靡하던 때였으므로 진화론은 호적뿐만 아니라 당시의 지식청년층에게 관심의 대상이 되었다. 그밖에 사상의 자유는 梁啓超의 影響이 컸다.[2]

---

1) 李星, 「胡適의 文學改良趨移 探討」(서울, 『中國學報』, 22) 1981
2) 호적, 『四十自述』, 55~56쪽

光緒 32年(1906) 여름 상해에서 中國公學을 다니면서 그는 競業學會라는 단체에 가입하여 白話로 된 旬報를 만드는 데 參與하였는데 이 刊行物의 目的은 ① 振興敎育 ② 提倡民氣 ③ 改良社會 ④ 主張自治였다.3) 이 간행물은 1906년 9월 11일에 第一 期를 出版하였다. 호적은 일생 처음으로 백화문으로 된 문장을 이곳에 발표하게 되었는데 제목은 地理學이었다. 여기서 그는 '文字는 明白하여야 하며 사람들로 하여금 읽어서 이해할 수 있어야 한다. 自身의 文章은 簡易하고 內容이 普遍的이다'고 피력하였다. 그 후 계속하여 백화로 된 몇 편의 문장을 발표하였다. 이때 그가 작품을 쓰는 목적은 미신타파/민지계발에 있었다. 여기서 그의 文學進化觀을 要略하면 다음과 같다.

① 문학은 인류의 생활상태를 기록한 것이다. 인류의 생활은 시대에 따라 변하므로 문학도 시대에 따라서 변한다. 그러므로 한 시대에는 그 시대의 문학이 있다.
② 모든 문학은 적은 起源에서 始作하여 점진적으로 進化하여 完全히 發達한 위치에 우르게 된다.
③ 文學의 進化에 있어서 한 時代가 지나가면 前 시대에 使用하였던 一種의 紀念品 같은 것을 남긴다. 그러나 歲月이 가면서 점차 使用하지 않게 되는데 人類는 옛것을 지키려는 惰性이 있어서 過去의 기념물로 保存하려고 한다.
④ 文學은 시대에 따라 진화하여 어떤 단계에 이르면 정지하게 된다. 그러나 다른 문학과 接觸/比較하여 無形中에 影響을 받아 그 長點을 흡수하면 繼續진보 하게 된다.4)

---

3) 상게서 59~60쪽
4) 胡適, 『胡適文存』, 一集, 144~150쪽

상기의 문학진화관을 살펴보면 한국의 경우와 비슷하다. 그러나 호적은 이를 '文學 進化論'으로 체계화한 점이 다르다고 하겠다. 또한 1915년 9월 17일자로 胡適이 梅觀壯에게 보내는 送別의 詩에서 호적은 최초로 '文學革命'이란 용어를 사용하였고 <談新詩>에서는 다음과 같이 말하였다.

> 文學革命運動, 不論古今中外, 大概都是先要求語言文字文體等方面的大解放. 歐洲三百年前各國國語的文學起來代替拉丁文學時, 是語言文字的大解放, …… 這一次中國文學的革命運動, 也是先要求語言文字和文體的解放. 新文學的語言是白話的, 新文學的文體是自由的, 是不拘律的.5)
> (문학혁명운동은 고금 통하여 동서양을 막론하고 대체로 언어·문자·문체의 해방을 요구하면서 시작되었다. 유럽에서는 3백 년 전에 각국의 국어문학으로 라틴문학을 대체하고자 했는데 이는 언어/문자의 대해방이었다. …… 중국문학의 이러한 1차 혁명운동도 언어·문자와 문체의 해방을 요구하고 있다. 신문학의 언어는 백화이며 신문학의 문체는 자유롭고 율격의 구속을 받지 않는 것이다.)

이처럼 文의 形式인 言語·文字·文體의 改革은 詩에도 適用되어 詩文學에서도 格律에 얽매이지 않는 自由로운 文體의 使用을 主張하였다. 그러므로 作詩도 作文하듯이 해야 할 것을 요구하였다. 결론적으로 중국에서의 진화론은 문학에까지 응용되어 白話文의 사용과 詩體의 해방을 요구하는 것으로 요약할 수 있겠다.

韓國에서의 開化期는 對內外的으로 矛盾을 除去하기 위하여 民族運動이 活潑히 진행되던 시기이다. 이 시기의 한국 지식인들은 西歐列强의 帝國主義를 깊이 認識하였고 生存을 위하여 진화하지 않으면 안 된다는 것을 깨닫고 있었다. 이러한 진화론의 自覺이 팽

---

5) 상게서, 165쪽

배하게 된 것은 ① 유길준과 같은 한국의 지식인이 유학을 통하여 외국에서 수업을 받고 돌아와 이를 국내에 전파시킨 경우, ② 중국인 嚴復(1853~1921)이 헉슬리의 진화의 윤리(Evolution, Ethics & Other Essays)를 天演論이란 冊名으로 飜譯/刊行한 것을 한국에 紹介한 것, ③ 梁啓超(1873~1929)의 飮氷室文集이 한국에 소개된 것의 세 가지를 통해서였다.6)

이와 같이 1890년 이후부터 불어온 개화바람은 사회진화론을 통하여 한·중 양국에 거대한 변혁을 요구하였다. 그때까지 한·중 양국에서 詩의 발전과정을 더듬어보면 양국은 비록 일치하지는 않지만 儒家적인 溫柔敦厚함과 定型적인 音節의 和諧는 공통점을 보이고 있다. 이러한 점을 사대부가 쓰던 漢詩에 소급해 보면 동일하기까지 하다. 이는 동일한 한자문화권에서 흡사한 문화권을 형성한 까닭이라고 보아진다. 이것이 서양문물의 영향으로 각각의 특성을 보여주기 시작한다. 이러한 특성은 1894년 甲午更張부터 나타난다. 한국에서의 최초의 신시는 崔南善의 <海에서 少年에게>(『少年』 1908年 1月)로 본다. 물론 1894년에서 1910년대까지는 唱歌라고 하는 시가가 있었고, 六堂 최남선 이후 1920년대까지의 新體詩가 있었지만 이들 작품은 기교/구성/표현이 미흡하였고 啓蒙적인 내용과 格律적인 형식이 부족하였다. 이점은 중국도 마찬가지였다. 중국에서 詩의 歷史는 三千年이나 되며 그동안 樂府 → 絶句 → 律詩 → 詞로 전환되었지만 定型의 범주에서 脫皮하지 못하였다. 그러다가 1874년에 淸末의 黃遵憲이 新詩를 제창하면서 비로소 시가를 혁신시켰다. 그는 일찍이 1868년(21세)에 詩作인 <雜感詩>에서

---

6) 林鍾贊, 『開化期詩歌論』(서울: 國學資料院, 1993), 13~22쪽

"俗儒好存尊古, 日日故紙硏 …… 我手寫我口, 古豈能拘牽, 卽今流俗語, 我若登簡解"라고 하여 전통적인 속박을 타파하고 시의 자유로운 산문화를 주장하였다. 또한 <人境盧詩草>(1891년)의 白序에서 "詩之中有人, 今之世異於古, 今之人亦何必與古人同"라고 하여 시의 진화론적인 시대성을 강조하였다. 그러나 황준헌 역시 산문을 시에 溶入시켰을 뿐이지 格律을 벗어나지 못하였다. 이후에 호적은 最初의 新詩 <蝴蝶>을 1916년에 발표하였으며 1918년 1월호<新靑年>에 활자화하였다.

韓國: 신시의 활자화 - 1908년 1월(최남선의 시)
中國: 신시의 활자화 - 1918년 1월(호적의 시)

따라서 신시의 출현은 한국이 중국보다 10년을 앞섰다고 본다. 그 후 중국은 백화문운동으로 이어지며 1925년에 혁명문학의 개화기를 마감한다. 한국의 경우는 1925년 新傾向派가 등장하면서 개화기에서 벗어나는 전기를 마련한다. 이처럼 한·중 양국이 비슷한 발전사를 갖고 있지만 어느 한 순간에 서로의 특성을 갖기 시작한 것은 한자권의 탈피에서 비롯되었다고 할 수가 있다. 이는 서양의 진화론이 수용되면서 한자라고 하는 동일문자권에서 각기 다른 문자로 진화해가는 양상을 보여주기 때문에 개화기에 있어서 분명한 차이를 보여주게 된다.

中國: 문언문(한문) → 백화문(한문) → 백화문(간체자)
韓國: 문언문(한문) → 문언문과 한글混用(국/한문) → 한글전용

참고로 한국에서는 1896년 4월 7일에 <獨立新聞>이 純國文體로 週 3回 발간되었고, 1898년 1월 1일에 <協成會會報>가 純國文體로 발산되다가 1898년 1월에 한국 최초의 일간지인 <매일신문>이 순국문체로 발간되었다. 당시에 黃遵憲(駐日淸國公使館, 參贊)은 한국의 개화에 깊은 影響을 주었다. 그는 1880년에 修信使 金弘集에게 <私擬朝鮮策略>을 주어 自强의 물결을 일으키게 하였다.7) 그뿐 아니라 혁신적인 문체를 주장한 점은 한·중 양국이 모두 수용하였기 때문에 그를 한·중 개화기의 선구자라고 해도 무방할 것 같다.

理論과 實踐면에서 볼 때에 최남선(1890~1954)은 호적(1891~1962)과 동일성을 많이 내포하고 있다. 활동시기도 비슷할 뿐만 아니라 詩論에서도 비슷한 점을 많이 발견하게 된다. 최남선은 6세에 千字文과 한글을 깨달았다고 15세에 관비유학생으로 渡日하였다. 日本에서 東京府立 第一中學校를 거쳐서 早稻田大學 地理歷史學科에서 수학하고 歸國하자 신시를 발표한 후에 많은 시조를 創作하였고 隨筆體 문장도 최초로 試圖하였다. 1908년에는 <新文館>을 創設하여 최초의 綜合誌 <少年><붉은 지고리> 등을 發刊하면서 新文化 運動에 先驅적인 役割을 하였고 民族의 遺産인 古典의 간행에 노력하였다. 1910년에는 <獨立宣言文>을 起草하였고 1922년에는 <東明社>를 창설하여 週刊誌인 <東明>을 간행하였다. 이러한 그의 공적을 요약하면 다음과 같다.

첫째: 그는 新文體를 開拓하였다. 즉, 國主漢從 言主文從을 主張하여 國語體의 文章을 改革시켰다. 아울러 千有餘年의 詩歌傳統에 일대 혁명을 일으킨 최초의 신체시인이었다.

---

7) 許世旭, 『中國現代文學論』(서울: 文學藝術社, 1982.6.20.), 323~328쪽

둘째: 民族主義를 確立하였다.
셋째: 최초의 시조專集 <百八煩惱>를 간행하였는데 이러한 문학형태를 통하여
　　　근대적인 정신을 담았다.
넷째: 隨筆文學을 建立하였다.

　상기의 네 가지 점은 胡適의 공적과 비슷하다. 상기한 첫째의 점을 비교하면 胡適은 백화문을 주장한 점과 같다. 셋째는 호적이 자유시체를 주장하고 내용을 강조한 점과 같다. 넷째는 호적도 수필인 散文과 遊記를 쓴 점이다. 다만 '둘째: 民族주의의 확립'이란 점에서는 다르다. 이는 한국이 일제의 치하에 들어가 있었던 시대상황을 고려한다면 한국과 중국은 진화론의 수용에 있어서 다른 수용양상을 보여주고 있다. 다시 말해서 한국은 진화론을 받아들일 때에 求國/啓蒙의 입장에서 수용하였다. 즉, 청나라가 일본에 패망한 것은 청국이 사회진화과정을 제대로 겪지 않았기 때문이며 한국도 이러한 논리로 일본에 강점당했다고 본다.

　따라서 진화론에서 말하는 適者生存은 生存競爭에서 강한 자만이 살 수 있다는 의식이 팽배하였기 때문에 한국의 지식인들은 일본으로부터 독립하기 위해서는 우선 국민을 깨우치게 하는 점이 중요하며 그를 위한 계몽교육이 필요하다고 보았다. 이 점은 중국보다 더욱 절실한 것이었기 때문에 순수문학보다는 계몽사상성을 담은 민족주의를 주장하였던 것이다. 그러므로 중국은 문학진화론의 수용 양상을 보였지만 한국은 사회진화론을 수용하여 衛正斥邪/開化/實學 사상을 강조하였다. 더욱이 개화기를 맞아서 전통적인 중화사상에서 탈피하여 중국 전통의 세계관은 극복하고 萬國竝存적인 세계관으로 이행하고자 하였던 것이다.

3. 실험주의시론의 실천

호적의 八不主義가 1913년에 발표한 美國 意象派(Imagism)가 主張하는 '몇 가지 戒條'의 影響을 받았다고 하는 점은 보편적인 견해로 받아들여지고 있다. 다음 1918년에 發表한 胡適 八不主義의 內容을 일단 열거하여 본다.

　　① 不用典
　　② 不用陳套語
　　③ 不講對仗
　　④ 不避俗字俗語
　　⑤ 須講求文法
　　⑥ 不作無病之呻吟
　　⑦ 不模倣古人
　　⑧ 須言之有物
　　(① 전고를 사용치 말자
　　② 진부한 말을 쓰지 말자
　　③ 대귀를 따지지 말자
　　④ 방언을 써도 좋다
　　⑤ 문법을 따지지 말자
　　⑥ 억지로 신음하지 말자
　　⑦ 고인을 모방하지 말자
　　⑧ 내용이 있는 말을 하자)

다음에는 1937년 1월 23일에서 2월 4일까지 동아일보에 연재한 이병기의 <시조를 혁신하자>는 시조혁신론과 그 후의 <시조부흥론>을 요약한 것을 보자.

① 內容의 現代化
② 묵은 漢字熟語의 排除
③ 부득이한 경우 자수를 考慮치 않음
④ 取材의 範圍를 擴張
⑤ 實感과 情感을 表現할 것
⑥ 格調의 變化
⑦ 連作의 使用
⑧ 쓰는 法, 읽는 法의 改良

　　상기의 내용을 보면 내용의 현대화라고 하는 것은 호적의 '⑧ 내용이 있는 말을 하자'와 같다. '남의 정신이나 관념을 벗어나 實生活에서 얻은 實感과 實情을 表現한다'라고 하는 것은 '① 전고를 사용하지 말자'와 같다. 또한 '사물의 變化와 현상을 파악하여 취재함으로써 고정된 내용에서 벗어날 수가 있고, 그렇게 취재의 범위를 확대하여 나가야 한다'고 하는 것은 '② 진부한 말을 쓰지 말자'고 하는 것과 성격이 동일하며, '상투어와 한자문구를 지양해서 꾸준히 시어를 개발해야 한다'는 것은 '④ 방언을 써도 좋다'와 같고, '인습적인 他의 리듬에 맞추는 作風을 벗어나 자기류의 作風인 읽는 시조로서 格調를 세워야 한다'는 것은 '⑦ 고인을 모방하지 말자'와 같다. 더욱이 '복잡한 生活感情과 다양한 體驗을 온전하게 表現하자는 것'은 '⑥ 억지로 신음하지 말자'와 같다. 그리고 '생활감정과 體驗의 온전한 표현을 위해서 單首에만 얽매이지 말자'고 하는 것은 '⑤ 文法을 따지지 말자'와 같다. 그 밖에 '쓰는 법, 읽는 법의 改良'은 '③ 대귀를 따지지 말자'와 근본적으로 같다. 이렇게 볼 때에 韓/中 兩國에서 詩의 革新論은 類似하다고 하겠다. 다음은 意象派인 Ezra pound(1885~1972)의 A Few Don'ts(몇 가지 戒條) 理論이다.

① 쓸데없는 글자와 형용사를 피하자
② 추상어를 피하자
③ 위대한 시인을 모방하는 진부어를 쓰지 말자
④ 필요 이외의 수식어를 쓰지 말자
⑤ 운율로 하여금 문자의 결구 자연의 선율 의의를 파괴하지 말자
⑥ 대귀의 시를 쓸 때에 뜻을 표달할 수가 없으면 비워두자
⑦ 진부어를 쓰자는 것은 언어사용의 정확성을 뜻한다.

이상에서 살펴보면 에즈라 파운드가 主張하는 첫째/셋째/넷째 및 일곱째 항은 대체로 胡適의 '不模倣古人', '不作無病之呻吟', '務去爛調套語', '不用典' 등과 같은 內容이다. 또한 여섯째 항은 胡適의 '不講對仗'이며 호적의 '言之無物'은 에즈라 파운드의 6항 '빈칸으로 비워두라'는 말과 같다.

이렇게 본다면 호적이 美國 의상파의 影響을 받았다는 것이 妥當性이 있다. 일본에서 발표한 新體詩論은 다음과 같다.

① 格法이 自由로울 것
② 規模가 廣大할 것
③ 言語가 豊富할 것
④ 語格이 現代語일 것
⑤ 字句가 勁健할 것
⑥ 旨意가 分明할 것
⑦ 新奇하고 淸新할 것[8]

---

8) 井上哲次郎, 「新體詩論」(『帝國文學』 3券 1號), 9~15쪽

상기의 글을 보면 美國/中國/韓國의 詩論과 類似함을 認定하지 않을 수 없을 것이다. 최남선은 상기의 일본 신체시론을 본받아서 한국의 신체시론을 만들었다고 하는 것은 李光洙가 『六堂 崔南善論』(朝鮮文壇 6號) 82쪽에 '아마 이것이 내가 아는 한에서는 우리 조선에서 새로운 시, 즉 서양시의 본을 받은 시로 세상에 발표된 최초'라고 한 데서 찾아볼 수 있다. 여기서 이광수가 말하는 西洋詩란 日本의 新體詩를 의미한다. 상기의 詩論을 보면 신시의 方向은 율격에 얽매이지 않음과 自由로움을 强調하였으며 言語의 新鮮함을 强調하였다. 이렇게 볼 때에 최남선은 일본의 영향하에 시론을 完成한 것이라고 類推할 수가 있을 것이다. 이를 圖式하면 다음과 같다.

① 美國(Ezra Pound) ↔ 中國(호적) → 韓國(번역)
② 美國(Ezra Pound)? → 日本(井上哲次郎) → 韓國(최남선)

中國과 美國의 影響關係는 어느 쪽이 影響을 받았는가 하는 점에 있어서 일치되지 않은 見解를 보여주고 있다. 그러나 일반적으로 中國 내에서는 胡適이 Ezra Pound 시론의 영향을 받았다고 보는 것이 지배적이다. 필자는 이 점에 있어서 오히려 Ezra Pound가 중국시단의 영향을 받아서 그의 시론을 만들었다고 보며 이 시론이 만들어진 시기는 胡適이 八不主義를 만든 시기보다 늦다. Ezra Pound(1885~1972)가 胡適 八不主義의 影響을 받았다고 보는 뚜렷한 근거는 없다. 그러나 그는 Eliot에 의해서 '中國詩의 創案者(inventor)'라고 불릴 만큼 중국에 관심이 많았고 중국시도 번역하였다. 더구나 그는 중국 漢字에대한 회화성과 표의성(Ideogram)에 대한 집착을 버리지 않았다. 그러므로 대체로 이 시론은 어느 특정 인의 독자적인 것이라기보다는 시단을 통한 자연스러운 의견이 정 리된 것이라고 보는 것이 더욱 타당하다고도 보아진다. 즉, 이것이 新時期인 開化期의 특징이라고 하겠다. 이렇게 볼 때에 시기의 차 이는 있을지라도 세계의 詩風은 서양에서 동양으로 흘러들어 와서 동남아 각국의 전통시와 합쳐져 나름대로 개성 있는 색체를 띠게 되었다고 볼 수가 있다. 그러므로 한국의 신시론은 일본이라는 매 개체를 통하여 흡수하였지만 그 내용은 胡適의 八不主義와 大同小 異하므로 이는 호적시론의 실천이라고 보아도 무방할 것 같다.

4. 개화시론의 미래지향

   新時期에 詩의 特徵은 詩體이 解放을 들 수가 있다. 중국에서는 律格을 갖춘 文言文에서 白話로의 進化를 意味하고 韓國에서는 定 型律에서 自由詩로의 脫皮를 의미한다. 이 또한 외국시의 影響이 컸다고 보아진다. 胡適以後 中國新詩의 흐름을 보면 호적으로부터 받은 자유시 속에 다시 율격을 강조하는 시가 출현하는데 聞一多 의 시가 그렇다. 문일다는 일찍이 시의 三要素를 강조하였다. 즉, ① 詩의 繪畫美 ② 詩의 音樂美 ③ 詩의 建築美가 그렇다. 이 가 운데 음악미는 리듬이 있는 시를 말하므로 한국의 新詩歌와 같이 7/5조나 3/4조의 定型詩가 이에 해당된다. 建築美 역시 科學的인

시를 의미한다. 이로 보아 호적 이후의 시는 자유로운 시체 속에서 형식을 갖춘 시를 요구하고 있다. 그러나 그 형식은 唐詩와 같이 5언이나 7언과 같이 고정적인 데 얽매이지 않고 律格을 갖고 있다. 그 예를 들어본다.

<你莫怨我>

1. 你莫怨我!

   這原來不算什麻,
   人生是萍水相逢,
   讓他萍水樣錯過.

   你莫怨我!

2. 你莫問我!

   淚珠在眼邊等着,
   只須你說一句話,
   一句話便會併(병)落,

   你莫問我!

3. 你莫惹我!

   不要想灰上點火.
   我的心早累倒了,
   最好是讓宅睡着,

   你莫惹我!

4. 你莫並我!

　　你想什麼, 想什麼
　　我們是萍水相逢,
　　應得輕輕的錯過.

　　你莫並我!

5. 你莫管我!

　　從今加上一把鎖
　　再不要敲錯了門,
　　今回算我撞的禍,

　　你莫管我!9)

1. 나를 원망 말아다오!
　　무엇을 하려 함이 아니라
　　인생은 우연한 만남인데
　　부평초처럼 놓쳤기 때문이니
　　나를 원망 말아다오!

2. 나에게 묻지 말아다오!
　　진주 같은 눈물방울이 너의 눈가에 젖어 있어도
　　네가 하는 단 한 마디 말은
　　한 마디 말로 쓰러뜨릴 수 있으니
　　나에게 묻지 말아다오!

3. 나를 건드리지 말아다오!
　　잿더미에 불 지피지 마라
　　나의 마음은 일찍이 스러졌으니

---

9) 聞一多, 『聞一多選集 丁』(死水), 10~11쪽

나를 잠들게 함이 제일이니라
나를 건드리지 말아다오!

4. 나에게 다가오지 말아다오!
　　당신이 무슨 생각을 하든
　　우리는 부평초 같이 우연히 만나서
　　가벼운 실수를 한 것뿐이니
　　나에게 다가오지 말아다오!

5. 나를 상관하지 말아다오!
　　이제부터 자물쇠를 채웠으니
　　다시 문을 두드리지 마라
　　이번 내가 만나는 재난을 생각하여
　　나를 상관하지 말아다오!)

　위의 시를 통해보면 똑같은 형식의 시 단락이 다섯 번 반복된 것을 알 수가 있다. 그러나 그 내용은 각 節의 각 句마다 약간씩 다른데 이것이 過去의 傳統詩와는 또 다른 特徵이라고 하겠다. 또한, 여기 1922년 5월 28일 『努力周報』 제4기에 실린 호적의 시를 열거하여 본다.

　　"沒有好社會, 那有好政府?"
　　"沒有好政府, 那有好社會?"
　　這一套連環, 如何解得開呢?
　　"教育不良, 那有好政治?"
　　"政治不良, 那能有教育?"
　　這一套連環, 如何解得開呢?
　　我的朋友們, 你也有一個金權,
　　叫做'努力', 又叫做'干'!
　　你沒有下手處嗎? 從下手處下手!

"干'的一聲, 連環解了! 10)
(좋은 사회가 없는데, 어디 좋은 정부가 있겠는가?
좋은 정부가 없는데 어디 좋은 사회가 있겠는가?
이와 같이 연결된 사슬을 어찌 풀꼬?

…중략…

교육이 안 되는데 어디 좋은 정치가 있겠는가?
정치가 안 되는데 어디 좋은 교육이 있을 수 있겠는가?
이와 같이 연결된 사슬을 어찌 풀꼬?
친구들아, 너 또한 금권이 있어,
노력하라 외치고, 또 하라고 외친다!
너는 일할 곳이 없는가? 그곳에서부터 하라!
'하라'는 한 마디 소리에 온 사슬이 풀렸다!)

위에서 호적이 쓴 시의 형식은 자유체이고 시의 내용을 보면 호적은 좋은 사회와 좋은 정부를 만들기 위하여 노력하여야 한다고 외치고 있음을 알 수가 있을 것이다. 다음은 최남선의 시이다.

<해(海)에게시 소년(少牛)에게>
一.

텨……ㄹ 썩, 텨……ㄹ 썩, 쏴 … … 아.
ㅅ다린다, 부슨다, 문허바린다.
태산(泰山)갓흔 놉흔뫼, 딥태갓흔 바위ㅅ 돌이나,
요것이 무어냐, 요게 무어야,
나의 큰 힘, 아나냐, 모르나냐, 호통ㅅ 가디 하면서,
ㅅ 다린다, 부슨다, 문허바린다.
텨……ㄹ 썩, 텨……ㄹ 썩, 텩, 튜르릉, 콱.

---

10) 胡適. 胡明 編注.「後努力歌」,『胡適詩存』. 北京: 人民文學出版社. 1989. 257쪽

…중략…

六.

텨……ㄹ 썩, 텨……ㄹ 썩, 쏴 … … 아.

뎌 세상(世上) 뎌사람 모디미우나

그中에서 ㅅ 독한아 사랑하난 일이 잇스니

담(膽)크고 순정(純情)한 소년배(少年輩)들이,

재롱(才弄)텨럼, 귀(貴)엽게 나의품에 와서안김이로다.

오나라 소년배(少年輩) 입맛텨듀마

텨……ㄹ 썩, 텨……ㄹ 썩, 텩, 튜르릉, 콱.11)

　　반면에 한국에서는 최남선에 의해서 言文體의 形式으로 一定한 가락의 形態를 갖춘 노래형식의 창가로 발전하였는데 그 예를 들면 다음과 같다.

　　<한양아 잘있거라>

　　한양아 잘있거라 갓다오리라

　　압길이 질펀하다 水陸十萬里

　　四千年옛도읍 平壤지나니

　　宏壯할사 鴨綠江 큰쇠다리어

　　…중략…

　　雄大한 피레네의 山脈을 넘어

　　薔薇레몬橄欖의 香에 싸여서

　　葡萄輸出港으로 世界에 名난

　　뽀르도港 繁華를 구경하고서

---

11) 鄭漢模,「해에게서 소년에게」,『崔南善作品集』, 19쪽. 1908년 11월『소년』잡지 제1년 제1권에 실림

삐스카야灣上에 배를 띄우고
造船業이 盛大한 난투를 거쳐
로와루江 거슬러 올라가 보고
사라켄人 敗績地 두루지내매

끼안, 따륵색시의 奇蹟行하던
오를레안저 城을 北으로 가면
오래두고 그리던 곳 서울이라
파리야얼골로는 첨이다마는
世界文明中心에 先鋒兼하야
이세상樂園이란 꽃다운일흠
오래도다들은지 우리퍼붓듯

핸비단을 넌듯한 세이누 江은
질김의 속살거림 무르녹은대
하늘을 꾀뚤려는 <에펠>塔은
파리저자원통을 개미집보듯

샨셀리제큰거리 질번질번함
天下人物精華를 모아놀게요
八達路한가운데 놉흔凱旋門
國民의人名譽心 表象이로다[12)]

　　여기서 호적과 최남선의 差異點을 보게 되는데 그것은 호적의
경우는 散文體의 自由詩를 主張한 데 反하여 최남선은 7·5조의
日本式 노래체를 選擇하였다는 점을 들 수가 있다. 이와 같은 이유
로는 다음과 같은 두 가지를 들 수가 있다.

---

12) 『靑春』. 創刊號, 64~66쪽

첫째: 開化知識을 普及시키기 위한 文字行爲 中에서 詩歌體가 가장 합당하다고 判斷된 것은 詩歌가 本質的으로 가지고 있는 反復形式 때문이다.

둘째: 그가 自由詩나 散文詩의 경지로까지 시를 몰고 가지 못한 것은 그것을 받아들일 만한 문화적인 계층이 한국 내에 아직 形成되지 못했기 때문이다.

5. 결론

第2章에서 筆者는 西歐의 進化論이 中國에서는 胡適에 의해서 어떻게 흡수되었고 한국에서는 어떻게 受容되었는가를 살펴보았다. 이를 요약하면 다음과 같다.

호적
- 文學은 時代에 따라 進化하므로 白話文의 使用과 詩體의 解放을 要求하였다.
- 호적은 애국적인 생각을 가지고 좋은 정부와 좋은 국가를 만들고자 하였다.

최남선
- 진화론 가운데에 適者生存의 原理를 받아들였기 때문에 韓國이 植民地에 처한 입장을 고려하여 民族主義를 確立하려 하였다.
- 호적과 같이 新文體를 開拓하였다. (國主漢從 → 言主文從)

이렇게 볼 때에 韓/中 兩國에서 進化論의 受容樣相은 비슷하다. 다만 한국에서는 日本의 植民地였던 狀況 때문에 生存競爭에서 勝利하고자 하는 意識의 覺醒을 切實하게 要求하면서 國民啓導에 힘썼다는 점이 특이하다고 하겠다.

第3章에서는 호적의 八不主義와 같은 내용이 미국·한국·일본에서도 거의 비슷한 시기에 있었음을 발견하였다. 이렇게 볼 때에 이것이 어느 한 나라의 독창적인 이론이라기보다는 당시에 世界的인 詩論의 趨勢가 이와 같이 흘러가고 있음을 感知할 수가 있었다. 지금 중국에서는 호적의 八不主義가 美國의 意象派 詩論의 模倣이라는 說이 支配的인 것 같고 최근에는 중국의 전통론에 입각하여 晚明時代의 公安派 이론의 繼承이라고도 한다. 한국의 경우는 최남선이 일본의 詩論을 그대로 받아들였다고 본다. 그러나 이러한 것은 세계적인 추세에 비추어 볼 때 한 줄로 그 계보를 나열할 성질의 것은 아닌 것 같다. 다만 三國이 거의 같은 시기에 같은 추세로 詩를 方向을 정하고 그 방향으로 가고자 한다는 점을 발견할 수가 있을 뿐이다.

第4章에서는 開化期 新詩의 未來指向점이 어디냐를 알고자 하였다. 이 점에 있어서 중국에서는 첫째로는 固定的인 律格에 탈피하였고 둘째로 중요한 점은 文言文에서 白話文으로 바뀌었다는 점을 들 수가 있다. 한국에서도 律格을 脫皮하고 文語體에서 言文體로 脫皮한 점은 중국과 같지만 形式上 한국은 漢字文化圈에서 벗어나 固有의 한글을 使用하면서 漢字와 한글이라는 文字의 두드러진 差異를 보여주게 되었는데 이 점만 다를 뿐, 그 目的地는 같다고 본다.

이와 같이 하여 호적의 詩論이 韓國에서는 어떠한 樣相으로 發展하였으며 그 差異는 무엇인가를 살펴보았다. 아울러 그 指向點은 한 곳이라는 점도 알게 되었다. 그러나 본고에서 未盡한 점은 좀 더 많은 資料를 가지고 各國에서 同時期에 詩論이 어떻게 展開되었는가를 살펴볼 필요성이 있다고 사료된다.

【참고문헌】

- 국내문헌

<新聞/雜誌類>
[1] 獨立新聞
[2] 大韓自强會月報
[3] 東亞日報
[4] 朝鮮日報
[5] 開闢
[6] 東明
[7] 東光
[8] 朝鮮之光
[9] 新生
[10] 三千里
[11] 大韓學會月報
[12] 大韓留學生會學報

<著書類>
[1] 林鍾贊, 『開化期詩歌論』, 서울: 國學資料院, 1993
[2] 許世旭, 『中國現代文學論』, 서울: 文學藝術史, 1982
[3] 閔庚培, 『韓國의 基督敎』, 서울: 世宗大王紀念事業會, 1975
[4] 金允植, 『문학사와 비평』, 서울: 一志社, 1975
[5] 홍신선, 『韓國近代文學理論의 研究』, 서울: 文學아카데미社, 1991
[6] 朴乙洙, 『開化期抵抗詩歌研究』, 서울: 成文閣, 1985
[7] 鄭漢模, 『現代詩論』, 서울: 民衆書館, 1974
[8] 金春洙, 『韓國現代詩形態論』, 서울: 海東文化社, 1959
[9] 조동일, 『시조부흥운동과 시조작품』, 서울: 소설문학 4, 1987

<研究論文>

[1] 李周泳,「六堂과 春園의 初期文學研究」, 高麗大學校 敎育大學院, 碩士學位論文, 1980.7.19

[2] 朴明燁,「崔南善 隨筆研究」, 高麗大學校 敎育大學院, 碩士學位論文, 1985.11.16

[3] 閔斗基,「從胡適與蔣介石的關係看胡適的傳統文化觀」, 胡適與中國新文化國際學術會議, 上海, 1995.6.21.~24

[4] 申聖旭,「中國五四時期(1915-1919) 個人主義 思想研究-胡適과 陳獨秀를 中心으로」, 『東方學志』, 29, 1981

[5] 安秉均,「胡適과 그의 新文化運動」, 『論文集』, 22, 京畿大, 1988

[6] 禹鐘淑,「胡適의 文學改良芻議 檢討」, 『中國學報』, 22, 1981

[7] 李錫浩,「文學革命의 影響과 그 受容形態」, 『中國文學』, 2, 1974

[8] 李廷吉,「胡適 白話文運動의 源流」, 『中國學論叢』, 2, 1993

[9] 李廷吉,「胡適思想의 明暗」, 『論文集』, 4, 舟城專門大學, 1996

[10] 李洪吉,「胡適과 社會主義」, 『論文集』, 29, 全南大, 1984

[11] 李洪吉,「胡適과 自由民主主義」, 『論文集』, 30, 全南大, 1985

[12] 李洪吉,「胡適의 東西文化觀」, 『歷史學研究』, 全南大, 1981

[13] 崔成卿,「胡適의 '嘗試集' 考察」, 『中國語 文學』, 22, 1993

[14] 池榮在,「韓/中 飜譯文學史研究 序說」, 『韓/中學術論文集』, 韓中敎育基金會, 1987

[15] 崔玲愛,「韓國的中國語义教育及教學上的幾項問題」, 『韓/中學術論文集』, 韓中敎育基金會, 1987

[16] 許世旭,「韓國新文學史之比較研究」, 『韓/中學術論文集』, 韓中敎育基金會, 1987

[17] 李姓敎,「韓國近代詩 形成期에 있어서 日本詩의 影響研究」, 『誠信女子大學校 論文集』, 32, 1992

[18] 李星,「호적의 文學改良趨移 探討」, 『中國學報』 22, 서울, 1981

- 중국문헌

<新聞/雜誌類>
[1] 新青年
[2] 星期評論
[3] 新月
[4] 新聞報
[5] 獨立評論
[6] 申報
[7] 新教育
[8] 努力周報

<著書類>
[1] 胡適, 『胡適文存』, 臺北: 遠東圖書公司, 1979
[2] 錢伯城箋校, 『袁宏道集箋校』, 18, 上海: 古籍出版社, 1981
[3] 賈祖麟, 『中國現代史論集』, 第6集, 胡適與中國文藝復興, 1987
[4] 胡適, 『嘗試集』, 臺北: 中央研究院, 1971
[5] 李敖, 『胡適評傳』, 臺北: 遠景出版, 1979

<研究論文>
[1] 姜義華, 「論胡適與人權問題的論戰」, 劉青峰 編, 『胡適與現代中國文化轉型』香港, 中文大學出版社, 1994
[2] 周質平, 「讀胡適的<嘗試集>-新詩的回顧與展望」, 『知識』, 創刊號
[3] 胡懷琛, 「嘗詩集批評與討論」, 泰東書局, 1923
[4] 費海璣, 「胡適著作研究論文集」, 臺灣商務印書館, 1970.7

- 其他: 英文/日文著書 및 論文

[1] Grieder Jerome B., *Hushih & Chinese Renaissance: Liberalism in the Chinese Revolution 1917-1937*, Harvard Univ. Press, 1970

[2] Liu Yu Sheng, *The Crisis of Chinese Consciousness*, Univ. of Wisconsin Press, 1978

[3] Barry Keenan, *The Dewey Experiment in China Educational Reform & Political Power in the early Republic*, Havard Univ. Press, 1981

[4] G. Novak, *Pragmatism vs Marxism*, Princeton Univ. Press, 1975

[5] Rowe David Welson, *Dr. Hushih on the Chinese Renaissance in Modern China*, Toronto, 1959

[6] 竹內好, 胡適,『竹內好評論集』1, 東京, 1966

[7] 伊東昭雄,『五四運動的思想史的意義』, 東京, 1969.12

[8] 丸山松幸,『五四運動史』, 東京, 1969

[9] 井上哲次郎,『新體詩論』, 帝國文學 3卷 1號

호적 사상의 명암
(Light and Darkness of Hushi's Thoughts)

1. 서론

　호적(1891~1962)은 시대가 배출한 대학자이며 교육자이다. 그는 일찍이 상해에서 중국공학을 다니던 중 신학문을 접하였고 반청애국사상의 영향을 깊이 받았다. 1910년에는 미국유학을 하여 코넬대학교, 컬럼비아대학교 등에서 서방의 민주정치를 보고 듀이의 실용주의철학을 이어받아 박사학위를 취득하였다. 1916년에는 미국에서 진독수에게 서신을 보내 '문학혁명'의 구호를 제출하였다. 그후 1917년에 귀국하여 북경대학교 교수가 되었고, 『신청년』 잡지의 편집에 참가하였다. 그는 『문학개량추이』, 『역사적 문학관념론』, 『건설적 문학혁명론』 등을 써서 백화문사용을 제창하였다. 이것의 실천적 작품으로서 『상시집』을 1920년에 내놓았다. 1918년에는 희극 <종신대사>를 발표하였는데 이로써 당시의 청년들에게 자유연애, 부녀해방 등의 사회문제에 강렬한 반응을 보여주었다. 이러한 점을 들어 호적은 5·4문학혁명운동 초기의 신문화운동에 참가한 인물 중 대표적 인물로 꼽을 수 있을 것이다. 이와 동시에 그는 백화문학사의 연구와 장회소설의 고증에 전력투구하여 『백화문학사(상)』, 『중국장회소설고증』 등을 내놓았다. 또한 1919년에는 '문제를 많이 연구하고, 주의는 적게 말하자(多硏究些問題,少談些主義)'를 발표하여 개량주의를 주장하면서 마르크스주의에 반대하였다. 1921년에는 진일보하여 『신청년』에 실린 러시아의 마르크스 사상에 관한 글을 논박하였고 이리하여 결국 이대조. 진독수의 비평을 받음으로서 『신청년』 잡지와 결별하게 되었다. 그 후 1922년에 호적은 따로 『노력주보』를 출간하여 시사적 성격을 띠게 되었고 '호인정부'를 내세우면서 한편으로는 '국학계간'을 지지하고 '국고정리'에 앞장서게 되었다. 아울러 1925년에는 5·4운동 가운데 '독서구국'을 선양하면서 1928년에는 서지마, 양실추 등과 『신월』 월간을 창간하였다.

1922년부터 정치적으로 중국민권보장동맹에 참가하여 북평지부동맹의 주석이 되었고, 정부를 옹호하는 세력들에 의해 제명되었다. 후에 『독립평론』에 국민당을 지지하는 글을 발표하면서 주미대사기 되었고, 1942년에는 행정원의 최고정치고문이 뇌었나. 1946년에는 북경대학교장이 되었다가 중화인민공화국 성립 전에 대륙을 떠나 미국으로 건너갔다. 1954년에는 대만당국의 주연합국대표가 되었고, 1958년에는 대만으로 돌아와 중앙연구원장이 되었다. 마지막으로 1962년 그는 대만에서 병으로 세상을 떠났다.

지금까지 상술한 것은 호적이 거쳐 간 흔적을 나열해 본 데 지나지 않는다. 이러한 자취 속에서 한 가지 드러나는 점은 호적의 노선이 아닐 수 없다. 그에게는 어떤 분명한 선이 있었다. 그것은 그의 일관된 사상 즉 실험적 실용주의, 도덕주의, 자유주의(개인주의) 사상 등이다. 이와 같은 그의 사상은 미국 유학을 통해서 얻어진 것이며 학문적인 뒷받침이 되고 있다. 이와 같은 사상은 결코 공산주의 마르크스주의 신봉자와 동일한 노선이 될 수가 없었다. 그러므로 그들과 합치될 수 없었기에 결국은 국민당에 소속되어 대만으로 밀려가게 된 것이다.

필자가 처음 호적이란 거인을 접했을 때에는 문학혁명의 조류 속에서 문학인으로서의 호적으로만 보아왔기 때문에 그의 정치적 핍박에 대해서는 홀시하였던 점이 있었다. 이제 정치적 관점에서 그를 볼 때에 한 가지 의문을 제기할 수가 있는데 그것은 바로 중국공산당은 왜 그를 그토록 공격하였던가 하는 점이다. 심지어 그의 아들까지 내세워 그를 막다른 길로 인도하였는가에 대하여 많은 의문을 낳게 된다. 이것이 필자가 본 논문을 시작하게 된 주요 동기가 되겠다.

정치와 문학은 형식상 별개이면서도 내용상 불가분의 관계가 있다고 여겨진다. 왜냐하면 문학은 정치인의 머리이기도 하기 때문이다. 오늘날 많은 문학인은 현실을 직시하는 혜안을 가지고 있다. 그들은 현 시대가 어떠한지 비판하고, 옳고 그름을 판단하는 능력을 지니고 있다. 따라서 그들은 비판할 줄 안다. 바로 호적은 이러한 시각으로서 세상을 앞서가고자 하였다. 그리하여 마침내는 그의 사상을 세상에 드러내놓고 이를 기초로 5·4시기에 신문화 운동을 선도해 나갈 수 있었다. 이는 단지 정권 탈취를 목적으로 하는 그 어떤 공산주의자들과는 다른 점이 있었다. 행동하는 학자로서 그의 이론과 실천을 통해 세상을 개량하고자 하는 의지가 있었다.

필자는 본 논문을 크게 두 가지로 나누었다. 하나는 그의 중심사상을 분석해보는 것이며, 다른 하나는 그의 반대 사상으로서 그를 분석해 보는 것이다. 그러므로 본 논문제목을 밝음과 어둠으로 구분하였다. 호적에게는 분명히 한 가닥의 길이 있었다. 그 길은 바른 길이었다고 필자는 가정하였다. 그리고 그 노선을 바로보기 위하여서는 잘못되었다고 하는 반대의 입장에서 바라보아야 좀 더 객관성을 갖게 된다고 여겨진다. 그의 학문적 업적은 그의 저서를 통해서 알 수 있지만 그의 업적에 대한 평가는 그를 평가한 많은 학자들에 의해서 바른 평가가 내려질 수 있다. 이러한 평가는 시대성을 띠게 된다. 이 시대에 맞는 이론과 평가는 무엇인가? 이 점은 필자가 본 논문을 써가면서 결론으로 유도해 나가야 할 목적이 되겠다. 이미 필자는 호적에 관한 문학논문으로서 정치적 논점을 전혀 고려하지 않은 수편의 논문을 썼다. 이번에는 시대적 정치성을 위주로 한 글만을 분석해봄으로써 호적을 이해하는 폭을 넓혀보고자 한다.

2. 본론

1) 호적의 사상론

호적의 사상을 문학·정치·사회 등으로 나누어 설명하기에는 참으로 애매한 것 같다. 왜냐하면 그의 사상은 어디에나 적용 가능하기 때문이다. 따라서 필자는 명백히 드러난 그의 사상 몇 가지를 요약

설명함으로써 호적사상의 윤곽을 잡고자 한다. 이는 다음 장 호적 사상 비판론에서 문학·사회·정치 세 가지로 분류하여 비판코자 하였고, 그전에 우선 그의 사상윤곽과 개념을 정립히고자 하기 때문이다. 그의 사상은 크게 세 가지로 구분되는데 이는 다음과 같다.

> 첫째: 도덕주의
> 둘째: 자유주의
> 셋째: 실험주의(이는 실용주의(PRAGMATISM)와 같이 사용되는 것으로 본다) 등

상기의 세 가지를 문학·사회·정치로 구분한다면, 첫째의 도덕주의는 문학사상과, 둘째의 자유주의는 정치사상과, 마지막 실험주의는 사회사상과 맥을 같이한다고 보겠다.

(1) 도덕주의사상

호적의 도덕주의는 다른 말로 바꾸어 말하면 입센(Henry Ibsen, 1828~1906)주의를 말한다. 입센은 19세기 노르웨이 극작가로서 사회문제에 관한 많은 극본을 썼는데 그중에 걸출한 것이 <인형의 집>과 <국민공적>, 두 가지이다. <인형의 집>에서 노라는 남편의 노예가 되어 정신이 노예화되고 있는 모습을 보여주고 있다. 새장 속의 새처럼 되어 버린 여자의 일생은 마침내 그녀로 하여금 그와 같은 인형의 집을 뛰쳐나가게 하는데, 이로써 개인주의의 승리를 암시하고 있다. 호적은 이와 같은 노라의 정신을 이어받아 개인의 자유를 쟁취하고, 또한 나아가 국가의 자유를 쟁취하고, 자신의 인격과 국가의 국격을 쟁취하여 자유 평등한 국가를 이루고자 갈망

하였다. 그리하여 그는 다음과 같이 주장하였다.

    "爭取個人的自由, 便是爲國家爭自由, 爭取. 自己的人格, 便是爲國家爭取
    國格, 而自由平等的國家, 不是一群奴才建造得起來的!"[13]
    (당신 개인의 자유를 쟁취하는 것은 곧 국가가 자유를 쟁취하는 것이요, 당신
    자신의 인격을 쟁취함은 곧 국가가 국가의 인격을 쟁취하는 것이니, 자유평등의
    국가는 한 무리의 노예가 건설해서 일어나는 것이 아닐 진저!)

    입센은 사회 속에 존재하는 세 가지 종류의 큰 세력을 간파하였
는데, 하나는 법률, 둘은 종교, 셋은 도덕이었다. 그러나 이 모든
것들이 모두 남성 위주로 되어 있음을 직시하였다. 소위 인의 도덕
속에서 男盜女娼이 도사리고 있음을 깨달았다. 호적은 이와 같은
입센의 작품과 사상을 통해서 즉시 중국이 처한 상황을 비교하였
고, 이는 곧 중국의 여인들이 겪는 아픔임을 알게 되었다. 그리하
여 그는 부녀의 해방운동에 적극적인 자세를 취할 수 있었던 것이
다. 실로 당시 중국여인들의 전족현상과 축첩제도 등은 봉건사회에
서 볼 수 있었던 전근대적 인습이었다. 그러므로 1918년 6월 초에
최초로 발표한 '정조문제'가 『신청년』 제5권 1호에 실렸는데 그 내
용을 보면 남녀 모두가 그 도덕성에 책임이 있으며 이는 여성에게
만 일방적일 수 없다는 당시에 있어서 아주 진보적인 주장이었다.
따라서 편파적인 법률은 개정되어야 할 것을 주장하였다. 이 내용
을 요약하면 다음과 같다.

    "第一, 這個貞操問題, 從前的人都看作 '天經地義', 一味盲從, 全不研究

---

13) 호적, 「易卜生(입센)주의」, 『호적산문』, 姚鵬, 110∼112쪽

'貞操'兩字究竟有何意義,

第二, 我以爲貞操是男女相待的一種態度, 乃是雙方交互的道德,不是偏于女子一方面的.

第三, 我絕對的反對褒揚貞操的法律."14)

(첫째, 이 정조문제는 종전의 사람들이 모두 "천경지의"로 간주하고 오로지 맹종만을 일삼아 '정조'의 두 글자는 필경 어떠한 의미인가를 전혀 연구하지 않았다.

둘째, 나는 정조는 남녀의 상대적인 태도이며 쌍방 상호 간의 도덕이므로 여자 한쪽에만 치우쳐서는 안 된다고 생각한다.

셋째, 나는 정조를 지키라는 법률에 절대로 반대한다.)

이와 같은 호적의 도덕주의는 건전한 개인주의로서 받아들여지고 있다. 호적의 도덕주의는 자본주의의 도덕성과도 같다고 보는데 이는 서양인이 보는 견해와 호적의 견해가 동일하기 때문이다. 당시 중국의 남자는 그 처자가 자기를 위해서 정절을 지킬 것을 요구하면서도 자기 자신은 공공연히 기녀를 돈으로 사거나 첩을 들여놓거나 바깥에 첩을 숨겨두거나 했다. 또 재혼한 부인은 사회적으로 거의 사교의 자격을 상실하나, 재혼한 남자나 다처의 남자는 추호도 그들의 신분을 손실하지 않았다. 그러므로 호적의 이러한 주장은 다분히 서구적으로서 중국전통주의자들에게 곱게 보였을 리없다.

일반적으로 호적의 문학사상은 다윈의 진화설에 근거하고 있다. 다윈의 학설에 근거하면 인간은 진화적 동물이라고 규정하고 있다. 호적은 이러한 논리에 입각하여 문학도 따라서 진화하는 것으로 간주하였다. 그러므로 문학의 변화는 자연스러운 것이며 응당 변화해야 한다고 보는 것이다. 그런 이유로 문체가 바뀌는 것 또한 당

---

14) 호적, 「정조문제」, 위의 책(제1집), 북경: 중국廣播電視출판사, 1992, 54〜55쪽

연시 하였던 것이다. 이러한 맥락으로서 도덕주의도 또한 진화해야 하며 이는 부녀의 해방으로 이어지고 있다. 이와 같은 문학 진화 관념으로 비추어 새로운 도덕관념으로 희극도 또한 개량되어야 한다고 주장하였다. 호적이 1917년 1월 1일『신청년』2권 5호에 발표한「문학개량추이」는 이러한 호적의 도덕주의에 입각하여 '팔불주의'를 주장하고 있다. 그 가운데 '四曰, 不作無病之呻吟(넷째, 병 없이 신음하지 말자)'을 주장하고 있는데 이를 보면 병 없이 신음하는 것은, 즉 도덕성에 위배되는 것을 말한다. 또한 '二曰, 不募倣古人(둘째, 고인을 모방하지 말자)'은 곧 남의 작품을 절취하는 것과 같으며 이것 또한 작가의 도덕성에 위배된다고 본다. 이와 같은 점으로 '六曰, 不用典(여섯째, 전고를 끌어들이지 말자)'에도 그대로 적용될 수 있다. 즉, 작가의 도덕성에 호소하여 남을 모방하지 않는 독창성은 개성을 존중하는 태도이며 이와 같은 정신이야말로 문학이 점차 진화해갈 것임을 믿어 의심치 않았다. 자신의 말로서, 자신의 견해를 피력하는 것은 오늘날에도 요구되는 것으로서 19세기 초기부터 꾸준히 요구되어온 섯이다. 이러한 신사조는 호적의 '신사조의 의의'15) 속에 여러 가지 연구 과제를 제출하였는데 그것들은 아래와 같이 열거할 수 있다.

① 공자의 교육에 관한 문제 ② 문학개혁문제 ③ 국어통일문제 ④ 부녀자해방의 문제 ⑤ 정조의 문제 ⑥ 예의교육문제 ⑦ 교육개량의 문제 ⑧ 혼인의 문제 ⑨ 문자의 문제 ⑩ 희극개량의 문제 등등

---

15) 호적, 『신청년』(7권 1호)에 최초로 발표

이러한 모든 문제들은 모두 호적이 주장하는 신도덕의 개념으로서 개량되어야 하는 것이지만 이것이 결코 공자의 위상을 깎아내리고자 한 것이 아니라는 점을 분명히 밝혀져야 할 것이다. 호적의 신문학운동은 이러한 세계적인 조류를 흡수함으로써 중국 내에 새로운 조류를 형성케 하였던 점은 주지의 사실이다. 그러나 전통주의자의 입장에서 이러한 전통을 버리는 것은 많은 자기희생을 감수해야 할 것이기 때문에 격렬한 논쟁을 야기하게도 되었다. 이러한 도덕성의 타락, 즉 도덕적 문학사상에 대한 비판은 다음 장에서 상세히 논하고자 한다. 호적은 이러한 신사조의 '비판하는 정신'에 입각하여 새로운 작업을 시도하고자 하였는데 이것은 첫째로, 맹종을 반대하고 둘째로, 조화를 반대하며 셋째로, 국고를 정리하고자 하는 것이었다.[16] 이는 곧 옛것을 자신이 제기한 도덕주의 진화관으로서 새로운 가치창조를 하고자 하는 것이었다. 다시 말하면 옛것이 무조건 잘못되었다고 하는 것이 아니라 비판이라는 걸름작용을 통하여 좋고 나쁨을 선별하고 왜 나쁜지 그 폐해를 열거하여 새로이 제기한 자신의 도덕관으로서 개량하고자 하는 그의 의지가 담긴 것이었다. 그러므로 신사조의 정신은 비판적 태도를 갖는 것이며 새로운 도덕성을 창조하는 것이었다. 이러한 정신으로 창조한 문학은 명백하고도 또한 사람을 감동시켜야 하고 더욱 중요한 것은 아름다움의 창조였다. 이와 같은 아름다움은 인형과 같은 구속이 아니었으며 능동적인 자연스러운 현상이라고 내다보았다. 한편, 호적의 도덕성은 일부의 특권층에서 찾는 것이 아니라 바로 우리와 같은 평민에게서 찾고자 하였다. 그러므로 그가 쓴 작품 및 그

---

16) 위와 같음

가 주장하는 바는 모두 대중을 상대로 하는 것이었다. 그 예로서 백화문 운동이 그러한 취지에서 나온 것이며 호적이 평민문학에 깊은 관심을 가졌던 것이 그러하였다고 본다.17) 평민으로부터 출발하는 도덕성은 도덕적 습관을 요구하였으며 이는 교육을 통한 신생활운동으로 이어졌다. 그는 「爲新生活運動進一解」18)를 통하여 신생활운동은 교육운동이며 정치적 운동이 아니라는 점을 밝혔으며 이러한 생활은 습관이며 이는 곧 도덕이라고 설파하였다. 또한 이러한 생활의 기초는 경제적이며 물질적이라는 점을 강조하였다. 즉, 나쁜 습관은 빈궁한 가운데서 나오는 것과 같이 좋은 생활습관은 경제적으로 풍요로운 가운데서 나온다는 점을 지적하였다. 따라서 정부는 국민의 생활력을 높여 신생활을 하게 해야 함을 주장하였다. 대체로 이러한 호적의 도덕주의는 신생활을 통하여 새로운 도덕관으로서 생활해 나가는 데 이룩되는 것이며 이를 요약하면 빈궁했을 때의 나쁜 습관을 버리고 남녀가 평등한 가운데 합리적인 생활을 함으로써만 도덕주의를 확립할 수 있다고 보았다.

(2) 자유주의 사상

호적은 미국에 유학을 했던 적이 있으므로 아마도 자유주의의 영향을 누구보다도 많이 받았다고 여겨진다. 그러던 당시의 시대상황이 봉건제도의 통치하에 있었으므로 개인의 자유는 전통적인 습관에 속박되어 숨 쉴 틈이 없었다. 그러므로 호적의 봉건예교를 타

---

17) 호적은 1922년 9월 20일에 『독서잡지』(제2기)에 「북경의 평민문학」을 발표하였다.
18) 「大公報」, 『星期論文』, 1934.3.25

파하고자하는 의지는 당시에 받는 속박만큼이나 비례적으로 컸던 것 같다. 5·4 시기를 시작으로 중국자체 내에서도 민주에 대한 의식이 높아져 있었던 만큼 민주주의에 대한 호적의 사상을 펼쳐볼 기회가 상당히 많았을 것으로 여겨진다. 그러나 5·4 시기에 그는 학문적 연구자세로서 연구를 많이 하였다.

그 예로서 1926년 6월 6일,『현대평론』4권 83기에 쓴「우리들의 서양근대문명에 대한 태도」에서 최대 다수의 최대 행복을 위해 자유와 평등을 쟁취해야 할 것을 주장하였다. 또한 1935년 5월 27일『독립평론』제153호에 발표한「금일 사상계의 한 가지 큰 弊病」에서 자유의 개념을 다음과 같은 몇 가지로 설명하였다.

첫째: 자유경쟁의 경제경영이다.
둘째: 사상과 언론의 자유를 요구하는 정치주장이다.
셋째: 19세기 구미식의 자유주의 문화이다.

그러나 상기의 세 가지가 중국에는 존재하는가 하는 점에서 호적은 회의적이었으며 이는 마땅히 앞으로 중국이 해결해야 할 문제임을 지적하지 않을 수 없었다. 이와 비슷한 시기인 1935년 5월 6일, 호적은『독립평론』제150호에 실린「개인의 자유와 사회적 진보」에서 개인주의는 자유주의(Liberalism)를 의미하는 데 동의하면서 '신사조', '신문화', '신생활'의 필요성을 강조하였는데 이는 곧 사상의 해방과 개인의 해방을 의미하였다. 당시에 무슨 주의가 난무하던 때였으니만큼 이러한 사상에서 해방되어 개인만이 향유할 수 있는 자유를 누리기를 기대하였으며 따라서 무슨 주의를 아무엇도 갖지 않는 자유를 기대하였다. 이러한 까닭에 학술의 독립과 평등을 요구하였다. 호적은 존 듀이의 개인주의적 영향을 받았는데 그가 주장하는 개인주의는 爲我主義(Egoism)가 아닌 개성주의(Individuality)로서 독립된 사상과 신앙의 자유를 의미하였다. 그러므로 마르크스, 헤겔이 자신들만의 독립된 자유사상을 가진 것과 마찬가지로 호적의 개인주의 역시 인정해주길 기대하였다. 이와 같은 관점에서 출발한 호적의 사상은 문화문제에 관하여 당시 국민당에게 다음과 같은 요구를 하였다.

① 廢止一切"鬼話文"的公文法令, 改用國語
② 通令全國日報, 新聞論說一律改用白話
③ 廢止一切箝制思想言論自由的命令, 制度, 機關
④ 取消統一思想與黨化敎育的迷夢
⑤ 至少至少, 學學專制帝王, 時時下個求直言的詔令![19]
(① 일체의 "귀신들린 글"의 공문법령을 폐지하고 국어를 개정하라
② 전국의 일간지, 신문논설은 일률적으로 백화를 사용하도록 훈령을 내려라
③ 일체의 사상, 언론의 자유를 속박하는 명령, 제도, 기관을 폐지하라
④ 사상을 통일하고 당원화시키고자 하는 교육의 미몽을 취소하라
⑤ 전제식 방법을 최소화하고 직언을 구하라)

이러한 요구가 받아들여지기를 갈구했던 호적은 이에 그치지 않고 활발히 이론을 전개해 나갔는데 1928년 7월에 썼다가 1929년 5월 8일에 개정하여 『吳淞월간』과 『新月』 2권 4기에 처음 발표한 "知難, 行亦不易(알기도 어렵고 행하기도 쉽지 않다)"이 그것이다. 원래 孫中山 선생이 주장한 "行易知難說(행하기는 쉽지만 알기는

---

19) 호적, 「신문화운동과 국민당」, 『신월』(2권 10호), 1929년 11월 29일자에 발표

어렵다)"을 호적은 행동하는 것 또한 어려운 일이라고 하여 자신의 주장을 개진해 나갔던 것이다.[20] 이러한 호적의 자세는 일반인들에게 『사유주의의 大師』로까지 불리워지게 되었다. 일찍이 민국 6년에 호직이 미국에서 귀국한 후 북경대학에서 교직을 잡을 수 있었고 그 후 『신청년』, 『매주평론』의 편집에 참가했던 그는 5·4신문화운동의 시기에 매우 비중이 큰 인물이 되었다. 아마 많은 정객들에게 그를 참가시키려는 의도가 있었으리라고 여겨진다. 그러나 그는 줄곧 "二十年不說政治, 二十年不幹政治(20년간 정치를 논하지도 않고, 20년간 정치를 하지도 않는다.)"의 입장을 고수해 왔다. 그런 한편 시대의 흐름을 간과할 수는 없었기 때문에 정치에 항상 관심을 가져왔던 것은 사실이다.[21]

이러한 입장은 민국 11년, 12년의 <努力週報>와 민국 17년에서 19년까지의 『新月』 잡지 모두가 그의 정론을 실으면서 20년 약속을 깨고 말았다. 결국 그는 이러한 게재지면을 통해서 '민주정치', '점진적 개혁' 등을 견지해 왔으며 동시에 북경정부, 공산당, 국민당 등을 모두 비판하였다.[22] 이러한 태도는 오직 그의 개인주의인 동시에 자유주의에서 비롯된 것으로 사료된다. 이와 같은 정치적 자유주의는 그로 하여금 『無黨政治論』을 주장하게 하였다. 이는 오늘날 한국의 상황에서 보면 무소속으로서 출마하는 것과 같은 개념이라고 여겨진다. 이러한 그의 견해는 당시의 정당정치가 부패

---

20) 唐德剛 역주, 『호적口述자전』, 臺北,傳記문학출판사, 민국 70년, 195쪽

21) 唐德剛說 : "『談』政治原是胡先生的最大 者好. 筆者在紐約出入絳帳的時間也不算太短. 平時 就 少聽到胡先生和他同輩的朋友或訪客們談過多少學問. 他們所談所論的幾乎全是政治, …." 唐德剛, 『호적雜憶』, 18쪽

22) 張忠棟, 「胡適從『努力』到『新月』的政治言論」, 중앙연구원, 근대사연구소 集刊(제14기, 민국 74년 6월), 291~325쪽

했기 때문이라고 여겨진다. 이에 대해 그는 다음과 같이 피력하였다.

"今日黨治的腐敗,大半是由於沒有合法的政敵的監督. 樹立一個或多個競爭的政黨正是改良國民黨自身的最好方法. … 老實說, 我是不贊成政黨政治的. 我不信民主政治必須經過政黨政治的一個階段. … 我的常識告訴我: 人民的福利高於一切, 國家的生命高於一切. 如果此時可以自由組黨,我也不會加入任何黨去的.可是我的意思總覺得, 爲公道計, 爲收拾全國人心計,國民黨應該公開政權,容許全國人民自由組織政治團體. … 在憲政之下,黨內如有不能合作的領袖, 他們盡可以自由分化, 組政黨." 23)
(오늘날 당정치의 부패는 대부분 합법적인 정치적 적이 없는 감독으로 말미암은 것이다. 하나 혹은 다수의 경쟁적인 정당을 수립하는 것이야말로 국민당 자신을 개량하는 가장 좋은 방법이다. 솔직히 말해서 나는 정당정치를 찬성하지 않는다. 나는 민주정치가 반드시 정당정치를 거쳐야 하는 하나의 계단이라고 믿지 않는다. … 나의 상식은 나 자신에게 말한다. 인민의 복리를 모두 높이고, 국가의 생명을 드높인다. 만일 이때에 자유로이 당을 조직한다면 나 또한 어떠한 당이든 마음대로 들어갈 수 없을 것이다. 그러나 나의 뜻은 대체로 바른 도리이며 전국의 인심을 수습하리라고 믿는다. 국민당은 응당 전쟁중지를 공개적으로 선언하고 전국 인민들에게 자유로이 정치단체를 조직할 수 있도록 허락하여 주기를 바란다. 헌정 치하에서 당내에서 합작할 수 없는 지도자가 있다면 그들은 모두 자유롭게 분열되어서 각기 따로 정당을 조직할 수 있을 것이다.)

상기의 글을 통해서 호적이 얼마나 자유민주주의사상이 투철했는가를 엿볼 수 있을 것이다. 독재를 방지하고 그것을 위해서 경쟁적 정당을 만들어야 한다는 주장은 당시 호적 이 외에는 하기 힘든 주장이었다. 또한 이러한 주장은 선진적 견해였으므로 오늘에 비추어 당시 이러한 주장이 오늘날 행해지고 있음을 감안한다면 가히 그의 높은 견해를 엿볼 수 있겠다. 그러나 이러한 인재는 애석하게도 공산주의자들에게는 맞지 않았던 점이다.

---

23) 호적, 『政制改革的大路』, 3~5쪽

19세기 이래로 민주주의, 즉 자유주의의 연변은 경제사회의 변천에 따른 것이기도 하지만 사상가들의 부단한 반성과 개량에서 비롯되었다고 하겠다. 당시에 벤담(Jeremy Bentham, 1748~1832)이 주장한 공리주의는 '도덕 및 입법의 원칙'에 입각하여 '최대 다수의 최대의 행복'을 추구해 왔으며 밀(John Stuart Mill, 1806~1873)은 한걸음 더 진보하여 개인의 기본인권을 존중해야 한다고 주장하였다. 이러한 조류 속에서 호적은 중국의 의회정치 도입을 주장하였다.

> "我們要明白憲政和議會政治都只是政治制度的一種方式, 不是自産階級所能專有, 也不是專爲資本主義而設. 在歷史的過程上, 議會政治確曾作過中産階級向獨裁君主作戰的武器, 但現在各國的普遍選舉權實行後, 也曾屢次有工黨代表因議會政治而得掌握政權. 近百年來所有保障農工和制裁資産階級的種種『社會立法』, 也都從議會裡産生出來."[24]
> (우리는 헌정과 의회정치가 모두 다만 정치제도 속의 일종의 방식이라는 것을 알아야 한다. 이는 자산계급의 전유물이 아니며 또한 자본주의만이 세울 수 있는 것은 아니다. 역사의 과정 속에서 의회정치는 일찍이 중산계급이 독재군주에게 항하는 작전상의 무기로서 만들어진 것이지만 지금은 각국에서 보통선거권이 실행된 후에도, 또한 일찍이 누차 工黨 대표가 의회정치로 인해서 정권을 장악했었다. 최근 백년 이래로 농·공인을 보장하고 자산계급을 제재하는 모종의 『사회입법』이 있는데 이 또한 의회로부터 생산된 것이다.)

　　상기 서술한 바와 같이 호적의 자유주의는 당시 상당히 진보된 민주적 사상을 갖추었는데 이는 건전한 개인주의와 의회정치를 통한 민권의 확립 등등으로서 점진적으로 사회를 개량해나갈 것을 주장한 것이다. 이러한 주장은 당연히 공상주의자들과 여러 가지로

---

24) 호적, 「헌정문제」, 『독립평론』, 1호, 민국 21년 5월 22일, 7쪽

상반된 주의와 상반된 방법으로서 정치적 노선이 뚜렷이 구별되었으므로 공산주의자들, 즉 마르크스주의 신봉자들로부터 공격의 대상이 되기에 충분했다. 이 점은 제3장에서 논하고자 한다. 다만 호적은 이러한 사상이 공상주의자들의 사상과 혼재할 수 있다고 보았으며 이것이 또한 진정한 자유주의라고 생각했는데 유감스럽게도 공산주의자들에 의해 배척되어 그의 학문적인 업적에까지도 손상을 입어 학문적 위상마저도 떨어뜨려지는 비참함을 연출하였다. 이로서 학문과 정치는 양립할 수 없는 것인가 하는 회의감마저 느끼게 되지만 그가 이룩한 백화문운동, 신문화운동 등등은 중국현대문학사와 현대사에 커다란 위치를 자리 잡았음은 결코 간과할 수는 없을 것이다. 이러한 까닭에 오늘날 호적의 업적을 재평가해야 함을 감지하게 되는 것이다.

(3) 실험적 실용주의 사상

實驗主義는 20세기 초에 미국에서 유행했던 영향력 있는 철학유파이다. 이것은 표면적으로는 주관적인 계몽작용을 강조하고 있으며 진리의 객관성을 부인하고 있었으며 사회의 혁명을 반대하고 점진적인 개량을 주장하였다. 이러한 실험주의의 대표적인 인물을 들면 호적의 스승이었던 존 듀이를 들 수 있겠다. 호적은『매주평론』제26호, 제27호에「존 듀이의 강연록」을 싣는 것을 계기로 해서 실험주의를 보급시켰다. 아울러 1919년 7월 20일에 출판된 제31호 속에 그의 문장인 '多研究些問題, 少談些主義(연구를 많이 하고 주의는 적게 이야기하자)'를 발표하면서 그의 입지를 굳혔다.

다시 말해서 '듣기 좋은 빈말과 무슨 무슨 주의를 내세우는 것은 여반장이다'는 소견으로서 연구를 많이 해야 하며, 연구를 하기 위한 방법론으로서 『假說』의 표준을 세웠다. 가설의 표준이라고 하는 것은, 즉 어떠한 주의나 주장을 하기에 앞서서 가실을 세워야 하고 이렇게 세운 가설에 논리적인 근거와 증명이 뒷받침된 후에야 비로소 올바른 주의와 주장이 성립될 수 있다는 것이다. 이러한 가설의 표준은 어떠한 것이어야 하는가 하는 점에 있어서 그는 다음과 같이 네 가지로 설명하고 있다.

> 첫째, 가설은 반드시 필수적으로 설명과 예측이 수반되어야 한다.
> 둘째, 가설은 반드시 증명되어야 한다.
> 셋째, 가설에 수반되는 설명과 예측의 범위는 비교적 넓어야 한다.
> 넷째, 가설은 간단하고 명료해서 쉽게 이해될 수 있어야 한다.

상기의 사항을 종합해보면 가설은 기성의 이론에 얽매여 구태의연해서는 안 되며 반드시 논리적 견해와 합리적 사고로서 논증이 진행되어야 한다는 것이다. 이와 같은 가설이 제출된 후에는 다음 단계로서 증명의 단계를 거쳐야 하는데 이 증명은 체험을 통해서 이루어져야 하며 이 체험의 방법으로는 크게 기술상의 체험, 원칙상의 체험, 직접체험, 간접체험 등등의 방법으로 나눌 수 있다. 과학자는 물론 직접체험을 거쳐야 하고 직접체험은 관찰과 방법 등을 통해서 얻어질 수 있다. 이러한 과학의 정신은 호적에게 직접 흡수되었고 「홍루몽고증」, 「서유기고증」 등의 논문은 바로 이러한 데서 출발한 것이었다. 이와 같은 실험주의는 곧 실용주의로 이어지는데 모든 실험을 통해서 증명된 것은 직접 사용될 수 있는 실용적인 것이 되어야 하기 때문이다. 다른 한편, 이와 같은 경험적 실험주의는 자칫 유물주의에 빠질 수도 있기 때문에 호적은 이 점을 경계하면서 이러한 실험주의에 입각한 실용주의는 추상적인 것을 배제하지 않는다는 점을 강조하였다.25)

그러므로 호적의 선험적 실용주의는 형이상학적인 유심주의의 입장을 견지하고 있다. 유심주의는 그러나 정신질서는 영원하고 항구적임을 부정하면서 우리의 마지막 희망을 말살시키고 만다. 반면에 유심주의의 논점은 인건의 정신질서는 영원하고 항구적인 것으로서 희망에 가득한 삶을 요구하였다. 다시 말해서 자유의지를 담은 실용주의의 내용 속에는 '세상에는 새로운 사물이 존재하고 있음'을 의미하며 심각한 본질과 표면의 현상 속에서 사람들은 자신의 장래가 과거와는 다를 것이라는 희망을 주었다. 하느님은 존재하고, 자신도 함께 존재하며, 만물의 생존은 필연적이고 유일하며 순결할 뿐만 아니라 불변하고 영원한 것이라는 등등의 해석은 유물론자에게는 기대할 수 없는 적극성을 가지고 있다.

호적이 주장하는 바의 '대남하게 가설을 세우고, 그 가설을 아주 조심스럽게 증명하자'는 주장은 실험주의의 기본사항으로서 커다란 명제를 설정해 놓고 그에 대해 세부적으로 실험을 거쳐 증명해 나가자는 것이다. 호적은 그의 학문적인 태도로서 이러한 실험주의를 견지하고 실천함으로써 실로 많은 학문적인 업적을 이룩하였다. 문학연구 방면에 있어서 호적은 지금까지는 역사적인 사실로만 인식되어 왔던 많은 사항들을 뒤집어버렸다. 호적의 새로운 주장은 물론 역사적인 사실에 입각하여 그 자료로서 뒷받침되어 주는 것으

---

25) 威廉. 瞻姆士, 『실용주의(PRAGMATISM)』, 북경: 상무인서관, 1989. 25～45쪽

로서 충분한 증명이 되는 것이다. 이러한 방법론이 바로 실험주의로부터 출발하였다는 것은 무엇보다도 중요하다.

무엇보다 호적의 백화문운동은 그의 실험적인 실용주의를 뒷받침해주는 것으로서 당시에 중국이 문언문의 어려움으로 말미암아 대중화시킬 수 없는 점을 들어 일반적이고도 통속적인 백화문의 사용을 주장하였다. 즉, 알기 쉬운 언어와 명백하고도 분명한 글을 주장하여 형식보다는 오히려 내용을 중시하였다. 이러한 주장이 오늘날 중국을 현대화하는 데 커다란 역할을 하였다는 점을 부인할 수는 없을 것이다. 또한 호적은 당시 진부했던 학풍에다 새로운 바람을 불러일으켰는데 이는 '整理國故(국가의 옛것을 정리하자)'였다. 그는 역사적 진화의 안광으로서 조리와 계통 있는 정리를 하여 고대의 학술사상에 새로운 방법론을 제시하였다. 즉, 종래에 연구 대상이 아니었던 학술적 연원과 사상적 전후 인과관계를 연구하였으며 이러한 학술이 어떻게 발생되었는가, 발생 후의 영향과 그 효과는 어떠하였는가를 연구하였다. 이러한 것은 물론 과학적인 방법으로서 정확한 고증을 거쳐서 그 의의를 분명히 하였다. 당시에 있어서 호적 이전의 고대학술사상은 미신적인 점이 상당히 많았었는데 호적의 이러한 방법으로 고증을 함으로써 비로소 현실화시킬 수 있었던 것이다.

그는 또 中西문화의 충돌에 있어서 '中體西用'을 주장하였던 자들이 내세웠던바, '동방은 정신문명이고, 서방은 물질문명'이라고 하는 인식을 전면 부정하였다. 말하자면 그는 빈곤한 속에서는 위대한 정신문명이 나올 수 없으니 이와 같은 원리로서 정신과 문명이 전혀 별개의 것이 아니라는 점을 지적하였다. 그 예로서 물질문명이 앞섰던 고대의 중국이 이를 뒷받침해 주는 것이라고 하였다.[26] 그러므로 그는 인생관에 대한 인식을 전부 새롭게 하여 과학적인 인생관을 가져야 할 것을 주장하였다. 과학적 인생관의 내용을 보면 항상 피상적으로서 사물을 대하지 말고 객관적으로서 충분한 근거를 갖고 분석하고 비평함으로써 사물을 바로 보고자 하는 것으로서 그의 의도를 십분 간파할 수 있겠다.

한편 호적의 실험주의는 『과학주의』와 『실증주의』를 낳았다. 학술상으로서 호적은 고증을 통하여 역사적인 방법으로서 학문을 연구하였고 사상적으로는 과학적인 방법으로서 민주와 자유를 고취하였다. 이로써 그는 중국을 현대화의 방향으로 이끌고 가고자 하였다. 이 두 가지 방향은 모두 계몽주의적인 색채를 띠고 있는 것을 볼 수 있으며 전통을 비평하고 '容認(참고 용서하다)'을 강조하였으며 '進步'를 신앙으로 하였던 점은 페어뱅크(John, K. Fairbank)[27]와 비슷한 점을 발견할 수 있다.

대체로 호적의 작품을 분석해 보면 그가 쓴 문장 속에서 장점과 단점을 찾아볼 수 있는데 예를 들면 '明白淸楚(분명히 알 수 있다)'와 '淺顯(평이하다)'이 그것이다. 그의 이와 같이 분명한 문장은 5·4운동 시기에 있어서 일반인들이 쉽게 그의 사상에 접근하고 이해할 수 있었기 때문에 청년들은 모두 그를 따라서 과학적 방법을 좇고 논리성을 중시하게 되었다. 이러한 점이 그의 장점이 되겠고, 단점으로서는 문장의 평이함을 들 수 있겠는데 이는 梁啓超의 사상적인 영향을 받은 것으로 여겨지는 것으로서 사실상 그의 문장

---

26) 호적, 「我們對西洋文明的態度」, 『호적문선』 내에 수록
27) John, K. Fairbank, China Bound, *A FIFTY YEAR MEMOIR*, HARPER & ROW, PUBLISHERS, 1982. 46쪽

을 보면 嚴復이나 章炳麟의 古文보다 '淺顯', 하지만 '深晦(심오하여 이해하기가 어렵다)' 하지는 않다. 이 때문에 호적은 엄복으로부터 신랄한 반격을 받게 되었다. 어렵게 고문을 익히고 이를 능숙하게 구사할 줄 아는 엄복은 고문이 그의 자랑거리가 될 수 있었는지는 모르지만 거시적으로 볼 때 오히려 이러한 점은 대중에게 부담스러웠을 것이므로 호적의 주장을 따르게 되었고, 평이한 문장은 대중에게 쉽게 전파되었음을 눈여겨보아야 할 것이다. 이렇게 하여 호적은 중국의 낡은 것을 타파하고 번영하는 새로운 시대를 열어가고자 하였는데 다음의 글과 같다.

> "我們要建立一個治安的, 普遍繁榮的,文明的,現代的統一國家."28)
> (우리는 치안적이며 보편적으로 번영하는 문명적이고도 현대적인 통일된 국가를 건립해야 한다.)

이와 같이 그의 목적은 분명하였지만 그 방법에 있어서는 다음과 같이 설파하였다.

> "我們… 集合全國的人才智力, 充分採用世界的科學知識與方法, 一步一步的自覺的改革, 在自覺的指導之下一點一滴的收不斷的改革之全功. 不斷的改革收功之日, 卽是我們的目的地達到之時."29)
> (우리는 전국 인재들의 지력을 모아서 충분히 세계의 과학지식과 방법을 써서 한 발짝 한 발짝 자각적인 개혁으로서 자각적인 지도하에서 하나씩 부단한 개혁을 하자. 이 부단한 개혁이 성공하는 날이 곧 우리의 목적이 달성되는 때이다.)

---

28) 『胡適論學近著』(券四), 445쪽
29) 상게서, 452쪽

앞의 글을 통해서 그의 과학적인 방법론이 명시되기는 했지만 그 구체적인 방법에 있어서 마르크스 혁명론자들이 주장하는 '제국주의의 타도', '봉건주의의 타도' 등과 같은 '대혁명론'의 대중성이 결핍되었기 때문에 호적의 과학적인 방법론은 마르크스주의 신봉자들에 의해서 배척되었다고 여겨진다. 다시 말해서 '改變世界(세계를 바꾼다)'에는 동조하였지만 그 방법상으로서 '解釋世界(세계를 해석한다)'의 문제에는 또 다른 견해를 보였던 것이다.

호적은 미국의 존 듀이를 존경하였고, 그 사상을 받아들였음은 주지의 사실이다. 그러나 유감스럽게도 듀이는 미국인으로서 미국의 사회문제를 정치적인 방안으로서 해결하고자 하였기 때문에 '창조적인 지혜'와 '정치상 방법론'만을 제시하였을 뿐이지 현재 중국 사회에 직면하고 있는 여러 문제에 대하여 현실적인 대안을 제출하지는 못하였다. 바로 이 점이 호적을 제외한 듀이의 추종자들이 호적을 떠나 마르크스주의자들에게로 몸을 돌리게 되었던 것이다.

호적이 주장하는 '과학적 방법론'은 정신적으로 보면 분석철학의 성향을 띠고 있음을 감지할 수 있는데 이는 현재 정신과학(Geisteswissen Schaften)에 속하는 <현상론>, <존재주의>, <비판이론>, <해석학> 등의 도전을 받고 있다. 호적의 학문의 근원은 고증학에서 출발하여 중국의 程·朱의 '窮理致知(사물의 이치를 탐구하여 앎에 이른다)'의 전통을 이어받고 있으며 이러한 까닭에 陸·王과 배치되는 이론을 갖고 있다. 이와 같은 그의 사상철학은 서양의 실험주의와 맞물려서 과학적인 방법으로 고증학의 방법을 수정하고 또한 중국의 낡은 전통을 수정하려 하였던 것 같다.

이상으로 호적의 밝은 면을 추적해 봄으로써 ① 도덕주의 ② 자유주의 ③ 실험주의(실용주의) 등의 사상을 조명하였다. 이와 같은 사상은 당시로서는 진보적이었으며 청년들에게도 선풍적인 인기가 있었다. 그러나 한편으로는 그이 학문을 시기하는 자들에게 비난을 받았으며, 또한 당시에 북경대학교 총장이었던 蔡元培, 번역의 대가인 嚴復과는 다른 견해를 보여주고 있다. 그러나 무엇보다도 비참한 것은 정치적인 소용돌이 속에 휘말려 그의 학문이 공산주의자들에게 왜곡되고 매도되었던 점이다. 모든 사물에 햇빛이 비추면 반대방향에 그림자가 지듯이 제2장의 글이 호적의 빛이라고 한다면 이제부터 여는 제3장은 그림자에 해당된다고 하겠다.

2) 호적사상 비판론

호적사상에 대한 비판은 주로 대륙에서 이루어졌다. 이는 주로 정치적인 점이 포함되었기 때문이라고 사료된다. 어떤 경우에는 논리에 맞지도 않는 말로서 그를 공격하기도 하였는데 이는 정치적으로 그를 공격하고자하는 의도가 충분히 엿보이기도 한다. 이제부터 필자는 그의 논점과 배치되는 모든 견해와 이론을 들어 그의 그림자를 들여다보기로 한다.

(1) 문학사상 비판

대륙학자 楮 武傑은 호적에 대하여 다음과 같이 비판하였다.

"호적은 문학의 내용을 포기했을 뿐만 아니라 문학의 형식적인 모든 부분을 버렸으며 단순히 문학용어로서 문학의 장·단점의 잣대로 삼아 비평하고 분석하였다."[30]

이와 같이 마르크스주의를 신봉하는 대륙학자들이 호적을 비판하였던 내용들을 몇 가지로 열거하여 보면 다음과 같이 요약될 수 있겠다.

첫째, 호적은 사회에 계급이 존재함을 부인하고 있다.
둘째, 호적은 유심주의관점의 문학사관을 가지고 있다.
셋째, 호적은 문학의 언어와 형식을 문학을 평가하는 유일한 표준으로 삼고 있다.
넷째, 호적은 자산계급사상을 가지고 있다.
다섯째, 호적의 사상은 형이상학적인 관점을 갖고 있으며 다분히 주관적이다.

이처럼 요약된 내용들을 살펴보면 중국 대륙의 사회주의국가로서 현재 자본주의 자유국가들이 생각하는 가치관과의 차이가 너무나 크다는 것을 충분히 간파할 수 있을 것이다. 이러한 관점에서 출발한다면 그들의 눈에 비친 호적은 부정적일 수밖에 없다고 본다. 즉, 그들은 호적이 보는 문학의 발전과정을 다음과 같이 분석하였다.

첫째, 작가들의 문학역사상에 있어서의 작용
둘째, 문학이 발전함에 따라 귀결되는 일종의 우연한 행동현상

따라서 이와 같이 보는 호적의 관점은 반과학적이고 본말이 도치된 형식주의의 관점이라고 단언하고 있다. 현재 마르크스주의를 따르는 대륙학자들은 소위 현실주의 관점에서 사회를 바라보고 있

---

30) 『호적사상비판』(제6집), 홍콩: 三聯書店, 1955. 255쪽

으며 그들은 사회 속에 존재하는 계급의 모순을 지적하면서 자고로 위대한 작품은 이러한 모순된 생활을 描繪하여야 하며 이러한 내용이 고도의 예술형식과 언어를 갖춘 것일수록 그 작품의 가치가 있다고 보고 있다.

"我們中國文學發展史的中心部分, 乃是那些現實主義敝作方法, 深刻地反映出社會現實作品. 他們之所以具有如此長久的生命爲我們所珍惜, 是因他們大膽地錨繪了當時的階級矛盾, 人民的生活和人民的願望, 亦卽這些作品內容是具有高度的人民性和傾向性的.
當然, 這些偉大的作品所採用的藝術形式和所使用的言語多半都是比較通俗的, 與民間藝術形式接近的. 但決定他們價値的主要因素却是他們的內容"31)
(우리 중국문학발전사의 중심 부분은 그러한 현실주의적 창작방법으로서 심각하게 사회현실적인 작품을 반영하였다. 그러한 것들의 이와 같은 장구한 생명을 갖추고 있음은 우리가 정말로 소중히 여기는 바이다. 이는 그들이 대담하게 당시의 계급의 모순을 묘사했고, 인민의 생활과 인민의 원망을 묘사했으며, 또한 이러한 작품내용은 고도의 인민성과 경향성을 갖추고 있기 때문이다. 당연히 이러한 위대한 작품이 채용하는 바의 예술형식과 사용하는 바의 언어는 다반수 모두가 비교적 통속적이고 민간예술형식에 근접해 있다. 그러나 그것들의 가치를 결정하는 주요 요인은 오히려 그것들의 내용이다.)

따라서 이와 같은 점에 비추어 볼 때에 호적이 문학을 보는 시각은 적절하지 않다고 여겨진다. 예를 들면, 호적은 杜甫의 작품을 '恢諧風趣(해학)'적이라고 보고 있으며 西遊記 작품은 '玩世主義(세상을 업신여기는 주의)'의 내용으로서 규정하고 있으나 마르크스주의 대륙학자의 시각으로 볼 때에 서유기는 '봉건사회속의 노동인민이 통치계급에 강렬히 반항한 작품'이며 또한 두보는 '현실주의자'라고 봄으로서 호적은 중국문학을 허무주의적인 태도로 보고 있다

---

31) 위와 같음

고 비판하고 있다.

何其芳(1912~1977)은 호적의 연구방법을 첫째, 실험주의적인 방법과 둘째, 역사적인 방법으로서 요약하였으나 일반적으로 마르크스주의 대륙학자들은 이러한 호적의 견해를 그들 나름대로 해석하여 '자산계급의 관점으로서 현실을 왜곡한 것'이라고 비판하였다. 그들은 호적의 '水滸傳考證'을 다음과 같이 비판하였다.

"첫째, 호적은 임의로 연구대상에 대한 유관재료를 선택하여 시대 순에 따라서 나열하였는데 이에 대해서는 상세하게 전면적인 고찰을 하지 않고 더욱이 당시 사회의 계급투쟁하는 역사적인 사실을 설명하지도 않았다.

둘째, 자질구레한 개별적인 재료만으로서 과거의 헛된 견해를 가지고 연구대상의 본래의 면목을 단언하였다. 더욱 정확히 말하자면 실용주의자의 견해로서 세계상의 모든 사물은 본래의 고정된 면목과 고정적으로 함축된 의의가 없으며 임의대로 해석해도 된다. (다만, 마르크스주의자의 해석만은 승인할 수가 없다.) 따라서 일체의 연구대상은 모두 객관적인 진리와 객관적인 규율을 찾을 수가 없으며 그들은 다른 시기에 다른 사람의 해석으로서 여러 가지의 다른 모양을 이루었다.

셋째, 이렇게 전 사람의 해석이나 실용주의자의 해석을 거쳐 혼란과 모순을 초래했는데 즉, '歷史進化' 혹은 '歷史演進'이라고 하는 것이다.

넷째, 단지 역사적 사실에는 그 최후의 원인이 있다는 것만을 예외로 하고 있으며 그 원인을 변천하는 원인으로서 해석하여 임의로 編造하고 있다. 더욱이 역사유물주의의 관점을 반대하고 생산방식과 계급투쟁으로서 역사를 해석하는 데 반대하고 있다.

다섯째, 어떠한 경우, 자질구레한 재료조차 찾을 수 없을 때는 '아마', '나는 … 라고 생각한다.', '우리는 …라고 가설할 수 있다'는 등의 근거로서 판단을 내린다."[32]

---

32) 위의 책, 275쪽

그러므로 대륙의 마르크스주의 신봉자들은 다음과 같이 호적을 공격한다.

첫째, 실용주의는 다윈의 결점을 이용한다. 즉, '자연계에 비약이 없다'는 설법은 소위 진화로서 혁명을 반대한다는 것이다.

둘째, 사회과학과 자연과학의 연구대상은 서로 다른 영역으로서 인류사회는 그 자신의 특점이 있고 그 자신의 발전규율이 있어 다윈의 동식물계에 관한 학설로서 간단히 인류의 사회역사와 사회생활을 해석할 수 없다. 그러나 실용주의자 호적은 이러한 '進化' 혹은 '演進'의 개념으로서 일체를 해석해 버렸다.

셋째, 호적이 제창하는 '역사적 방법'은 임의로 편조한 것으로서 다윈의 실제와는 毫不相干(추호도 서로 관계가 없다)이다. 따라서 서유기는 신화적 환상과 허구로서 가득 찬 특색 있는 작품이다. 그러나 그 이면에는 심오한 뜻이 있으므로 호적이 말하는, 단지 '滑稽'와 '玩世'는 절대로 아니다.[33]

그러므로 마르크스주의의 관점으로서의 서유기는 중국 고대에 민간에서 유행하는 신화와 전설을 기초로서 창조해낸 작품으로서 그 이면에는 환상과 허구가 많으며 이는 중국인민이 자연을 정복하고 지배하는 이상스럽고 풍부한 상상력을 반영한 것으로서 이로써 자신이 이와 같이 이상스럽고도 거대한 잠재능력을 갖추고 있음을 맡게 한다. 그러나 호적은 이러한 중국의 문학유산을 두 가지 태도로서 부정하고 있다.

첫째, 호적은 중국문학의 전통과 특색을 고려하지 않고 있다. 그는 서양문학에 대한 천박한 지식을 표준으로 하여 중국문학을 유치한 것으로 규정한다.

둘째, 호적은 역사와 인민으로부터 중국이 많은 걸출한 작품을 배출했음을 부정한다. 그는 미국의 자산계급이 교육시켜낸 공허한 두뇌와 저능한 예술 감상력을 표준 삼았다. 이러한 그는 이해할 수 없는 인물이며 작품 또한 문학적인 가치가

---

33) 위의 책, 300쪽

없고 그렇다고 심오한 뜻도 없으며 식견이 비루하다. 즉, 그는 서양문학을 무조건 숭배하는 데서 기본적으로 출발하였다.[34]

그러나 대체로 호적의 공헌으로 다음의 몇 가지 점을 들 수 있다.
.

첫째, 호적은 백화로서 신문학을 창도하였다.
둘째, 호적은 역사적 사실에 근거를 두고 '중국문학 연변론'을 주장하였는데, 즉 국어는 고문의 진화이며 백화문이 중국문학사상 어떠한 지위를 점하고 있는지를 명료히 하였다.
셋째, 호적은 백화신시의 嘗試를 발기하였다.

이에 대해 중국대륙학자는 또다시 반박한다.

첫째, 호적은 중국문학 연변론의 오류를 범했다.
둘째, 호적의 백화신시의 상시는 다만 文言詞詩의 개량일 뿐이다.
셋째, 호적의 백화로 신문학을 쓰는 것은 신발명이 아니다. 일찍이 1887년 탈고한 '日本國志'의 학술지에서 黃遵憲(1848~1905)은 '언어와 문자의 합일'을 제창하였고 1902년에 梁啓超(1873~1929)가 창간한 '신소설'에서 그는 백화로 무학어를 삼자는 주장을 한 적이 있다

중국의 마르크스주의 신봉자들은 호적의 고전문학연구방면에 다음과 같은 세 가지의 편파성을 지적하였다.

첫째, 작품을 구체적으로 연구하려고 하지 않고 임의로 작품의 내용을 판단하였다.
둘째, 작품에 대해 깊이 있는 연구 즉, 작품의 주요내용이 무엇인지 특수한 성취가 무엇인지 등등을 깊이 있게 연구하지 않고 보편적이고 극소수의 개념으로서 작품을 열독하고 이러한 개념에 관한 부분만을 발췌하여 나열하면서 이러한

---

34) 위의 책, 301쪽

작품들을 긍정 혹은 부정하였다.

셋째, 마르크스주의 이론을 깊이 있게 연구하지 않고 작품 자체 또한 성실히 연구하지 않았다.[35]

이와 같이 중국대륙의 마르크스주의 신봉자들은 유물사관으로서 중국문학의 정통성을 옹호하였다.

(2) 사회사상 비판

중국대륙학자 夏鼎은 '批判考古學中的胡適派資産階級思想(고고학 가운데 호적파의 자산계급사상을 비판한다)'에서 호적파의 잘못된 작풍을 다음의 몇 가지로 지적하였다.

첫째, 학술에서 정치로 탈바꿈하였다
둘째, 나무만 보고 숲을 보지 못하였다
셋째, 고고학과 역사학을 분리시켰다
넷째, 자료를 마구 남용하여 부패한 자산계급의 악렬한 작풍을 생산하였다
다섯째, 종파가 난립하여 학벌패권의 기풍을 낳았다.[36]

이와 같이 호적은 자산계급의 편에 서서 사회주의의 사상조류를 반대하고 정론을 내세웠으니, 즉 '몇 가지 문제에 대해 더 많은 연구를 하고 주의에 대해서는 적게 이야기하자'[37]는 것이 그렇다. 이와 같이 호적은 李大金(1889~1927), 魯迅(1881~1936) 등과 견해를 달리하였다. 다시 말하면 호적은 중국혁명운동과 배치되었으며 사

---

35) 위의 책, 302쪽
36) 『호적사회주의사상비판』(제6집), 217~225쪽
37) 위의 책, 238쪽

상적으로는 반대되는 새로운 계단을 쌓았다.[38]

그러나 이대조, 노신은 불타협을 견지하였고 이로써 『신청년』 잡지에 마르크스·레닌주의 사상을 게재할 것을 요구하였다. 이에 대해 호적은 다음과 같이 반대하였다.

첫째, 『신청년』은 특별한 색체를 지닌 잡지로서 편폭이 많지 않으니 따로 철학잡지를 만들라.

둘째, 만약 『신청년』이 내용을 바꾸면 '정치를 말하지 않는다'는 계약을 위반하는 것이 된다.

셋째, 『신청년』이 우체국에서 보내지 않고 있는데 그 기간이 언제까지인가.

따라서 중국의 마르크스주의 신봉자들은 다음과 같이 호적의 잘못을 지적한다.

첫째, 5·4 시대의 민학 혁명운동의 내용은 다만 어문의 개량이며 반제국, 반봉건 사상의 내용을 떨어뜨렸다.

둘째, 모호함, 망설임, 無信心 등의 태도로서 백화문운동을 제창하였다.

셋째, 계급관계를 말살하는 반역사적인 '역사적 문학관념론'을 선전하였다

넷째, 제고주의문회를 찬양하고 민족문화유산을 부정하는 '西化論'을 주장하였다.[39]

상술한 바와 같이 중국의 마르크스주의 신봉자들이 호적의 사상을 비판하는 이유는 무엇일까? 이는 다음과 같이 세 가지로 요약할 수 있다. 즉,

---

38) 위의 책. 239쪽
39) 위의 책. 251쪽

첫째, 이것은 그들끼리 계급투쟁하는 구체적인 모습이다.
둘째, 호적사상을 비판하는 것은 자유주의와 민주주의를 숙청하는 것이다.
셋째, 호적사상을 비판하는 또 하나의 목적은 유물주의의 선전이며 유물사상을 고취시켜 통치하고자 하는 것이다.

이와 같이 중국에서 호적사상을 청산하려는 노력은 1950년부터 시작되었다. 당시에 그들이 진행했던 지식인의 '사상개조' 바람은 그의 아들로 하여금 「對我父親胡適的批評(나의 아버지 호적의 비평)」이라는 글을 발표하게 하였고 호적이 제창한 '개량주의'의 잘못을 지적하였으며 그를 제국주의의 앞잡이로 몰아세웠다. 1952년 상해에서 거행된 '호적사상비평좌담회'에서 沈尹默(1883~1971) 등이 비판에 참가하여 다음과 같은 세 가지 점을 집중 비판하였다.

첫째, 호적은 북경대학 재직 시 사상적으로 이대조와 접근하지 않았고 정치에는 관심 없이 학문에만 몰두하는 태도로서 '반동정권'을 도왔다.
둘째, 호적의 중간노선과 개량주의사상은 봉건제도를 유지시켰고, 공산당의 발전을 저해하였다.
셋째, 서방문화를 소개하고 듀이를 초청하는 등 매판사상을 숭상하였다.

이와 같이 호적을 비판한 각종 회의를 1950년부터 열거해 보면 다음의 열 가지 항목을 들 수 있다.

하나, 1950년 호적의 둘째아들로 하여금 호적을 공격하게 한 점
둘, 1951년 공산당이 북경대학과 문화대학 양 학원에서 호적의 사상문제를 토론케 하여 중문, 철학, 도서관 등의 네 개 학과로 하여금 연합으로 '控訴會(고소회)'를 만들어 俞平伯(1900~), 顧吉剛(1893~1980), 朱光潛(1897~1986) 등으로 하여금 '帶頭控訴(지도자 고발)'한 점
셋, 1952년 상해에서 '호적사상비평좌담회'를 거행하여 심윤묵, 周谷城 등이

비평에 참가

넷, 1954년 10월 발생한 유평백의 <홍루몽연구>사건

다섯, 1954년 12월부터 1955년 4월까지 거행된 12차 토론회에서 호적의 철학·정치·문학사상 및 호적파의 홍루몽연구 등 18편의 논문을 비평

여섯, 1954년 말 상해, 강소 등지에서 호적사상비평조직을 성립

일곱, 1955년 3월 5일 '상해시 학술문화비평 호적사상공작위원회'를 조직하여 문화교육계 및 공산당간부 이천여 명이 호적사상을 비판하는 보고를 한 점

여덟, 기타 천진, 무한, 난주, 중경 등지에서 좌담회, 토론회와 비평회를 열어서 호적의 각종학술사상을 청산

아홉, 고등학교 등 동북인민대학과 동북사범대학 등에서 85개 항의 호적비평제목을 확정한 것

열, 중공중앙선전부는 북경에서 각 기관 고급간부들에게 유물주의를 선전하고 유심주의사상을 비평하는 강연회를 열기로 하였는데 이 강연회의 초보단계로서 5월부터 7월까지 4차의 강연을 열어 周揚(1908~), 楊獻眞, 胡繩, 艾思奇 등으로 하여금 다음 4개의 제목으로 강연케 하였는데, 즉

하나, 왜 유심주의를 비평해야 하고 유물주의를 선전해야 하는가

둘, 무엇이 변증유물주의인가

셋, 호적사상비판

넷, 호풍사상비판 중국공산당이 호적이 주장하는 실험주의에 대해서 비판한 것을 보면 아래의 네 가지 방면으로 나누어진다.

첫째, 세계관 방면

둘째, 진리관 방면

셋째, 논리관 방면

넷째, 사상방법상 방면 등등[40)]

　

　상기사항들을 종합해 보면 우리는 중국공산당이 실험주의를 왜 비평해야만 하였으며, 실험주의철학이 중국공산주의에 다음과 같은 네 가지 점에서 불리하게 작용하였음을 간파할 수 있다.

---

40) 위의 책, 41쪽

첫째, 실험주의는 객관적으로 존재하는 발전적인 규율을 말살하고 역사의 객관적인 규율도 말살하여 대립투쟁에 역사발전의 원동력이 됨을 부정하였다.

둘째, 실험주의는 역사에 대하여 양의 증가만 인정하며 질의 변이는 인정하지 않고 있다. 다만 점차로 변하는 것일 뿐 돌연변이는 아니다. 이는 자본주의의 존재를 옹호하는 것이다.

셋째, 실험주의는 개인추구 등의 이론으로 尼採(니체), 拍格森(Henri Bergson, 1859~1941) 등의 이론에서 제국주의를 확충시키고 자산계급을 옹호한다.

넷째, 실험주의는 개량주의로서 현재의 반동정치적인 생활을 영위케 한다.

이와 같은 점에서 공산당은 실험주의가 현실정치문제에 끼어들게 되면 공산당이 주장하는 마르크스주의에 배치됨으로써 자연히 호적은 중국공산당의 목표가 되게 되었다. 그러므로 중국공산당은 호적의 인생관을 비판코자하여 艾思奇, 胡繩, 于光遠, 侯外盧, 張世英 등으로 하여금 호적을 아래 두 가지 방면에서 비판케 하였다.

첫째, 인류는 동물의 일종이지만 결코 일반적인 동물은 아니다.

둘째, 호적이 제출한 '자유주의 인생관'은 자산계급의 사회학과 물리학적 관점으로 인생을 해석한 것이다.

이외에도 중국공산당은 어떠한 개성과 진리의 추구도 불허하였고 변증법으로 투쟁하여 공산주의 천국을 이루고자 하였다. 호적의 사회사상은 두 가지 방면으로 표현할 수 있는데 하나는 '社會不巧論'이고, 다른 하나는 '건전한 개인주의론'이다. 이러한 호적의 사회관은 중국공산당의 사회관을 부정하는 것 이었으니, 즉 공산당은 중국사회를 西周 初부터 19세기 중엽까지(아편전쟁 이전)의 삼천년의 중국역사를 모두 봉건사회의 역사로 보고, 아편전쟁부터 1950년 중국공산당 건립까지를 또 하나의 봉건사회의 역사로 간주하였다. 그러므로 이러한 맥락으로 보아 시 삼백 편은 중국 초기의 봉건사회의 목가로 보고 서주 이래 아편전쟁 전까지 바뀐 무수한 왕조, 朝代를 중국봉건사회변화의 과정으로 보고 있으며 북송 이래 도시경제의 발전과 상인의 출현등도 모두 봉건제도의 사회로 보고 있다.41) 그러므로 공산당이 호적의 개량주의를 일종의 '반혁명적 기회주의'로 몰아세우는 것도 그들 논리로서는 타당하다고 하겠다.

(3) 정치사상 비판

호적은 기본적으로는 정치에 관하여 '不論(논하지 않는다)'의 원칙을 고수하였다. 그러나 유감스럽게도 그는 정치와 밀접한 관계를 갖게 되었다. 이는 본의와는 멀었을지라도 당시 시대적인 상황이 그를 좌파나 우파의 어느 쪽으로 색체를 지닐 수밖에 없는 입장에 있었다고 여겨진다. 그는 개화기 초기에『신청년』잡지에 언급한 내용에서도 보여주듯이 정치상의 어떤 주의·주장을 내세우는 것을 극도로 자제하였다. 그러나 시대가 그를 그렇게 내버려두지 않았고 또한 주위의 사람들이 정치에 휘밀려 들이감으로써, 그밖에 주위에서 자신의 색깔을 분명히 할 것을 종용함으로써 타의로 인해서 그는 정치적인 풍랑에 빨려 들어갔다. 이러한 풍랑 속에서 그는 1919년에『신문평론』을 창간하였다. 계속해서 1922년에는『노력주보』를, 그리고 1930년에는『신월잡지』를, 그 후 1931년 이후에는『독립평론』을 통하여 시사 논평 및 정치논평을 위주로 하는 글을 쓰면서 중국의 민주화를 향해 나섰고, 그 영향은 두드러졌다. 이러한

---

41) 위의 책, 71쪽

간행물을 통해서 실었던 그의 간행물의 제목을 열거하면 다음과
같다.

① 『노력주보』
　11년 5월(4기), <關於我們的政治主張的討論>(우리의 정치주장에 관한 토론)
　11년 6월(5기), <政論家與政黨>(정론가와 정당)

② 『독립평론』
　21년 9월(17기), <中國政治出路的討論>(중국정치가 나아갈 길에 관한 토론)
　24년 8월(163기), <政制改革的大路>(정치제도 개혁의 길)
　9월(171기), <從一黨到無黨的政治>(일당에서 무소속으로의 정치)

③ 『자유중국』
　39년 1월(반월간, 2권 3기), <共産黨統治下絶沒有自由>(공산당통치하에
　서는 절대로 자유가 없다) 등등

　앞의 제목에서 보여주듯이 초기에 무관심했던 그의 입장이 점차
색채를 띠면서 무소속에서 국민당 쪽으로 기울어가는 그의 노선을
그려볼 수 있다. 호적은 이와 같은 글 등을 통해서 첫째, 독립정신
둘째, 역사적 자각 셋째, 부흥의 공작 등을 주장하였다. 또한 호적
은 『매주평론』 제28호에서 다음과 같이 말하였다.

　　"現在與論界大危險, 就是偏向字上的學說, 不去實地考察中國今日的社會需
　　要究竟是什麻東西. 那些提倡尊孔祀天的人, 固然是不 董得現時社會的需要.
　　那些迷信軍國主義或無政府主義的人, 就可算時 董得現時社會的需要麻?"[42]
　　(현재 여론계의 커다란 위험은 문자 상에 편향된 학설이며, 중국에서 오늘날의
　　사회가 필요로 하는 것이 도대체 무엇인지를 고찰하려고 하지를 않는 것이다.

---

42) 『每週評論』, 제28호

공자를 존경하고 대총통이 매년 동지 날 하늘에 제사를 지내는 것을 숭상하는 그러한 사람들은 물론이거니와 현재의 사회가 필요로 하는 바를 깨닫지 못하고 있는 것이다. 그와 같이 군국주의 혹은 무정부주의를 미혹하게 믿는 사람들은 정말로 현재 이 시대에 사회가 필요로 하는 것이 무엇인지를 깨닫고 있다고 생각하는가?)

그러므로 호적은 이 시대에 여론가가 제일로 삼아야 하는 것은 세심하고도 면밀히 현 사회의 실제상황을 자세히 관찰하고 연구해야하는 것이라고 주장하였다. 여기에 필요한 일체의 '학문이론'과 일체의 '주의 주장'은 모두 이러한 고찰을 위한 도구라고 생각하였다. 즉, 학문이론을 참고자료로 하면 바로 고찰의 상황을 비교적 용이하게 이해할 수 있고, '모종의 상황이 어떠한 의의를 가지고 있는가' 하는 것을 용이하게 알 수 있고, 또 어떻게 그러한 상황을 구제해야 하는가를 알게 된다는 것이다. 그러나 애석하게도 이러한 의견에 당시의 많은 사람들은 귀를 기울이지 않았다. 북경의 <公言報>, <新民國報> 등과 일본어로 만들어진 <新支那報> 등은 모두 국력으로 安福部의 우두머리인 王揖唐이 주장하는 민생주의의 연설을 치켜세웠을 뿐만 아니라 안진복지부가 설립한 '민생주의연구회'에서 주장하는 방법론에 아첨하였다. 이에 호적은 '안전복지부도 민생주의를 말하고 있지만 그들의 주장은 우리들에게 어떤 교훈을 주기에는 충분하지 못하다'라고 하면서 그들에게 의문을 제기하였다. 그 세 가지 교훈을 들면 아래와 같다.

첫째, 空談好聽(듣기는 좋으나 내용이 없는 빈말)에 해당하는 무슨 주의를 내세우기는 지극히 쉬운 일이며 개도 고양이도 모두 할 수 있는 일이며 앵무새와 유성기도 모두 할 수 있는 일이다.

둘째, 단지 빈말로만 들여오는 무슨 무슨 주의는 아무런 쓸모가 없다. 일체의 무슨 주의는 때때로 이따금씩 즉석에서 그 사회가 필요로 하는 순간적인 구제 방법일 뿐이다. 진실로 지금 사회에서 필요로 하는 것이 무엇인가를 힘써서 연구하지 않고 단지 무슨 무슨 주의만을 내세우는 것은 마치 의사가 많은 약이름만을 기억해 두고 환자의 병세를 보지도 아니하고 처방을 해주는 것과 같이 쓸모없는 것이다.

셋째, 편향된 주의는 매우 위험한 것이다. 이런 종류의 口頭禪(실제로는 아무 의미 없이 입버릇처럼 하는 말)은 부끄러움을 모르는 정객들에 의해 쓰여서 사람을 해치기까지 하는 것이다. 유럽의 일부 정객들과 자본가들이 국가주의의 유독성을 이용하고 있는 것은 공지의 사실이다. 현재 중국의 정객들은 이러한 모종의 주의로서 사람들을 기만하고 있다. 羅蘭(로랜) 부인은 '자유! 자유! 천하의 모든 죄악이 몽땅 너의 이름을 빌어 저질러지는 것이다!'라고 말하였다. 이처럼 듣기 좋은 주의는 모두 이러한 위험성이 도사리고 있다.[43]

호적은 '주의'라고 하는 것은 시대의 추이에 따라서 일어나는 것으로 보았다. 즉, 모종의 사회 속에는 그 시대가 있으므로 해서 어떠한 영향을 받게 되어 있고 그 나타나는 불만족한 현상을 관찰함으로써 구제의 방법이 있다고 보았다. 이것이 주의가 발생하는 원인이다. 주의가 발생하는 초기에는 구체의 구체적인 주장이 일어나며 후에 이러한 주장이 전파되는데 전파하는 사람이 간편하게 정리하여 간단하게 무슨 무슨 주의로서 불리게 된다. 이와 같이 주장이 주의가 되고 이것이 구체성을 갖고 추상적인 명사로 변하게 된다. 따라서 호적이 주장하는 주의의 약점과 위험이 이 속에 있는 것이다. 왜냐하면 세상에는 추상명사 없이 어느 사람 어느 파벌의 구체적인 주장이 이 속에 포함되기 때문이다. 이에 대해 호적은 예를 들어 설명하였는데 '사회주의'라는 명사는 마르크스의 사회주의

---

43) 『问题与主义』, 胡适纪念馆, 114~115쪽

와 王揖唐의 사회주의와는 다르며, 그의 사회주의와 나의 사회주의는 다르며, 이것은 결코 하나의 추상명사 속에 포함시킬 수 없는 것이다. 그러므로 호적의 사회주의는 王揖唐의 사회주의와는 다르며 같은 명사를 사용하였기 때문에 모두 사회주의라고 하여서 이러한 추상명사가 사람을 기만함으로써 주의의 위험과 결점이 나타나는 것이라고 주장하였다.[44]

따라서 호적은 '多提出一些問題, 少說一些紙上的主義'를 주장하였는데 '문제를 많이 제기하고 지면상의 주의는 적게 말하자'라고 하는 것이 그것이다. 그러나 오늘날 주의를 말하는 사람이 너무 많고 문제를 연구하지 않고 있음을 통탄하였다. 이러한 호적의 <문제와 주의>에 대하여 중국 공산당은 다음과 같이 지적하였다.

첫째, 호적에 따르면 '주의는 주장의 승화이고 주장은 주의의 결실'로 본다.
둘째, 호적에 따르면 '마르크스의 학설은 시간성과 공간성이 있어 중국정치의 강령으로서 삼을 수 없다'고 본다.
셋째, 호적에 따르면 '계급투쟁에 대하여 마르크스주의의 효과를 인정한다. 그러나 이것으로서 사회가 상호협력하면서 대립진영을 형성하여 역사상으로 허다한 잠극을 연출케 한다.'고 본다.
넷째, 호적은 많은 연구 과제를 제출하였는데 예를 들면, 인력거꾼의 생계문제, 매음문제 등등이다.

이상과 같은 요점으로 공산당은 호적의 주장을 요약하였다. 이는 소위 '신민주주의', '사회주의' 및 '공산주의' 모두가 그들이 계급투쟁으로서 정권을 탈취하고자하는 근거로서 필요로 하는 바이며 이는 그 통치의 목적을 달성하고자 하는 것이었다.[45]

---

44) 위의 책, 115쪽

호적은 「我們走 那一條路(우리는 어느 길을 걸을 것인가)」에서 중국이 직면한 문제를 해결하기 위한 방법으로서 소극적인 방법과 적극적인 방법의 두 가지 방면에서 아래와 같이 그 목표를 내세웠다.

하나: 소극적인 방면으로서 아래와 같은 다섯 가지의 커다란 적을 물리치자
첫째, 대적은 빈궁이다.
둘째, 대적은 질병이다.
셋째, 대적은 우매함이다.
넷째, 대적은 탐관오리이다.
다섯째, 대적은 교란이다.

앞의 五敵 가운데 자본주의가 부재한 이유로는 중국 내에는 대부분 작은 부자만 있을 뿐 모두 자산계급이기 때문이며, 또한 봉건세력이 부재한 것은 봉건제도는 이미 이천 년 전에 붕괴되었기 때문이다. 그 외 제국주의도 이 5개 항에 들어갈 수 없다.

둘: 적극적인 방면으로서 치안을 잘하여 번영하도록 하고 이로서 문명을 갖춘 현대국가를 이룩하자는 것이다. 이 실천방법으로서 호적은 세 가지를 내세웠는데 다음과 같다.
첫째, 演進의 길(Evolution)
둘째, 革命의 길
셋째, 무력으로 해결하는 길

상술한 가운데 연진과 혁명은 다만 정도상의 차이일 뿐 결코 별개의 것은 아니다. 변화가 급진적이면 곧 혁명이고, 변화가 점진적이면 연진이라고 하는 것이다.

---

45) 金達凱著, 『中共批評胡適思想研究』, 香港: 自由出版社, 1955

공산당의 견해는 앞에 서술한 바와 같은 호적의 견해와 상반된 것으로, 예를 들면, 모택동은 그의 『중국혁명과 중국공산당』, 『신민주주의론』에서 중국의 仇敵은 봉건주의, 제국주의, 자본주의 그리고 지주계급이라고 못 박았다.[46] 그러나 호적은 상술한 바대로 '봉건제도는 일찍이 이천 년 전에 붕괴되었다'라고 주장하였다. 그러므로 봉건주의를 원수로 삼을 이유가 없다고 보는 견해이다. 결국 모택동의 주장에 찬물을 끼얹는 것과 같았다. 이러한 정치상의 견해 차이로 공산당은 호적을 '정치적인 적'으로 간주하였던 것이다. 그 구체적인 이유로는 다음과 같은 점을 들 수 있겠다.

첫째, 호적은 공산당을 일관되게 반대한다.
둘째, 호적은 국민정부에 가깝다.
셋째, 호적은 공산당 측의 학생운동을 저해한다.

그리하여 마침내는 공산당 쪽에서 호적의 '반공서'를 제출하였는데 그 내용을 보면 다음과 같다.

첫째, 이대교가 1916년에서 1919년에 발표한 「新的舊的(새로운 것과 낡은 것)」 등의 글을 마구 뿌려 대중에게 홍보하면서 마르크스주의사상을 선전할 당시에 호적은 「不巧(영원히 부패하지 않는다)」 등의 문장을 써서 의식적으로 공산주의 운동을 방해하였다.
둘째, 이대교가 1919년에서 1922년간에 <唯物史觀在現在歷史上的價値>(유물사관이 현재 역사상에서의 가치)를 발표하였을 당시 호적은 <실험주의>와 <새로운 사조의 의의>로서 대항하였다.
셋째, 항전시기에 호적은 공산당이 내세우는 '통일전선'을 다음과 같이 반대하

---

46) 毛澤東, 「中國革命與中國共産黨」, 『毛澤東選集』(제2권), 北京: 人民出版社, 1971, 584~594쪽

였다. "국가인민의 물질적, 정신적인 손실은 무한대이며 영원히 배상할 수 없는 것이다."

넷째, 호적이 미국에서 거주할 당시에 '延安封建割據'를 다음과 같이 반대하였다. "1936년 6월 1일(大公報)에 '親者所痛, 仇者所快(친척은 아프고 원수는 편안하다)'이라는 문장을 발표하였는데 이는 '연안봉건할거'를 반대한 것이다.

다섯째, 국민대회 개최 시 호적이 제일 먼저 서명하여서 공산당 노선과 다른 반란평정의 조례를 제출하였다.

여섯째, 『독립평론』 잡지에 「통일의 길」, 「정치통일의 경로」, 「건설문제의 논의」, 「건국대동맹」 등등의 글을 실었는데 이 또한 공산주의 이론과 다르다.

일곱째, 1950년에는 해외에서 「스탈린이 쓴 세계전략하의 논설」을 썼다. 이 또한 중국공산당이 추구하는 주장과는 다르다.

여덟째, 1948년 10월에는 「두 가지 세계 속의 다른 두 가지 문화」, 「我們必須選擇我們的方向(우리는 반드시 우리의 갈 길을 선택해야만 한다)」, 「국제정세 속에서의 두 가지 문제」 등등을 발표하였는데 이것도 공산주의 노선과는 색체가 다르다.

위의 글을 통해서 살펴본 바와 같이 호적은 공산주의자들의 주장과는 전혀 다른 의견을 제시하면서 공산주의자들에게 비판의 대상이 되었던 것이다. 이것은 결국 대륙의 공산주의 신봉자들에게 위와 같이 신랄한 비판을 받았으며 매도되었던 것이다. 이점은 참으로 애석한 일이 아닐 수 없다.

3. 결론

위와 같이 제2장과 제3장에서 호적의 <正>과 <反>을 살펴보았다. <反>의 주장대로 다시 이를 정리하여 본다면 아래와 같이 요약될 수 있겠다.

첫째, 호적은 사회계급을 인정하지 않았다.
둘째, 호적은 서양학문을 무조건 숭배하였다.
셋째, 호적의 문학에 대한 주장은 독창성이 결여되어 있다.
넷째, 마르크스 이론을 깊이 있게 연구하지 않았다.
다섯째, 그의 노선이 학술에서 정치로 선회하였다.
여섯째, 그의 학술적인 시야가 좁았다.
일곱째, 자본주의의 사상을 가지고 있다. 등등.

상술한 점들을 더 간단히 요약한다면 호적은 마르크스주의를 반대하였다는 것이 되겠다. 이 점에 있어서는 한 가지 의문을 제기할수 있다. 그것은 과연 마르크스주의가 절대불변의 진리인가 하는점이다. 이렇게 본다면 호적이 마르크스주의에 반대하였다는 것만으로 호적을 평가절하시킬 수는 없을 것이다. 이것이 중국 대륙학자들의 견해가 보여주는 한계이다. 당시 중국은 공산당이 결국 승리하여 오늘날의 중국을 건립하였다. 이른바 중화인민공화국이 그것이다. 그러나 무력으로서의 쟁취는 정신까지의 쟁취를 달성하지는 못했던 것 같다. 지금도 중국에서는 끝까지 마르크스주의를 실천하고자 노력하고 있는 것을 볼 수 있다. 필자가 중국에서 본 논문의 대부분이 중국 공산당 찬양의 논조를 담고 있는 것을 볼 수 있었으며 마르크스, 레닌, 모택동의 가르침으로 모든 것을 잣대질하려는 의도를 엿볼 수가 있었다. 그러면서도 한편으로는 선진외국의 사상과 문화를 받아들이려고 애쓰는 흔적이 최근에 급증하고 있는 것을 느낄 수가 있었다. 이것은 마치 주머니속의 송곳처럼 지식인들의 글속에서 엿볼 수가 있다. 결국 마르크스주의의 한계는 중국 공산주의자들로 하여금 밖으로 눈을 돌리지 않을 수가 없게 된 것이다. 호적이 살다간 시대가 바로 이러한 현상이 두드러졌던 때였다. 청·일전쟁 이후 중국은 자신이 '잠자는 돼지'였던 것을 깨닫고 일본, 미국, 유럽 등지로 많은 유학생을 파견하였다. 호적도 이때에 미국으로 유학을 갔으며 덕분에 제2장에서 서술한 도덕주의, 자유주의, 실용주의 사상 등을 주장하게 되었던 것이다.

그러나 유감스럽게도 공산주의자들은 호적을 오직 서방세계에 넋이 빠져 무조건 서양귀신만을 숭배하는 강아지로 매도시켜 버리고 말았다. 서방이론을 무조건 배척하는 공산주의가 낳은 이러한 악렬한 폐습은 결국 오늘의 중국을 만들고 말았다. 필자는 오늘의 낙후된 중국을 바라보면서 현재 세계가 하나가 되어 공존하려는 현실을 외면한 이러한 편협된 주의가 얼마나 많은 위험성을 내포하고 있는지 감지하였다.

대체로 호적은 다윈의 기본이론을 받아들여서 중국문학을 개량하고자 하였다. 이러한 노력은 많은 사람들에게 받아들여져 백화문으로 문장을 쓰게 되었다. 공산주의자들은 다윈의 '진화론'을 중국문학의 개량에 끌어들이는 것 자체에 혐오감을 느끼고 있는 듯하다. 사실 필자가 '호적의 서양문학 수용'을 일일이 거론하자면 많은 사항이 그를 서방이론의 추종자로 귀결시킬 수도 있을 것이다. 그러나 무엇보다도 중요한 것은 호적의 기본정신 자체는 중국이라는 거대한 토양 속에서 결코 불멸하고 있다는 점이다. 이러한 작업의 일환으로서 필자의 저서인 <호적 백화문운동의 원류>를 통하여 중국의 정통성을 찾고자 시도한 바 있다. 일찍이 중국 내에서도 진화론을 언급한 학자가 있었을 것이지만, 사실 호적은 밖에서 보물을 찾고 나서 집안에 그와 같은 보물이 숨겨져 있었다는 것을 비로소 깨닫고 '옛것을 정리하자'는 구호를 외친 것으로 여겨진다.

이와 같은 관점에서 출발하여 호적은 입센의 <노라주의>를 흡수하였으며 중국 내에서의 부녀자가 남자의 치하에서 불평등한 대우를 받고 있음을 깨닫고 여성해방운동에 앞장섰다. 현재 중국에 '부녀해방의 날'을 제정하여 휴식의 날로 행하고 있음을 볼 때 호적의 주장들이 쓸모없는 것이라고 몰아세웠던 공산주의자들의 이중적인 모습을 보게 된다. 이렇게 볼 때에 결국 호적의 정치의 제물로 바쳐졌던 것이다. 호적의 실용주의도 역시 이러한 맥락에서 받아들여져야 한다고 사료된다. 당시에 듀이의 학설은 중국에서 선풍적인 인기를 끌고 있었던 것으로서 호적뿐만 아니라 많은 지식인 즉, 노신, 서지마, 문일다 등등의 학자들에게도 긍정적으로 받아들여졌던 것이다. 그러므로 노신과 같은 소설가는 모택동으로부터 극찬을 받기도 하였는데 이러한 노신도 '拿來主義(외국 것을 가져오자)'를 외쳤던 것이다. 그럼에도 불구하고 호적은 그들의 타도대상이 되었던 것은 오직 정치의 희생물이었다고밖에 달리 표현할 수 없겠다.

결론적으로 이제 호적을 바라보는 시각은 수정되어야 할 때가 온 것 같다. 즉, 서양문화만을 좇는 호적으로서가 아니라 중국의 전통 속에 호적으로 이어지는 정통성을 계승하여 서양의 선진이론과 비견하는 학설을 찾고자 하는 노력이 필요할 때인 것 같다. 그러므로 앞으로 호적에 관한 연구는 중국 전통 내에서 서양의 모습을 찾고자 하는 노력이 요구된다고 보며 이점은 후학들이 해결해야 할 과제라고 할 것이다.

【참고문헌】

[1] 주덕발,『중국현대문학사 해설』, 서울: 열음사, 1992

[2] 정광우,『난 당신에게 이유를 말하지 않으렵니다』, 서울: 장백출판
사, 1989

[3] 중국어문연구회,『중국당대문학사』, 서울: 고려원, 1994

[4] 호적,『호적작품집(1~37권)』, 臺北: 遠流출판사, 1992

[5] 耿雲志,『호적年譜』, 홍콩: 중화서국, 1986

[6] 加地伸行, 윤무학 옮김,『이야기 중국논리학사』, 서울: 법인문화사,
1994

[7] 郭沫若,『沫若全集(論詩三箚)』, 北京: 北京出版社, 1987

[8] 古遠淸,『中國當代詩論50家』, 重慶, 重慶出版社 1993

[9] 김용직,『개화기문학의 재인식』, 서울: 지학사, 1987

[10] 정세현,『근대중국신사조론의 전개』, 서울: 박영사, 1982

[11] 홍인표,『중국언어정책』, 서울: 고려원, 1994

[12] 程凱華,『현대문학사전』, 西安: 華岳出版社, 1988

[13] 林讓華,『現代西方文論選』, 臺北: 書林出版社, 1992

[14] 편집부,『중국대백과전서, 중국문학(1·2)』, 北京: 중국대백과전서
출판사, 1986

신문학 창작 소고

1. 서론

胡適(1891~1962)을 中國에서는 現代中國의 르네상스시대를 이끈 선구자로서 평가하고 있다. 그는 미국 유학생활을 통하여 존 듀이(John Dewey)로부터 받은 實驗主義的 實用主義를 바탕으로 중국문학의 혁명을 주장하였다. 그리하여 구태의연했던 중국문단에 새바람을 일으켰을 뿐만 아니라 哲學者로서 그는 중국인의 기본적인 思考方式을 개혁하고자 하였다. 그 내용은 科學的이며, 個人主義的이고, 實用主義的이었기에 봉건적이었던 중국인들에게 각성과 혁명의 바람을 일으키기에 충분하였다. 이러한 그의 작품분석을 통하여 그의 사상과 작품을 음미하여 보는 것은 상당히 意味있는 작업이라고 사료된다.

그의 작품은 대체로 시와 산문 그리고 희곡으로 구분할 수가 있는데, 먼저 그의 시를 통하여 신문학의 이론과 그의 작품이 어떤 內容을 담고 있는가 하는 것을 살펴볼 필요가 있다. 그리고 그의 산문 작품에서 그의 修辭法과 作品이 지니고 있는 내용이 중국인

들에게 어떠한 메시지를 전달하고자 하였는가를 더듬어 볼 필요가
있다고 생각된다. 마지막으로 그의 희곡에서 다룬 내용을 살펴봐야
한다. 따라서 본 논문은 詩, 散文, 戱曲을 각 장으로 나누어 분석하
고자 한다.

시는 주로 그의 작품집인 『嘗試集』을 분석하여 보고자 하였으며,
산문은 주로 그가 저술한 평론이나 기행문, 전기집 등에서 그의 작
품내용을 分析하였다. 희곡으로는 하나밖에 없는 '終身大事' 작품
을 통하여 그의 여성해방주의를 관찰하였다.

끝으로 상기의 分析 결과 얻은 중국 신문학의 성취를 요약하여
결론을 삼고자 하였으며 이것이 중국을 新中國으로 이끈 바탕을
마련하였으므로 우리 문학사에 시사하는 바가 크다는 것을 간과해
서는 안 될 것이다.

2. 호적의 신문학창작

1) 胡適의 新詩

호적은 제일 먼저 신시인 「實驗詩」를 창작한 사람으로서 民國 5
年 7月에 시작하였다.[47] 그의 신시가 제일 처음 출현한 것은 『新
靑年』 2권 6호에서이며 그 詩는 모두 8首이다. 제일수는 그의 '蝴
蝶(호랑나비)'인데 이때가 民國 5年 8月의 일이다. 그의 『嘗試集』

---

47) 「嘗試集自序」, 『胡適文存』 一

은 중국의 첫 번째 신시집인데 출판은 민국 9년 3월이었다. 청대 말년에 夏曾佑, 譚嗣同 등이 이미 <詩界革命>을 발표하였지만 그들이 지은 신시는 新名詞를 썼을 뿐이었다. 다만, 黃遵憲만이 진보적인 경향을 보였다. 그는 한편으로는 '내 손으로 입에서 나오는 구어체의 글을 쓴다'고 하면서 속어를 사용하여 시를 지었고 한편으로는 新思想과 新材料를 사용하였다. 이러한 혁명은 民國 7年의 신시운동에 관념상으로나 방법상으로나 커다란 영향을 끼쳤다.

그러나 新詩運動에 제일 큰 影響을 끼친 것은 외국문학의 영향이다. 梁實秋는 '외국의 영향으로 백화문운동의 도화선을 마련하였다'고 규정하고 미국 印象主義者들이 주장하는 6계조가 '전고를 사용하지 말자' '진부한 말을 사용하지 말자'와 흡사하다고 하면서 호적의 八不主義가 서양의 모방임을 암시하였다. 심지어 신식표점부호의 사용과 시의 단락을 나누고 행을 나누는 방식 등이 서양의 모방이었고 외국문학의 번역 작품들이 많은 것으로 보아서도 그러한 점을 증명하여 준다고 하겠다.[48] 호적은 「關不住了」라는 제목으로 쓴 첫 시가 신시성립의 기원이라[49]고 하였는데 이 시를 보면 번역시[50]라는 점에서 신시가 외국시의 모방이라는 점을 여실히 보여주고 있다고 하겠다.

신시운동은 시체의 해방으로부터 착수하였는데, 이에 호적은 시체의 해방을 '풍부한 재료, 정밀한 관찰, 심오한 이상, 복잡한 감정'으로부터 시작되어야 한다고 주장하였다.[51] 이러한 내용은 소극적

---

48) 『浪漫的과 古典的』, 6~12쪽

49) 「嘗試集再版自序」, 『胡適文存』 ―

50) 본시는 1919년3월15일에 『新靑年』 제6권 제3호에 실렸으며 작자는 미국의 Sara Teasdale이다.

으로 보면 '病없이 신음하지 말자'이고 적극적으로 보면 '樂觀主義 詩'를 쓰자는 것이다. 호적이 주장하는 시는 說理的인 시를 쓰는 것인데 음절은 ① 語氣의 자연적인 節奏와 ② 句節마다 사용되는 글자의 자연스런 화해를 중요시하여 平仄을 따지는 것은 중요시하지 않았다. 운을 사용하는 데는 세 가지 종류의 자유가 있다고 주장하였는데 ① 현대적인 운을 사용할 것 ② 平仄을 무시할 것 ③ 운은 있으면 좋으나 없어도 무방하다. 방법은 구체적인 작문법을 사용해야 한다는 것이다. 이러한 주장은 당시의 『新靑年』 시인들이 모두 인지하고 있는 사실이었으며 「新潮」, 「少年中國」, 「星期評論」 및 「文學硏究會」의 작자들도 대체로 이러한 방법을 따랐다. 이에 호적이 저술한 「談新詩(신시를 말한다)」[52]라고 하는 문장 한 편은 이 시대 문인들에게 신시를 창작하고 비평하는 기준이 되었다.

이 문장을 쓴 때가 民國 8년 10월이니까 이 시대가 바로 5·4운동 직후의 일이었으며 해방의 시대가 도래하던 시기이다. 그러므로 「談新詩」는 신시 해방 후의 길을 여는 지표를 삼게 하였다. 이렇듯 구시는 외국의 영향을 받았으며 호적도 사실 외국의 영향을 받았다. 어쨌든 호적은 중국시의 새로운 경계를 개척하였는데 그럼에도 불구하고 실제로 동조한 자는 康白情 한 사람에 불과하였다는 것은 유감이었다. 이때에 설리적인 시는 일시의 바람을 일으켰는데 이 또한 외국시의 영향을 받았기 때문이었다. 이러한 풍조는 民國 15년까지 지속되다가 그 후로는 점점 쇠락하였다. 그러나 徐志摩의 詩 가운데는 이러한 흔적을 다소 찾아볼 수가 있다. '說理'는 이 시

---

51) 「嘗試集再版自序」, 『胡適文存』 一

52) 「嘗試集再版自序」, 『胡適文存』 一

기의 특색이기도 하며 이러한 반짝이는 견해는 고전주의의 영향으로 너무 빛을 발하여 뒷맛을 남길 여지가 없게 되었다.[53]

이외에 또 하나의 시대적인 풍조는 인도주의라고 할 수 있다. 民國 7年 이래 周作人은 인도주의 문학을 제창하였는데 이 인도주의는 '개인주의적인 인간본위주의'를 의미한다.[54] 이는 지금까지도 시대의 특색을 나타내고 있다. 호적의 '人力車夫'·'你慕忘記'는 바로 이러한 사상을 지니고 있지만 제창하지는 않았다. 오히려 그는 후에 '詩의 經驗主義'[55]를 제창하였는데 이것이 당시의 일반적인 작시의 태도였다. 이는 또한 사실적인 생활을 주제로 삼았으며 상상력을 중요시하지 않았음을 의미한다. 당초에 중국의 전통이 이와 같았으니 이 때문에 이 시기의 시를 자연주의 시라고 하였다.[56] 이 시기에 경치를 묘사한 시가 발달하였음은 바로 이러한 데서 연유하였다고 본다. <寫景詩>가 발달하였음은 胡適의 <談新詩>속에서도 그 예를 찾아볼 수 있다.

자연스런 음절을 사용할 것과 詩句에서 韻을 무시하여도 무방하다는 견해는 외국 '自由詩'의 영향을 받은 것 같다. 그러나 시에 있어서 신 언어를 찾기란 용이한 것이 아닐 것이다. 이러한 데다 하물며 舊詩의 세력이 너무 컸으므로 다수의 작자들이 舊詩의 가락을 떼어버린다는 것은 어려운 일이었다. 이러한 상황하에서 호적은 가까스로 자신의 멜로디를 조성하였는데 변화가 미약할 수밖에

---

53) 『揚鞭集序』

54) 「人的文學」, 『신청년』 5권 6호

55) 『嘗試集』 4版에 실린 「夢與詩」에서 拔萃함. 본시는 1921년 1월 1일 『新靑年』 제8권 제5호에 실렸는데 발췌할 때 "이 시는 나의 시적인 경험주의"라고 하였다.

56) 『詩歌』(일본출판) 창간호

없었다. 康白情의 태도는 이보다 철저하여 中國語 중에서 약간의 좋은 음절을 찾아내었다. 예를 들면 '送客黃浦'가 있다. 그러나 그 중에는 詩라기보다는 산문적인 성향이 매우 많았다. 다만 魯迅형제는 완전히 구시대의 족쇄와 수갑을 벗어버리고 用韻하지 않은 채로 서구화를 향해 갔다. 점점 文法上으로 서구화의 길은 더욱 빈번하여졌다. 이때에 호적이 주장하는 說理詩는 비록 일가를 이루었지만 시가 바라는 본래의 모습은 아니었으므로 중국시인들은 시의 '情'을 좇아서 갔고 설리시를 따르는 무리는 많지 않았던 것 같다.

호적의 시는 형식상으로는 一格을 이루었고 意境상으로는 미국풍을 띠었다. 미국풍이란 무엇인가? 노력하지 않고 이질적으로 보이게 하는 아름다움을 말한다. 근대인들은 너무 깊이 생각하므로 이에 혐오감을 가지게 되고 따라서 그 반동으로 거짓생각을 하지 않을 것만을 주장하게 된다. 그러므로 이러한 이치로 보면 미국 문명 그 자체가 시대정신이 되는 것이다. 이러한 예를 보여주는 것을 열거하면 다음과 같은 것들이 있는데 『去國集』과 『嘗試集』 속에 보면 「臨江仙」・「虞美人」・「生查子」에 나오는 단락과 「예수誕節歌」・「久雪後大風寒甚作歌」・「十二月五夜月」의 시들에서 미국화의 색채가 두드러지게 나타나고 있다. 그러나 실제로 우리는 노르웨이의 극작가인 입센(Henrik Ibsen, 1828~1906)이나 혹은, 영국의 소설가이며 비평가이고 1925년에는 노벨문학상을 수상한 바 있는 버나드 쇼(G. Bernard Shaw, 1856~1950)가 미국을 巡廻公演했을 때 과연 얼마나 많은 숫자가 그 공연을 봤는지 모르고 있으며 미국 문명이 진실로 인성을 요구하고 있는지 의문이다. 그럼에도 불구하고 호적은 문학혁명의 기치를 높이 들고 사방을 향해 응답을 구했으며 그것이 중국문학사상에 있어서 확고한 위치를 자리매김하였던 것이다.

　다시 중국문학 발전의 대세로 보아서 70년 이래의 신시의 성장은 특별한 예우를 해 주는 편이 낫다고 본다. <詩經>의 <國風>으로부터 漢·魏 樂府, 宋代의 詞, 元代의 曲, 明·淸代의 小說에 이르기까지 이러한 일련의 문체는 민간에서 나오지 않은 것이 없으며 긴 시간을 경과한 후에 문인의 손가락을 거쳐서 이루어진 것이다. 호적이 말한 바 <中古文學槪論序>의 말을 인용해보면 이러한 문체는 모두 '들풀이 산으로 올라온 것'57)이며 이것은 또한 胡適의 <詞選自序> 중에 가리키는 문학사상의 '도피할 수 없는 공식'58)이다. 그러나 신시의 성장은 어떠한 초야나 밭 사이에 뿌리를 두지 않았으며 신시는 귀공자들의 손에서 나왔거나 문인학사들의 서재에서 이루어졌다고 본다. 만약에 호적이 말한바, '문학의 새로운 방식이 모두 민간에서 나온 것'이라면 진실로 하나의 '피할 수 없는' 공식이 되는 셈인데 그렇다면 신시의 공식은 예외가 되는 셈이다. 호적의 「逼上梁山」이나 「嘗試集自序」 등의 글을 보면 이해하기가 어렵지 않은데 신시는 초야의 밭이랑 사이나 인민대중에게서 나왔다기보다는 몇 명의 미국 유학생들이 상호간에 토론하는 가운데 강요하여 나온 것이라고 본다.

---

57) 胡適,「中古文學槪論序」,『胡適文存』二, 楊犁 編,『胡適文萃』(北京: 作家出版社, 1991.9), 394쪽
　　 "他們若肯平心靜氣地研究二千多年的文學史, 　定可以知道文學史上盡多這樣的先例; 定可以知道他們所公認的正統文學也往往是從草野田間爬上來的"

58) 胡適,「詞選自序」,『詞選』(臺北: 商務, 民國 59年), 9쪽, 혹은 楊犁 編,『胡適文萃』(北京: 作家出版社, 1991), 450쪽에 실림. "但文學史上有一個逃不了的公式, 文學的新方式都是出於民間的"

신시를 다른 문체와 비교해보면 新詩는 유년기를 결핍한 채로 문인의 손가락을 거쳐서 이루어졌음을 알 수가 있는데, 이로 보아 신시는 조숙한 문체를 지니고 있다고 하겠다. 그러나 초야와 밭이랑 사이에서 나온 문체는 그 생명력을 지니게 되지만 신시는 그 뿌리가 없는 까닭에 일찍 衰落함을 면치 못할 것이라고 여겨진다. 가령 唐德剛 씨가 『胡適雜憶』에서 말한 바대로라면 신시는 과거 60년 이래로 시종일관 근심과 병이 많았고 비바람에 시달려 오면서 백만 이상의 독자를 가지고 오늘에 이르렀으며 '사롱(saloon)'의 讚歌로서 남은 것이다.59) 신시는 유년기에 있는 것 같은데 이미 사양길에 이른 듯하며 이러한 원인으로는 구어체의 탈피에서 찾을 수가 있다. 지금 신시에서 사용되어지는 언어를 보면 당초에 쉬운 언어를 사용할 때의 취지와는 달리 어려워지고 있음을 알 수가 있는데 이로 보아 신시는 점점 문어체로 바뀌어 감을 느끼게 된다. 이러한 언어의 사용은 대중어를 사용하거나 통행하는 서면어를 사용하지 않고 일종의 특수한 '시어'를 사용함으로써 다방에 있는 소수만이 감상할 수가 있게 된 듯하다.

호적은 문학혁명을 제창하면서 "詩國의 혁명은 어디서 어떻게 시작할 것인가? 반드시 詩作文에서 시작해야 한다"60)고 주장하였다. 또한 그는 "자고로 한 수도 통하지 않은 시 가운데 좋은 시는 없었으며, 보아서 모르는데 좋은 시 또한 없었다"61) 고 하였다. 그

---

59) 唐德剛, 『胡適雜憶』(臺北 : 傳記文學, 民國 68年), 225~226쪽
　　"新詩在過去六十多年來, 始終是個 '多愁多病', '禁不起風吹雨打' 的文體, 而它的讀者,
　　也由當年 '百萬千萬以上', 到了今日只剩詩人們在 '沙籠之內彼此欣賞, 互相讚歌了'"
60) 胡適, 『胡適留學日記』(臺北, 商務, 民國 62年), 제3권, 79쪽
　　"詩國革命何自始? 要須詩作文."
61) 胡適, 「五十年來中國之文學」, 『胡適文存』 二, 213쪽

러나 신시를 이러한 안목에서 보면 이 표준에 맞는 시를 찾기란 쉽지가 않게 되었다.

호적은 신시가 '중국의 부인이 纏足을 한 다리를 풀어놓은 것'이라고 하였으며 '纏足을 묶은 붕대를 풀어보니 피비린내가 배어 있다'고 하였는데[62] 이로 보아 호적은 신시와 舊詩의 관계를 전통과 연결시키려 했던 듯하다. 호적의 『嘗試集』을 보면 그 가운데에 물론 새로운 신시도 있지만 舊詩詞 중에서 탈피한 듯한 시도 적지가 않은데 호적은 이러한 시를 '세척한 舊詩', 또는 '詞曲의 맛과 성조를 탈피하지 못한 시'라고 규정하고 별로 좋아하지 않은 것 같다.[63] 이와 같이 구시와 신시가 혼합되었을 때 호적은 완전한 신시에서 찾은 단점이라고 규정하면서 舊詩體의 틀을 벗어나려고 노력하는 것이 자연스럽게 '창조적인 전화'라고 믿게 하였다. 이러한 까닭에 舊·新의 갈등과 대립은 존재하지 않았던 듯하다. 반면에 지식인들은 옛것을 버리고 새것을 취하고자 노력하였으며, 이러한 새것은 서양의 이론 가운데 있다고 믿고, 서양이론 가운데서 중국시의 나아갈 方向과 方法을 모색하고자 하였는데 이는 '緣木求魚'가 아니라 '隔靴搔癢'이었다. 호적은 자신이 舊文學의 낡은 습관에 너무 깊이 몸에 배 舊詩詞에서 탈피하기가 容易하지 않다고 하였다.

"古來決沒有一首不通的好詩, 也沒有一首看不懂的好詩"
62) 胡適, 「嘗試集四版自序」, 『胡適文存』 二, 205쪽
   "我現在回頭看我這五年來的詩, 很像一個纏過脚後來放大了的婦人回頭看她一年一年的放脚鞋樣, 雖然一年放大一年, 年年的鞋樣上總還帶着纏脚時代的血腥氣"
63) 胡適, 「嘗試集再版自序」, 『胡適文存』 二, 205쪽
   "第一編的詩, 除了〈胡蝶〉和〈他〉兩首之外, 實在不過是一些刷洗過的舊詩. ———如〈一念〉〈鴿子〉〈新婚雜詩〉〈四月二十五夜〉, 都還脫不了詞曲的氣味與聲調"

그러나 한편 지금의 관점에서 보아 호적은 舊詩詞의 좋은 점을 간과한 듯하다. 舊詩詞는 실제로 자유로운 생각을 제한하기는 하였지만 수천 년 동안 내려온 중국문학 가운데 가장 정련된 음절과 가장 간결한 언어를 제공하였던 것이다. 그는 많은 중국 형식을 벗어버리고자 하였고 그리해야 된다고 외쳤지만 실제로 버리지 못하고 버려서는 결코 안 된다고 생각한 것이 있는데 그것은 적극적인 분투정신과 노력향상의 정신이었다. 실제로 「全唐詩」나 「全宋詩>를 보면 詩속에 스며든 중국인의 이별, 고향의 그리움, 애원 등과 소식이나 신기질 등의 詞속에 나타나는 웅건한 기상과 은둔사상 같은 것은 호적이 본 받아야 할 것으로 생각되었으며 그의 시 「霜濃欺日薄」[64], 「淚向心頭落>[65]에 보면 그 흔적을 찾을 수가 있다. 이러한 일련의 消極·悲觀的인 탄식은 일부에 그쳤으며 그는 의도적으로 이러한 감정을 피하고 명랑하고 낙관적인 방향으로 그의 주관을 세워갔다. 이러한 詩로는 民國 8년에 지은 <樂觀>과 <上山>의 두 시에서 찾아볼 수가 있다.[66] 이와 같이 그의 시는 奮鬪·努力하는 긍정적인 면을 가지고 있는데 그보다 더욱 간과해서는 안 되는 점이 있다면 그가 중시한 것은 감정이 아니라 사상이었다는 점이다.

50년대 중기에 중국대륙에서 전개한 호적에 대한 신랄한 사상비판은 그의 文學革命論을 비판하면서 그를 향하여 형식을 중시하고 내용을 忽視한 죄를 물었다.[67] 그러나 실제로 그의 作品 속에는 내

---

64) 胡適, 『胡適留學日記』, 民國 3年 1月29日字, 제1권, 175쪽
65) 詩<舊夢>의 1句節임. 『嘗試後集』(胡適記念館, 民國 60年), 26쪽
66) 이 두 시는 모두 『嘗試後集』(胡適記念館, 民國 60年), 180~188쪽에 실림
67) 王金吳, 『論「五四」 新文化運動中的 胡適』(吉林大學社會科學學報, 1981), 第1期.

용을 중시함으로서 說理詩로 흘러버려 시의 美感을 상실한 경우가 많은데 이로 보아 胡適에 대한 사상비판은 다분히 정치적인 의도라고 봄이 타당한 듯하다. 民國 5年에 호적은 陳獨秀에게 보내는 서신 가운데에서 『文勝質』을 文學沒落의 원인이라고 주장하였는데68) 이로써 <文學改良芻議>에서 '須言之有物(말에는 내용이 있어야 한다)' 등의 여덟 가지를69) 주장하였다. 또한 호적은 형식의 해방을 사상해방의 첫 단계라고 보았으며 따라서 형식상의 속박은 사상상의 속박을 의미하며 정신이 자유롭지 못하면 좋은 내용을 충분히 표현할 수가 없다고 하였다.70) 그러므로 그는 문자가 문학의 기초라고 믿었으며 고로 문학혁명의 제1보는 문자문제의 해결이라고 믿었다.71)

이러한 立論은 다만 호적은 문학혁명에는 단계적인 혁명을 해야 하는데 그 첫 번째 단계가 형식이 먼저이고 내용이 나중이라는 것이다. 이러한 순서는 사실상 정확한 것인데 이것이 나중에 그를 공격하는 초점이 되었던 것이다. 이와 같은 점은 호적에 대하여 공평타당성을 결핍하였을 뿐만 아니라 모든 신문학 운동에도 오해를 불러일으켰다.

호적의 시는 이치나 이론을 정감보다 우선순위에 두었으므로 이

18~37쪽

68) 胡適, 「寄陳獨秀」, 『胡適文存』 一, 3쪽
"'文勝質'是文學沒落之主因"

69) 胡適, 「文學改良芻議」, 『胡適文存』 一, 3쪽

70) 胡適, 「談新詩」, 『胡適文存』 一, 166쪽
"胡適認爲形式的解放是思想解放的第一步. 因爲'形式上的束縛, 使精神不能自由發展, 使良好的內容不能充分表現'"

71) 胡適, 「嘗試集自序」, 『胡適文存』 一, 202쪽
"文字是文學的基礎, 故文學革命的第一步就是文字問題的解決"

러한 까닭에 그의 시가 '매정'하다는 설이 있다. 그러나 여기서 말하는 '정감'이 의미하는 바가 남녀 간의 개인적인 감정(혹은 애정)으로서, 이러한 삼정의 부족 때문에 매정하다고 단정한다면 호적의 시가 매정하다는 설이 맞을는지는 모른다. 그러나 실제로 정감의 의미가 가정과 국가에 대한 열정이나, 또는 지식인으로서 느끼는 역사와 사회에 대한 使命感을 의미하는 것이라면, 호적의 시속에는 이러한 시가 많이 있음을 알 수가 있다.

그 예로 『嘗試集』 가운데 나타나는 열정적인 시를 열거하면 「孔丘」·「文學篇」·「人力車夫」·「老鴉」·「樂觀」·「死者」 등이 있고 『去國集』 가운데는 「沁園春」·「誓詩」 등이 있다.72) 이들 시 속에는 적극적인 참여의식으로 도피하지 않고 은둔하지 않는 의지를 보여주고 있는데 이러한 것들을 보면 이론보다는 정감을 의미한다는 것을 알 수가 있겠다. 호적의 시에서 보여주는 '정'은 徐志摩나 郁達夫와 같은 시인들이 한 여인을 위하여 혼신을 바치는 그러한 열정과는 다르다. 그의 정감은 감추어져 있어 나타내지 않고 깊으나 격정적인 것과는 다르다. 그의 표현대로라면 "애정의 대가는 고통이며 이러한 애정을 위한 방법은 고통을 인내하는 것"73)이다. 이러한 맥락으로 그의 詩중에서 구슬프고 은은한 분위기가 있는 시를 소개하면 『嘗試集』 가운데 「秘魔崖月夜」를 들 수가 있을 것이다.

"依舊是月圓時,
依舊是空山, 靜夜,

---

72) 『嘗試集』, 97쪽, 123쪽, 131쪽, 133쪽, 180쪽, 234쪽, 326쪽에 나누어 실려 있음
73) 胡適, 「小詩」, 『嘗試集』, 173쪽
　　"愛情的代價是痛苦, 爲情的方法是要忍得住痛苦"

我獨自月下歸來---
這凄涼如何能解!

翠微山上的一陣松濤,
惊破了空山的寂靜.
山風吹亂了窗紙上的松痕,
吹不散我心頭的人影"　　　(1923年　12月　22日)[74]

(둥근 달은 여전히 둥글고
텅빈 산도, 적막한 밤도 여전한데
나 홀로 달빛 밟으며 돌아오니---
이 처량한 심사 어이 풀 수 있으랴!

청록 산에서 부는 한 차례의 소나무 파도가
빈 산의 적막함을 깨뜨린다.
산바람 어지러우니 창호지위의 소나무 흔적들도 흔들린다
하지만 아무리 불어도
내 마음속에 비친 사람의 그림자는 흩어지지 않는 것을!)

　비록 詩 속에서 언급한 '내 마음의 그림자'가 누구인지는 모르지
만 이 詩 속에는 애정이든 우정이든 간에 어쨌튼 '情'인 것만은 분
명하다. 이러한 종류의 시로는 후에 곡을 붙인 「也是微雲」과 「也
想不相思」의 小詩가 있다.[75] 이밖에 호적 자신이 지은 시 가운데
는 실제로 애정이나 우정을 노래한 시가 그리 많지는 않다. 그러나
그가 번역한 시 가운데는 대부분이 '情'적인 시가 많다는 것은 흥
미롭다. 예를 들면 『嘗試集』 가운데　나오는 번역시에는, 「老洛伯」

---

74) 胡適, 『嘗試後集』, 5쪽. 이 시는 『晨報六周年紀念增刊』에 실렸음. 1931년에 徐志摩 사
　　후에 작자는 이 시를 「依舊月明時」로 제목만 바꾸어 徐志摩를 기념하기 위해 사용하였음
75) 「也是微雲」은 胡適의 『嘗試後集』 22쪽에 실려 있고, 「也相不相思」는 『嘗試集』 173쪽
　　에 실림

(141쪽), 「關不住了」(163쪽), 「希望」(165쪽)이 있고 『去國集』에 나오는 번역시 2수와 「墓門行」(300쪽), 『嘗試後集』에 나오는 번역시 9수 중에서 5수가 '情'을 남은 시라고 할 수가 있는데 「你總有愛我的一天」(13쪽), 「別離」(119쪽), 「譯薛萊的小詩」(123쪽), 「月光裏」(125쪽), 「譯我默詩兩首」(139쪽)가 그렇다고 본다. 이 중에는 저명한 여류시인 Anne Lindsay의 Aud Robin Gray<老洛伯>와 Robert Browning의 You will Love Me Yet<你總有愛我的一天>가 들어있음을 알 수 있다.

호적의 번역시 가운데는 염정적인 시가 한 수 있는데 그가 민국 13년에 번역한 Thomas Hardy의 「別離」가 그러하다. 아마 이것이 호적 시집 가운데 가장 노골적인 '情'시라고 할 수가 있을 것 같다.

"不見也有不見的好處..
我倒可以見着她,
不怕有誰監着她,
在我腦海的深窈處,
我可以抱着她, 親她的臉,
雖然不見, 抵得長相見."76)
(보지 않아도 보이지 않아서 좋고,
내가 그녀를 볼 수 있을 때는
누군가 그녀를 돌보아 주지나 않는지 걱정거리가 사라지네.
나의 머릿속 바다 깊은 곳에서는
나는 그녀와 포옹하고 그녀와 입맞춤 하네.
비록 보이지는 않지만 지금껏 오래도록 마주하고 있는걸.)

---

76) 胡適, 「嘗試集再版自序」, 『胡適文存』 二, 205쪽

요약하면 그의 번역시에는 情을 담은 시가 많고 그의 자작시 가운데는 說理的인 시가 많은 것을 알 수가 있다. 그 이유로는 창작이라고 하는 것은 立言의 사업이지만 飜譯은 직접 자신에게 미치는 영향이 없으므로 마음대로 자신이 좋아하는 제재를 선택할 수 있기 때문인 것 같다. 이렇게 본다면 그는 자신이 직접 표현할 수 없는 억눌린 감정을 飜譯詩를 통하여 표출하였다. 그러므로 처량한 연정을 노래한 시나 애원의 시가 호적의 번역시 가운데 많이 보이는 것은 극도로 억눌린 그의 감정을 이와 같은 방법으로 표현하고자 하는 그의 숨길 수 없는 모습이었던 것 같다.

호적의 創作詩는 그 과정이 독특한 면이 있는데 그의 白話詩는 완전히 의도적인 實驗詩였다고 보인다. 그는 이 실험을 통하여 백화로도 충분히 시를 지을 수 있다는 것을 보여주려고 하였으며 이러한 가설은 八不主義라고 하는 문학이론에 맞추어서, 이후 그의 실제시가 이 이론에 맞는지를 검증하려고 하였던 것 같다. 이러한 까닭에 그의 시는 자신의 이론에 오히려 구속을 받았던 것 같고 그는 늘 시를 쓰면서 이 시가 '言之有物(말에는 내용이 있어야 한다)' 한지 또는. '模倣古人(옛 사람을 모방한다)'의 잘못을 범했는지를 따지려 했고 '講求了文法(문법을 따진다)'을 했는지 혹은 '無病呻吟(병 없이 신음하다)' 했는지, '濫調套語(상투어를 사용하다)'를 사용했는지, '用不典(전고를 사용하다)'을 했는지, '對仗(대귀)'를 사용했는지, 피해야 하는 '俗語俗字(비속한 말과 글자)'를 사용했는지를 항상 생각하면서 시를 지었던 것 같다.[77] 한편, 호적은 시체의 해방을 도모하였고 舊詩體를 타파하기 위하여 격률·성조를 없애려

---

77) 이 여덟 가지 사항은 胡適,「文學改良趨議」,『胡適文存』 一, 5쪽에 실려 있음

고 하였는데 그러나 이러한 가운데 도리어 자신의 이론에 속박되어 그 자신의 자유로움을 마음대로 표현하지를 못한 것도 같다.

호적의 신시는 오늘날의 관점에서 본다면 新詩가 아니고 舊詩이다. 호적이 사용한 문자나 造句는 신랄하거나 詩意가 적절히 사용되지 못한 감이 있다. 이 때문에 『嘗試集』은 대중의 호응을 얻지는 못한 것 같다. 즉, 설리가 지나쳐 감정표현이 부족하였다. 이는 제창하는 힘은 있었으나 창작력은 부족했다는 것을 의미한다. 이와 같은 호적시의 결점들은 80년이 지난 오늘날 돌이켜보면 부족한 점이 너무 많아 호적이 차지한 신시의 선구자적인 위치를 말살시켜 버리는 감조차 있다. 그러나 문학발전의 각도로 본다면 조잡한 것 같은 그의 시는 문학사의 신기원의 이정표를 세운 것만은 사실이다.

2) 胡適의 散文

호적은 5·4 전후에 백화로 된 산문창작을 많이 남겼다. 그중에는 정치논문, 短評, 수필감상문, 서신, 일기, 풍자소품 및 기행문 등으로 각 분야를 모두 포함시켰다. 이 작품의 내용을 보면 서사적인 것도 있고 풍경을 묘사한 서정적인 것도 있지만 대부분은 議論적인 작품들이 많다. 1920~30년대 사이에는 『胡適之白話文抄』[78] 『胡適論說文選』[79] 및 각종 판본형식의 『胡適文選』 등의 서적은 해

---

78) 中華書局, 民國 14年版
79) 上海希望出版社, 民國 19年版

적판으로 나온 적이 있는데 이는 호적의 작품이 그만큼 문학적인 가치가 있기 때문이라고도 해석할 수가 있다.

호적은 신문학가로서 호적이 창작한 작품들은 시와 산문이 대부분이고, 이외에 소설로는 오직 한편『一個問題』만이 있다. 이 내용을 보면 귀국 유학생이 받는 억압된 사회환경 속에서 나오는 사상의 고민을 이야기하고 있는데 藝術上으로 보아 문장이 다듬어지지 않았고 인물의 대화나 인물의 형상묘사가 선명하지 못하다. 따라서 호적의 단편소설은 본인이 주장하는 소설로서의 창작원리에 합당하지 않으므로 본 장에서는 소설부분을 더 이상 언급하지 않고 산문만을 다루고자 한다.

호적의 작품은 의론성 작품이 가장 많은데 그 미치는 영향 또한 가장 컸다. 이 내용을 보면 기본적인 특징으로서 감정이 풍부하고 언어가 유창하며 문장의 논리성에 충실하여 언어문자의 형상에 생동감을 느끼게 한다. 「吳虞文錄序」[80] 같은 작품을 보면 북경 시내의 도로 청소부의 일하는 모습을 형상하고 이어서 吳虞가 이야기하고 있는데 호적은 吳虞라는 주인공을 중국사상계의 도로 청소부로 설정하고 그를 통하여 생동감 넘치는 언어를 사용하여 독자들에게 심각한 인상을 심어주고 있다.

호적은 산문 作法上으로 대비되는 疑問句을 설정하여 문장의 생동감을 강화시키고 있다. 예를 들면 「非個人主義的新生活」[81]이란 글을 보면 호적은 당시의 청년들이 농촌으로 들어가 은둔하지 말

---

80) 원본은『晨報副刊』, 民國 10年 6月 21日, 22日에 실렸으며 또한『民國日報·覺悟』에도 실림
81)『新潮』, 3券 2號, 民國 9年 3月에 실림

것을 권고하고 있는데 이때에 그는 10여 가지의 문제를 의문문으로 질문하고 있다.

"마을에서 나는 아편연기는 얼마나 되는가? 마을의 모르핀 주사는 얼마나 많은 사람을 죽였는가? 마을에서 전각을 한 부녀자는 얼마나 되는가? 마을의 학교는 어찌 되어가고 있는가? 마을의 신사는 투표용지로 얼마를 벌었는가? 마을에서 신전에 올리는 향불은 얼마나 왕성한가? 마을의 의사는 몇 백 명의 인명을 빼앗아 갔는가? 마을탄광의 공인은 매일 동전 다섯 잎만을 가지고 간다는 것을 당신은 알고 있는가? 마을의 얼마나 많은 어린 소녀들이 가난 때문에 매춘을 해야 한다는 것을 당신은 알기나 하는가? 마을의 공장은 화재를 피할 사다리조차 없어서 불이 나서 100여 명이 죽었다는 사실을 당신은 안단 말인가? 마을에서 아이를 돌보는 며느리들이 할머니들 때문에 한쪽 다리를 잘렸고, 마을의 신사들이 자신의 딸들을 굶어 죽게 만들어 열녀를 만드는 것을 당신은 알고 있는가?"82)

이와 같이 독자들로 하여금 각성하게 하는 방식의 疑問文으로서 호적은 철저히 虛無主義的인 마을생활을 부정하였다.

호적의 백화산문 가운데 가장 뛰어난 점은 역시 '說理'이다. 이로써 대표적인 작품을 들라면 「不朽--我的宗敎」83)를 꼽을 수가 있다. 여기서 그는 '社會不朽論'을 주장하였는데 다음과 같다.

"나의 小我主義는 독립해서 존재하는 것이 아니다. 헤아릴 수 없는 小我主義는 직·간접적으로 상호관계가 있는 것이다. 즉, 사회나 세계 전체와 모두 상호간에 영향관계가 있는 것이다. 사회세계의 과거와 미래는 모두 인과관계가 있는 것이다. 모든 종류의 원인은 각기 종전의 원인이나 현재의 원인에 전해져 내려와서 미래의 小我를 이루었다. 이러한 小我가 세대를 거듭하여 점이 선을 이루고 선이 끊임없이 이어져서 마침내는 大我를 이루었다. 그러므로 小我는 소멸

---

82) 위의 책과 같음
83) 『新靑年』 6券 2號, 民國 8年 2月에 게재하였다가 『胡適文存』에 옮겨 실음

할 수 있어도 大我는 영원불멸한 것이며 小我는 죽어도 大我는 영원히 죽지 않으며 大我는 영원히 썩지 않는 것이다. 小我는 비록 죽을 지라도 小我의 작은 죽음은 일체의 공덕과 죄악을 만들어 영원히 大我 가운데 존재하게 된다. 따라서 小我의 기념비, 표창장, 판결문 등은 영원히 썩지 않으니 모든 小我가 만든 일들—인격이나 일거일동이나 한 마디 말, 한 번의 웃음이나 생각, 공로, 죄악 같은 것들—은 모두 영원히 썩지 않으니 이것이 사회가 썩지 않는 것이며 大我가 썩지 않는 것이다."

여기서 보면 說理와 抒情의 일체가 융화되어 議論의 논리성이 강한 것을 느낄 수가 있으며 문장을 보면 단계별로 차례로 나아가 서정적인 風格이 자연히 나타난다. 이는 마치 구름이 가고 물이 흐르듯이 자연스러우며 다시 언어가 통하는 것 같고 修辭가 마땅하여 소리의 높낮이 · 기복 · 休止 · 曲折이 조화되고 리드미컬하게 구성되어 성조 중에 억압되지 않고 기세에 거침이 없다. 이러한 면에서는 선진제자시대 산문의 유풍을 느낄 수가 있다. 그러므로 이를 백화로 쓴 美文이라고 하지 않을 수가 없는 것을 것이다.

호적의 작품 중에는 풍자 소품이 많지는 않은데 이러한 작품으로는 <差不多先生傳>[84]이 있다. 이 작품은 人口에 膾炙되어 당시에 상당히 큰 파문을 일으켰으며 명실공이 5·4 이래로 가장 우수한 풍자소품문으로 꼽히고 있다. 이 중에 나오는 문장을 인용하면 다음과 같다.

"당신은 중국에서 가장 유명인사가 누구인지 아는가?
이 사람을 거론하면 사람들마다 모두 알고 있고 곳곳에서 그의 이름을 듣게 된다.
그의 성의 差씨이고 이름은 不多인데 이 사람은 각 省에 있고, 각 縣에 있으

---

84)『申報』民國13年 6月 28日「平民周刊」에 게재됨

며, 각 村에도 있으니 당신도 일찍이 그를 본 적이 있거나 그렇지 않으면 다른 사람이 말하는 것을 들어본 적이 있을 겁니다. 差不多 先生의 이름은 매일 여러분의 입에 오르내려지고 있는데 왜냐하면 그는 전국적으로 국민의 대표이기 때문입니다.

差不多 先生의 모습은 당신이나, 나나 모두 비슷하게 생겼습니다. 그도 눈이 두 개이지만 보는 눈은 분명치가 않습니다. 또한 귀도 둘이지만 듣는 것도 분명치가 않습니다. 코나 입도 있지만 냄새나 맛을 잘 모릅니다. 그 사람의 뇌도 작지가 않습니다. 그러나 그의 기억력은 맑지가 않습니다. 그의 사상도 세밀치가 않습니다."[85]

이상은 문장이 시작되는 몇 단의 내용이다. 이 내용 중에는 중국의 국민성이 보통의 일반사에 대충 넘어가는 대충주의를 드러내고 있음을 알 수가 있다. 이 글의 내용을 계속하여 읽어 나가면 여기서는 '괜찮다', 혹은 '비슷하다'는 의미의 差不多가 사람의 이름으로 되어 있으며 그를 통하여 해학적이고 골 빈 사람이 되어버린 중국인 差不多 씨가 그의 몸에 배어 늘 입에서 아무렇지도 않게 나오는 잘못된 사고방식을 꼬집고 있음을 알 수가 있다. 예를 들면 陝西나 山西의 중국식 발음은 똑같은데 성조만 다를 뿐이므로 혼용하여 사용하여도 무방하고 붉은 설탕이든지, 하얀 설탕이든지 간에 설탕이면 그만이라는 사고방식과 열을 의미하는 十자나 천을 의미하는 千자가 모양이 비슷하므로 혼용하여 써도 그리 문제가 될 것이 없다고 하는 사고방식, 또한 심지어는 본인 타고자 하는 기차가 8시 30분에 출발하는데 본인이 2분 늦게 도착하였다고 해서 기차가 단 2분을 자기를 위해서 기다려주지 않는다고 기차를 원망하고 있다. 이러한 사고방식은 점점 심하게 되어 중병에 걸려

---

85) 위의 책과 같음.

버리게 된다. 그리하여 마침내는 병상에 눕게 되는데 이때의 장면
을 묘사한 글을 보면 다음과 같다.

> "어느 날 갑자기 그는 급한 병을 얻게 되어 급히 집사람을 불러서 동쪽 거리에
> 있는 왕 박사를 부르게 한다. 그런데 간 사람은 汪 의사를 찾지 못하고 서쪽
> 거리에 있는 수의사를 불러오게 된다. 이때에 差不多 선생은 병으로 침상에 누
> 워 있다가 사람이 잘못 온 것을 알게 된다. 그러나 병이 너무 급하고 몸이 너무
> 나 아픈 데다가 마음속으로는 조급하여 더 이상 기다리지를 못하고 생각하기
> 를…
> 「王大夫나 汪醫生이나 비슷한데 동물을 고치는 수의사라도 시험 삼아 한 번
> 진찰해 보자!」
> 그래서 이 수의사는 그의 머리맡에 가서 소를 고치는 방법으로 差 선생을 치료
> 하게 한다. 그러나 1시간이 되지 않아서 그는 죽게 된다. 差 선생은 거의 죽어
> 가려는 시점에서 숨을 가쁘게 내쉬며 말한다.
> 「죽은 사람이나 산 사람이나 그게 그거지… 범사에 그저 그러면 되는 것이지.
> 그렇게 너무 신중할 것이 뭐 있겠나?」"[86]

이상에서 보듯이 主人公이 사용한 문자의 해학과 유머는 운치가
넘쳐서 이와 같이 혼자서 하는 만담을 듣고 웃지 않을 수가 없을
것이다. 아울러 웃음 뒤에 오는 사색은 독자로 하여금 뭔가를 느끼
게 해주고 있다. 이것은 내용에 메시지를 담고 있음을 의미하는데
이것이 호적만의 독특한 스타일이다. 이상의 글은 마지막으로 差
선생이 죽은 후에 여러분은 의외로 그를 칭찬하면서 말하길 '그는
매사를 간파하는 사람으로서 생각이 뚫려 있었다'고 하고, '그는
일생을 진지하게 살지 않았으며 계산하지 않고 덕행을 실천한 사
람'으로 추켜세웠다. 그래서 여러분은 그에게 '圓通大師'라는 법호

---

86) 『申報』 民國 13年 6月 28日 「平民周刊」에 게재됨

를 주었다. 그런 후에…

"그의 名譽는 점점 멀리까지 전하여졌으며 오래도록 점점 거대해져 갔다. 많은 무수한 사람들은 모두 그의 태도를 배우게 되고 그래서 모두 差不多 先生이 되어갔다. …중략… 그러나 중국은 이로부터 게으른 사람의 국가로 전락하고 말았다."87)

이 단락은 다소 극단적인 점이 있는 것 같다. 그러나 풍자소품의 문자로 보아 독자는 정면에 서서 적극적 사고로 이해할 수가 있을 것이다.

호적의 산문 가운데는 傳記體에 속하는 것이 있다. 호적은 일생을 통해서 가장 열심히 전기체의 산문을 제창하였던 것 같다. 그는 인물의 전기를 模範 삼아서 청소년들에게 양질의 교육을 시키고자 하였던 것 같다. 이러한 까닭에 다른 사람들에게 자전을 쓸 것을 열심히 권유하기도 하였다. 민국 18년에는 張孝若 씨가 그의 부친인 張季直 선생의 문집을 편찬하고 전기를 쓸 때에 호적의 지도와 도움을 많이 받았다. 이때에 호적은 그에게 「南通張季直先生傳記序」를 써 주었다. 이때에 실린 서문에는 중국 에서 몇 千年來의 전기적인 문장을 분석하여 말하면서 칭찬은 하되 비난을 하지 않고 속으로는 긍정하면서 겉으로는 아닌 척하는 것을 쓰고 있다고 지적하였다. 그러므로 현대의 전기 작품은 진실된 사실을 기술해야 한다고 주장하였다. 만년에 이르러 그는 沈宗翰이 쓴 자전 『克難苦學記』를 완독한 후에 그를 칭찬하는 한편의 짧은 서문을 썼는데 「介紹一本最値得讀的自傳」이 그것이다. 이와 같이 호적은 전기문학

---

87) 위의 책과 같음

에 대하여 마음을 썼을 뿐만 아니라 자신이 직접 창작도 하였다. 예를 들면 <競業旬報>상에 발표한「中國第一偉人楊斯盛傳」과「中國愛國女傑王昭君傳」은 立意와 文字使用에 있어서 초학자로서는 쓰기 힘든 작품들이다. 미국에 체류하는 동안에 그는『康南爾君傳』을 지었고 문학혁명을 倡導한 이후에는 적지 않은 당시의 인물과 古人의 전기와 연보를 지었다. 그리고 40세이 이르러서는 자술을 하였다. 후에 미국으로 流亡한 후에 또한『胡適口述自傳』을 썼고 그리고 또한 장편의『丁文江的傳記』를 썼다. 그러므로 호적은 중국의 현대전기문학발전에 유익한 공헌을 하였다는 것을 부인할 수는 없을 것이다.

호적은 역사벽이 있는 학자이다. 그의 전기문을 기술한 역사는 光緒 34년(1908)에 <경업순보>에 연속 발표한「姚烈士傳」과「楊斯盛傳」 등의 문장부터 시작하여 그의 만년에 저술한『口述自傳』에 이르기까지 장장 근 50년의 역사를 가지고 있다. 그리고 그가 전기문을 제창 한 것을 따져보면 미국 체류시에 쓴 札記 <전기문학>으로부터 民國 42年에 대만에서 발표한 <전기문학>의 강연 때까지 근 40년의 역사를 갖게 된다. 호적이 일생을 통하여 발표한 전기작품을 보면 대부분이 순수한 사학도의 필법을 사용하였고 극히 일부만이 문학도의 필체를 사용하였다. 그중에서도 특히 주의를 끄는 것은 다음의 두 편의 글이다.

하나는『李超傳』이다. 李超는 호적이 모르는 여자인데 신문보도를 통하여 그녀가 여성의 개성해방을 쟁취하기 위하여 박해받는 정황을 보고 이를 근거로 하여 이 소녀가 舊社會와 구세력, 즉 봉건제도의 迫害下에서 고통받는 것을 작품으로 끌어들여 폭로하였다. 이는 문장의 정치적인 의의나 상상적인 가치를 제쳐두고라도 문학상으로 볼 때에도 사회적인 문제가 될 것이다. 당대에 보통 소녀가 박해받는 것만을 주제로 하여도 이 전기작품은 題材面에서 상당한 의미가 있다고 보인다. 이런 점에서 호적은 또 하나의 성과를 거두었는데 바로 중국현대 報告문학의 萌芽이다.

두 번째는 『四十自述』이다. 이 자전은 작가의 가정과 유학전의 청소년시대를 그렸다. 원래 작가가 의도한 것은 40년 가운데 비교적 興味 있는 제목만을 골라서 제목마다 소설식의 문자를 쓰려고 하였는데 이 또한 새로운 자전적 기술방법을 개척하였다. 그러나 한편으로는 그의 역사에 대한 훈련이 문학에 대한 훈련을 앞서서 그의 문장은 다분히 역사적이었으며 마침내는 소설적인 체제에서 벗어나 歷史敍述的 방법으로 기술된 흠을 지니게 되었다. 그러나 어쨌든 그의 역사적 진실성은 더욱 문장 속에서 강조되었다.

3) 胡適의 白話劇

호적 작품의 白話劇으로는 『終身大事』[88)가 있다. 이 작품은 신문화운동 가운데 첫 번째로 꼽는 백화극 작품이다. 내용을 보면 중산지식계급 가정 출신의 田亞梅여사가 동양 유학 시에 남자 陳 先生과 자유연애를 한 후에 歸國後에 가정의 동의를 구하였다. 그러나 그 어머니인 田太太는 미신을 신봉하여 관음보살로부터 동의를 얻은 후에 결론을 내렸는데 결혼은 안 된다는 것이었다. 그리하여

---

88) 胡適, 『新青年』, 6券 3號, 民國 8年 3月

그녀는 조금은 개화된 아버지를 찾아가 동의를 구하였다. 그런데 아버지는 중국의 풍속과 조상 대대로 내려온 관습으로 그녀의 혼인을 결단코 반대하였다. 결국 그녀는 陳 선생의 자동차를 타고 가려는 것으로 극을 마무리한다.

전체의 내용은 매우 간단하지만 그 가운데 들어 있는 사상내용의 풍부성과 당시의 역사조건하에서의 진보적인 사상은 탁월한 것이었다. 그 내용을 요약하면 다음의 세 가지이다.

첫째, 封建적인 迷信활동의 기만성을 폭로하였다.

田太太는 점술인인 맹인이 준 詩句를 적은 제비를 가져와서 읽으며 말한다.

> "부부는 전생에 정하여진 바, 인연이 없다. 하늘을 어기면 마침내 화를 면키 어려우니 혼인은 성사되지 않는다."[89]

이는 숙명론에서 출발하고 있는데 이 말은 임의로 해석할 수가 있다. 맹인은 팔자에 대하여 혼인은 성사가 어렵다고 단정하고 있다. 맹인은 이 제비가 관음보살의 말이며 곧 그녀를 통하여 전하는 맹인의 말과 똑같다고 단정한다. 이에 대해 田太太는 또한 그의 말대로 양자가 합쳐서 똑같은 것으로 믿고 있다. 작자는 이러한 내용 가운데서 풍자와 미신활동을 주관하는 맹인의 기만, 그리고 맹신자의 우매성을 보여주고 있다.

둘째, 중국의 舊風俗과 封建宗法制度의 낙후성 및 잔인성을 견책하였다.

---

89) 위의 책과 같음

중국에서 同姓不婚의 역사는 이미 2,500여 년을 경과하였다. 그런데 이러한 사당의 법규는 田亞梅 시대에서도 사회통념상 승인된 것으로 간주하고 있고 만약에 이러한 불문율을 어기기라도 하면 큰 화를 면치 못하리라고 믿고 있다. 그러므로 田 선생은 이를 근거로 격렬히 딸의 자유결혼을 반대하고 있다. 이 작품은 바로 이러한 면을 보여주고 있다. 즉, 중국의 舊風俗과 봉건적인 宗法制度가 사회를 개혁시키고 문명을 진보시키는 데 얼마나 많은 걸림돌이 되고 방해가 되는지를 매우 분명하게 설명하고 있다.

셋째, 青春男女의 혼인과 애정은 응당 쌍방이 자유로이 해야 하며 마음대로 부모가 간섭해서는 안 된다는 것을 보여주고 있다.

陳 선생이 田 여사에게 보낸 편지 가운데 다음과 같은 말이 있다.

> "이 일은 우리 두 사람만의 일이므로 두 사람이 해결해야 합니다. 다른 사람들은 관계가 없으니 자신들이 처리하도록 해 주십시오."[90]

이 말은 결국 작품 전편에 걸쳐서 작가가 독자에게 전하는 메시지가 될 것이다.

상기의 세 가지로 미루어 볼 때 『終身大事』의 기본사상은 당시 봉건사회의 봉건적인 미신사상과 봉건예교의 도덕규범이 합쳐져서 부정과 비판을 야기시켰다. 이는 정반대의 개념인 자산계급의 인도주의, 민주주의 사상과 자유혼인을 긍정하는 것이 된다. 또한 이 점은 객관적으로도 사회적으로 깊은 정치적인 문제를 야기시키게 된다. 다시 말하면 봉건주의 전통사상에 젖어 있는 봉건적인 미신

---

90) 胡適, 『新青年』, 6券 3號, 民國 8年 3月

활동은 더욱 타파해야 하는 것이다. 그러므로 田 여사는 그녀의 아버지에게 '아버지 대에서 이 문제를 해결해야 한다. 더 이상 미신을 믿어서는 안 된다'는 것을 강조하고 있는 것이다.

이 희곡은 원래 북경에서 미국대학 留學生 모임을 위하여 영문으로 작성한 것이다. 그런 후에 이 극을 상연하려면 주인공 여자의 역할이 매우 중요한데 이 역할을 담당할 여자가 없었다. 그러다가 중국인 여자로 하여금 이 배역을 맡기고자 할 때 중문으로 번역한 것이다. 그때 당시에 이 배역을 선뜻 맡겠다는 여자가 없었다. 왜냐하면 배역이 당시에 금기에 속하는 영역을 침해하는 것이었기 때문이다. 이때가 民國 8年 봄이었는데 당시의 思想·文化界가 여성의 해방문제와 자유혼인의 문제를 거론한 지가 얼마 되지 않았고 유명한 입센의 '인형의 집'이 막 중국에 소개되기 시작했을 무렵이었다. 그러므로 호적의 이 작품은 중국식의 노라를 사실대로 기술한 것이며 이로써 중국은 광범한 사회적인 영향을 끼치게 되었던 것이다. 사실, 田亞梅는 그 시대의 현실적인 인물이었으며 『終身大事』는 바로 이러한 문제를 해결하고자 했던 것이다. 그런 측면에서 이 극은 생활을 반영한 사회극이라고도 할 수가 있을 것이다. 田亞梅는 중국의 노라라고 볼 수가 있는데 '봉건세력이 여전히 강건한 중국에서 노라 역을 맡을 여자가 없었다는 것은 이 희곡의 의미를 설명하고 있다'91)고 한 것을 보면 당시의 사회상을 엿볼 수가 있을 것이다. 오늘날 이 작품을 보면 思想內容上 제한성을 느낄 수 있을 것이다. 예를 들면 간단히 독자들에게 가정속박으로부터의 탈피만이 해결방법이라고 하는 것은 임시방편으로서 해결방안을

---

91) 洪深, 「中國新文學大系」, 『戲劇集』, 導言

제시하는 것이지 실제로 근본적인 해결방안은 아닐 것이다. 이는 바로 사회정치제도의 변혁이 필요한 것이다. 따라서 작자는 이 극에서 初步的인 해결방법을 제시했을 뿐 원만한 해결을 찾지는 못한 것 같다.

藝術技巧面에서 본다면 사람들은 모두 『終身大事』가 입센의 『人形의 집』을 모방한 작품이라고 하는 데는 입을 모으고 있는 것 같다. 그러나 다른 한편으로 본다면 호적의 모방에는 창조적인 점이 있고, 이는 現在 中國話劇의 創作에 진보와 발전을 위하여 최초의 경험을 한 것으로 본다. 예를 들면 『終身大事』는 예술구조상으로 특색이 있다. 비록 편폭은 매우 짧을지라도 극중의 상황이 간결하고 짜임새가 있을 뿐만 아니라 파란기복이 있고, 음조나 문장의 변화가 풍부하다. 극중의 상황은 田太太가 맹인으로부터 운명을 점치는 것으로부터 개막된다. 이 대목에서 두 사람의 대화를 통하여 전체적으로 극중에 흐르는 내용의 가닥을 잡을 수가 있을 것이다. 이로써 첫 단계의 모순을 설정하는데 그것은 봉건미신과 자유연애의 모순이다. 운명술사가 퇴장한 후에 田 여사가 클로즈업(close up)되고 모녀간의 첫 번째 모순이 표면화되면서 첨예화된다. 이 극본은 진행되는 과정 중에 자연스럽게 두 가지의 부분으로 나누어지는데 하나는 남편 될 陳 선생이 밖에서 기다리고 있으니 나중에 남편을 따라가겠다는 복선이고 다른 하나는 아버지가 돌아오는데 아버지는 어머니와 달리 미신을 믿지 않으며 그렇기 때문에 딸의 말을 들을 것이고 딸의 편에 서서 그녀를 옹호해줄 것이라고 하는 우려이다. 이러한 우려는 자연히 또한 두 번째의 모순을 보여주는데 그것은 봉건적인 종법제도의 舊風習과 자유혼인의 충돌이다. 이와 같은 두 번째의 모순은 늘 고무줄을 늘였다, 줄였다 하는 것처럼 긴장된 수법을 사용하고 있다. 즉, 먼저 느슨한 부분을 보면… 田 선생은 집에 돌아와서 田太太의 멍청함을 비평한다. 이로 인하여 田 여사는 '田 선생이 두 사람을 도와줄 줄 알았다'고 하면서 흥분을 한다. 다음에 당기는 부분을 보자. 극중의 상황이 급변하여 두 번째의 모순이 정면으로 충돌한다. 왜냐하면 田 선생은 중국의 풍속습관과 祖上대대로 내려오는 관습을 들어 딸이 陳 선생과 결혼하는 것을 반대한다. 이러한 부친의 태도는 완고하여 딸이 울어도 소용이 없고 절망하게 된다. 이러한 모순의 충돌이 고조에 이르게 되고 이후에 종극으로 치닫는다. 딸은 陳 선생이 보내온 편지를 보고 길 입구에 세워둔 자동차를 타고 떠나간다. 이러한 구상의 오묘한 점은 陳 선생은 아예 등장도 하지 않는다는 점이다. 이 극은 내용상으로 보아 陳 선생은 두 가지 모순을 야기시킨 장본인이기도 하다. 그런 장본인이 극중에 출현하는 다른 사람들의 입을 통하여 그 사람의 모습과 사고방식을 얘기할 뿐 그를 등장시키지 않는 것은 작품의 주제를 深化시키고 작품을 더욱 간결하게 하는 문학의 경제원칙이기도 하다.

『終身大事』의 인물형상묘사는 예술적으로 성공한 작품이다. 독자들은 일반적으로 田亞梅가 갖추고 있는 전형성에 대하여 일반적으로 공감을 한다. 사실 작가가 중시해야 하는 것은 田 선생의 인물형상이다. 이 점에서 본 작품에 나오는 田 선생의 인물형상묘사는 더욱 성공적이었다. 예를 들면, 田 선생은 독자(관중)들에게 '반은 신식이고, 반은 구식의 풍조를 가진 인물'로 또한 중산지식계급 가정의 가장으로 비친다. 그는 자기 부인의 미신을 맹종하는 우매함을 나무라면서 딸을 두둔한다. 그러므로 사람들에게 딸의 편에서서 딸을 옹호할 것으로 믿게 한다. 그는 첨예하게 그의 부인을 다음과 같이 비평한다.

> "당신은 당신 자신은 믿지 않으면서 그 따위 목가보살을 믿는단 말이요?"
> "당신은 눈이 있으면서 써 먹지도 않고 눈도 없는 봉사에게 가르쳐달라고 하다니 이 얼마나 웃기는 말이요?"
> "무슨 보살이니, 무슨 運命家니 하는 사람들은 다 사기꾼이요, 모두 믿을 수가 없소."92)

이러한 말은 그가 분명히 迷信을 반대하고 있다는 주관을 보여준다. 그러다가 마지막 혼인의 문제로 다가가자 부인의 결론과 같이 반대를 하게 된다. 그는 『論語』와 『族譜』를 끌어들여 둘의 결합을 막는다. 그리고 다른 한편으로는 다른 사람들이 사위될 陳 선생 집에 돈이 많은 것을 노려서 딸을 팔아먹는다고 생각하지나 않을까 걱정도 한다. 이와 같이 田 선생의 인물묘사는 다양하게 표현되었다.

이 점은 표면상으로는 신사상을 지닌 사람인 양 하면서 속으로는 嚴格한 保守主義者로서 舊禮敎와 傳統的인 봉건가장으로서 딸의 혼인문제를 소심하고 신중하게 처리하려는 모습을 보여준다. 또한 사상적으로 연약하고 성격적으로 허위에 차 있음을 보여주기도 한다. 이는 실제로 5·4 時期에 지식인의 모습을 보여주고 있다. 겉으로는 신식인 양 하면서 실제로는 구식인물들이 5·4의 중산지식인들이었다. 이는 바로 『終身大事』에 등장하는 田 선생과 같으며

---

92) 胡適. 『新靑年』, 6卷 3號. 民國 8年 3月

田 선생은 이러한 人物群을 대표하는 전형적인 사람이다. 이와 같은 예술형상은 같은 시기의 신문학 작품 중 다른 체제에서는 찾아볼 수 없었다.

대체로 『終身大事』의 출현은 중국현대희극사상 중대한 의의를 갖는다. 魯迅은 일찍이 말하길, '원앙호접식의 문학전성기에 입센의 극본이 소개된 것과 호적 선생의 『終身大事』는 다른 형식의 출현'이라고 하였고, 洪深은 말하길, '당시 中國戲劇界에 이론은 풍부하고 창작은 빈곤하였는데 이러한 상황하에서 다만 호적의 『終身大事』만이 가치가 있다'93)고 하였는데 이것이 그의 희곡에 대한 정당한 평가일 것이다.

3. 결론

상술한 바를 한마디로 綜合하여 말하면, 호적의 신문학 창작은 그 성적 면에서 우수하다.

新詩方面에서 말하자면 그는 '嘗試'로 시를 창작한 新詩人이다. 그의 『嘗試集』은 또한 중국제일의 신시 모음집으로서 영향이 크다. 이 시집이 출판된 후에 朱自淸은 「胡適是第一個 '嘗試' 新詩的人」을 발표하였고, 朱湘은 『嘗試集』을 편찬하였으며, 康白情은 '愚庵'의 필명으로 『評胡適的詩』를 썼고, 周曉明은 『重新評價胡適<嘗試集>』을 편찬하였으며, 周策縱은 『論胡適的詩』를, 周質平은 『讀胡

---

93) 魯迅, 『二心集』, 上海文藝之鼈

適的<嘗試集>--新詩的回顧與展望』을 편찬하는 등, 저명한 학자요, 시인들, 평론가들에게서 많은 평가를 받았다.

이들의 평가는 당연히 긍정적이었으며 훌륭하였다. 다만 그의 시가 說理的인 면이 강하고 실험을 위한 시를 썼으므로 자연스럽지 못한 감은 있다고 본다.

호적의 散文은 형식의 다양성에서 예술적인 성취가 있었다. 文章 중에는 說理的인 면이 강했으며 웅변적이었다. 그의 문필은 신랄하였으며 특히 풍자적인 필법이 백미였다. 그의 <差不多先生傳>은 이 方面의 대표작으로 꼽을 수가 있겠다. 여기서 그의 해학과 유머 (humor)는 재미를 가일층 돋우고 있다. 산문 중에서 기행문에 속하는 『盧山遊記』와 같은 작품은 역사적인 고증까지 삽입하여 내용을 더욱 충실히 해주고 있다. 이 분야에서도 흠을 찾는다면 문학적 필체보다는 역사적인 필체가 강했다고 본다.

호적 散文의 특징은 대체로 세 가지로 요약할 수가 있다.

첫째, 분명하다는 점이다. 그는 '文學의 3대 要件'으로서 글은 알기 쉽고 명료하게 써야 한다고 주장하였다.

둘째, 그의 작품이 '才·學·識'의 3대 要件을 갖추고 있다는 점이다. 다시 말하면 그가 언어문자를 표현하는 능력이 있을 뿐만 아니라 풍부한 학식과 生活經驗이 있으며 사물에 대하여는 정확한 分析과 認識을 가지고 있다고 보기 때문이다.

셋째, 그의 작품은 自然스럽고 新鮮하다는 점이다. 그의 산문은 대체로 그의 역사적인 考證을 의거해서 솔직히 썼을 뿐 문장을 억지로 만든 흔적은 없다. 또한 신문학을 제창하면서 그때까지의 중국문학과는 다른 改良的인 내용의 글을 담고 있어 신선하다고 할 수가 있다.

호적의 백화극은 단지 『終身大事』 한 편밖에는 찾아볼 수 없다. 그러나 이 작품은 신문화운동중의 첫 번째 백화작품이기 때문에 독창성이 있고 따라서 重要한 地位를 점유하고 있다. 작품을 통하여 作家는 자유연애와 혼인을 주장하였으며 구습과 봉건제도에 반대하고 있다. 이러한 점은 그가 진보적인 사상을 담고 있음을 보여준다. 그러므로 결론적으로 호적은 문학창작의 다방면에서 신문학의 대가라고 할 수 있으며 그의 문학 성취는 불후하고 따라서 그는 현대중국문단의 확고한 地位를 차지하고 있다고 할 수 있겠다.

이로써 胡適의 新文學 創作인 詩와 散文 그리고 그의 戲曲作品의 分析을 통하여 그의 작품을 평가하여 보고자 시도하였다. 다만, 기초자료인 그의 작품들이 방대하여 모든 작품들을 다 분석하지 못하여 미진한 감이 있다. 이것은 마치 '나무의 단면만을 보고 나무 전체를 평가'하는 어리석음이라고 할 수도 있을 것이다. 그러나 이러한 시도들이 후학들에게 계속되어서 한 그루의 나무를 이룬다면 완전해질 것이라 믿는다. 이러한 맥락에서 필자는 앞으로도 호적에 대한 작품연구에 더욱 精進하여 한 그루의 나무를 완성하는데 다소나마 일조하고자 한다.

【참고문헌】

[1] 胡適, 『胡適文存 一集』, 臺北: 亞東圖書館, pp. 5-123, 1921.12

[2] 胡適, 『胡適文存 二集』, 臺北: 亞東圖書館, pp. 5-225, 1924.11

[3] 胡適, 『胡適文存 三集』, 臺北: 亞東圖書館, pp. 5-235, 1930.9

[4] 胡適, 『嘗試集』, 臺北: 亞東圖書館, pp. 5-135, 1922.10

[5] 胡適, 『戴東原的哲學』, 臺北: 商務印書館, pp. 8-11, 1997.1

[6] 胡適, 『白話文學史(上券)』, 臺北: 新月書店, pp. 5-156, 1928.5

[7] 胡適, 『中國哲學史大綱(上券)』, 臺北: 商務印書館, pp. 78-89, 1919.2

[8] 胡適, 『四十自述』, 臺北: 商務印書館, pp. 5-67, 1933.9

[9] 胡適, 『胡適論學近著』, 臺北: 商務印書館, pp. 30-37, 1935.12

[10] 胡適, 『丁文江的傳記』, 臺北: 中研院, pp. 55-69, 1956.11

[11] 胡適, 『胡適之先生詩歌手跡』, 臺北: 商務印書館, pp. 5-215, 1964.12

[12] 胡適, 『胡適手稿(十集)』, 臺北: 胡適紀念館, pp. 5-135, 1996.9~1970.2

[13] 胡適, 『胡適給趙元任的信』, 臺北: 萌芽出版社, pp. 86-92, 1970.6

[14] 胡適, 『胡適講演集』, 臺北: 胡適紀念館, pp. 198-230, 1970.12

[15] 胡適, 『胡適來往書信選』, 香港: 中華書局, pp. 46-78, 1979.8~1980.3

[16] 胡適, 『先秦名學史』, 香港: 學林出版社, pp. 5-149, 1983.12

[17] 胡適, 『胡適的日記』, 香港: 中華書局, pp. 40-148, 1985.1

[18] 胡適, 『胡適選集(十四冊)』, 臺北: 文星書店, pp. 5-160, 1966.6

[19] 易竹賢編, 『中國現代作家選集-胡適』, 香港: 三聯書店, pp. 56-60, 1987.9

[20] 胡明編註, 『胡適詩存』, 北京: 人民文學出版社, pp. 5-424, 1989.4

[21] 林吶等編, 『胡適散文選集』, 北京: 百花文藝出版社, pp. 5-379, 1991.7

[22] 李敖, 『胡適評傳』, 臺北: 文星書店, pp. 3-340, 1964.4

[23] 唐德剛譯註, 『胡適口述自傳』, 臺北: 傳記文學出版社, pp. 4-255, 1981.8

[24] 朱文華, 『胡適評傳』, 北京: 重慶出版社, pp. 5-257, 1988.12

[25] 胡懷琛, 『嘗試集批評與討論』, 北京: 泰東書局, pp. 66-81, 1923.5

[26] 楊承彬, 『胡適的政治思想』, 臺北: 臺灣中國學術著作獎勵委員會, pp. 108-125, 1967.6

[27] 費海璣,『胡適著作研究論文集』, 臺北: 商務印書館, pp. 358-369, 1970.7

[28] 趙錫民,『胡適學術思想』, 臺北: 學術出版社, pp. 30-134, 1973.1

[29] 周質平,『胡適與魯迅』, 臺北: 時報文化出版社, pp. 104-109, 1988.6

[30] 周質平,「讀胡適的<嘗試集>-新詩的回顧與展望」,『知識』, 創刊號, 臺北, pp. 34-47, 1992.5

[31] 周質平,「胡適的遊記」, <中國時報>, 臺北, pp. 35-46, 1986.8.13

[32] 易竹賢,「評<五四>文學革命中的胡適」,『新文學論叢』, 臺北, pp. 56-98, 1979.2-1980.1

[33] 竹內好,「胡適與儒敎」,『亞細亞的歷史和思想』, 東京, pp. 27-65, 1974.6

[34] 竹內好,「胡適」,『竹內好評論集』, 三券, 東京, pp. 156-231, 1966.7

[35] 竹田晃,「胡適, 啓蒙思想的形成」,『思想和文學』, 東京, pp. 156-231, 1967.7

중국 산문시 논고

1. 서론

　산문시란 용어는 1869년 서양의 보들레르(Ch. Baudelaire)가 『파란우울』이란 시집에서 최초로 사용함으로써 산문시가 본격적으로 쓰이기 시작하였고, 중국에서는 1919년 5·4 이후 호적이 作詩를 作文과 같이 하자고 하면서 시의 산문화 경향을 보이기 시작하였다. 산문시의 개념을 정의하기 위해서는 중국의 전통시와 산문시와 다른 점을 밝혀야 하고 또한 중국시 속에서 산문시가 있었는지 여부도 파악해 보아야 할 것으로 사료된다. 그러면서 선행되어야 할 것은 산문과 시의 개념을 파악하는 것일 것이다.

　따라서 본고는 산문과 시의 구별을 위하여 산문의 상대적인 용어로서 쓰이는 운문과 산문을 차이를 비교하여 보고, 운문의 영역 속에서 운문으로서의 시와, 산문으로서의 시를 구별함으로써 산문시와 산문의 개념의 차이를 정리하여 보고자 한다.

2. 산문의 정의와 범주

중국산문은 대체로 네 가지로 다르게 정의될 수 있는데, 경우에 따라서 산문의 의미와 범주는 다음과 같이 달라진다.

1) 廣義의 意味

율격의 제한을 받는 시가를 운문으로 분류하고, 율격의 제한을 받지 않는 자유로운 줄글을 상대적으로 산문으로 지칭하는 이분법에 의한 것이다.

이는 가장 원론적인 문체분류에 의한 것으로서 허구적인 이야기 줄거리를 갖는 독립된 문학체제로서의 소설과 희극이 형성되기 이전의 고대산문을 이로서 지칭한다면 별 무리가 없을 것으로 사료된다. 그러나 독립된 문학체체로서의 소설과 희극이 이미 형성되어 사실적인 내용에 바탕을 두는 산문과는 구별되었던 당·송 이후 현대까지의 산문을 이로써 지칭한다면 그 범주가 서로 부합되지 않는다.

2) 狹義의 意味

문학체제를 시가·산문·소설·희극으로 분류하여 병칭하는 사분법에 의한 것이다. 이는 현대에 이미 일반화된 문체 분류에 의한 것

으로 독립된 문학체제로서의 소설과 희극이 이미 형성되었던 당·
송 이후 현대까지의 모든 산문을 이로서 지칭한다면 별 무리가 없
을 것으로 사료된다.

아울러 광의의 의미로서 지칭한 고대산문은 사실상 독립된 문학
체제로서의 소설과 희극을 포함하지 않으므로 협의적인 의미로서
지칭하는 산문과 그 범주가 서로 부합된다. 따라서 협의적인 의미
로서 고대부터 현대까지의 모든 산문을 지칭해도 그 범주는 역시
서로 부합된다.

요컨대 중국산문의 정의와 범주는 일차적으로 광의적인 의미로
서 보다는 협의적인 의미로서 설정해야 타당하다. 또한 이때의 산
문은 율격의 제한을 받지 않는 자유로운 줄글로서 허구적인 이야
기 줄거리를 갖지 않고 사실적인 내용에 바탕을 두는 문학체제로
서 정의될 수 있을 것이다.

3) 專門的인 意味

중국의 위진남북조라는 특정한 시기에 극성했던 변문에 대한 대
칭으로서의 산문이다. 그런데 당시의 변문은 사실상 辭賦가 古賦에
서 騈賦로 변했듯이 위에서 협의적인 의미로서 지칭한 산문이 고
문에서 병문으로 변한 것이다. 다시 말해서 병부가 율격화된 辭賦
이듯이 병문은 율격화된 산문일 뿐으로 전문적인 의미의 산문은
율격화되지 않은 산문, 즉 고문을 가리키는 것으로 볼 수 있다. 따
라서 전문적인 의미의 산문은 물론이고 병문까지도 사실상은 협의

적인 의미의 산문에 포함이 되는 것이다.

요컨대, 전문적인 의미의 산문은 물론이고 병문의 존재까지도 협의적인 의미로써 중국 산문의 정의와 범주를 설정하는 데 전혀 장애가 되지 않는다.

4) 局地的인 意味

잡문·소품문·보고문학·일반서사산문 등으로 분류되는 현대 산문 가운데서도 소품문만을 산문으로 지칭하는 것이다. 이는 위에서 지칭한 협의적인 의미의 산문에 포함되는 현대산문의 일부로서 더욱 협의적인 의미의 산문이므로, 이 역시 협의적인 의미로서 중국산문의 정의와 범위를 설정하는 데 전혀 장애가 되지 않는다.

그리고 최종적으로 중국산문의 정의와 범주를 설정하기 전에 한 가지 짚고 넘어가야 할 것은 辭賦·箴銘·頌贊의 처리 문제이다. 한 마디로 이들은 그 원류와 계통으로 보아서 詩·詞·散曲과 함께 시가에 속한다.[94]

이들은 대체로 시에 비해서 산문적인 요소를 많이 구비하고 있어서 고대의 산문시였다고 할 수 있다. 그러나 아무리 시적인 요소를 구비하여 율격화되었어도 병문은 협의적인 의미의 산문에 포함될 수밖에 없듯이 아무리 산문적인 요소를 많이 구비하고 있었더라도 사실상 가지런한 句式과 押韻에 치중한 이들은 시가에 포함

---

94) 褚斌杰, 『중국고대문체개론』, 북경: 북경대학출판사, 1990에서 辭賦는 산문의 가종 體類와 구분해서 다른 시가들과 함께 다루었다.

될 수밖에 없다. 曾國藩의 『經史百家雜鈔』에서는 아예 이들을 <시경> 시의 일부와 함께 詞賦[95] 한 가지로 묶어서 분류했다.

辭賦를 예로 들어 말하자면 실제로 句式은 騈賦와 똑같이 율격화되었으되 압운을 하지 않은 것이 騈文[96]이고, 句式은 극도로 산문화되었으되 압운을 한 것이 文賦였음을 볼 때에 당시에는 압운 與否로서 體裁상으로 산문과 시가를 뚜렷이 구분했다고 할 수 있다. 이 점은 箴銘·頌贊에 있어서도 마찬가지로 이들은 극도로 산문화되었더라도 반드시 압운을 하는 것이 일반적이었다.

흔히 산문화된 시가의 수시압운을 '해도 좋고 안 해도 좋은 것'으로 잘못 생각하는 경우가 있는데 극도로 산문화되었더라도 시가는 압운의 간격이 멀 뿐이지 내용이 작은 단락을 이루는 句末에서 어김없이 압운을 함으로써 반복되는 율격의 작은 단위를 이루기 마련이다. 또한 전개되는 내용의 변화에 따라 換韻을 함으로써 내용이 큰 단락을 쉽사리 파악하게 되고, 이에 따라 반복되는 율격의 큰 단위를 이루기도 한다. 한 가지 예로서 소식의 「赤壁賦」는 文賦의 대표작이지만 약간의 첨삭을 거치고 懸吐하여 한국의 西道唱 「赤壁歌」로 가창되고 있다. 이에 반해서 句式이 극도로 율격화된 병문일지라도 압운을 하지 않는 산문은 상대적으로 율격에 의한 반복성이 부족하여 歌誦하기에는 적합하지 않다고 볼 수 있다.

陳必祥의 『고대산문문체개론』[97]에서는 산문의 체재에서 頌贊을 제외시켰으나 箴銘을 포함시켰는데 이는 극도로 산문화된 소식의

---

95) 일반적으로 楚辭를 楚詞로 표기하듯이 辭賦의 辭와 詞賦의 詞는 같은 의미로 쓰인 것이다.
96) 丘瓊蓀, 『詩賦詞曲槪論』, 臺北 : 中華書局, 1983, 147쪽
97) 진필상, 『古代散文文體槪論』, 臺北 : 文史哲出版社, 1987

「九成臺銘」조차도 압운의 간격이 멀 뿐이지 내용이 단락을 이루는 句末에서는 어김없이 산문을 사용함으로써 율격의 단위를 이루었음을 간과한 때문인 듯싶다. 실제로 진필상은 碑誌에 귀속시켜서 다룬 李斯의 「泰山刻石文」이 압운을 강구하지 않은 것으로 오인하는 등 韻字의 확인에 소홀한 감이 있는데 이는 중국인의 입장에서 보면 入聲이 소멸되는 등 음운의 변화가 커진 오늘날 고대의 韻字를 확인하는 것이 용이하지 않기 때문일 것으로 사료된다.

만일 산문화된 시가라고 해서 율격의 구조를 이루는 압운에 유의하지 않고 이를 산문으로 읽는다면 내용의 작은 단락이나 큰 단락이 쉽사리 파악되지 않아서 그 의미를 이해하기가 어렵거나 전혀 다르게 이해할 수도 있다.

현대로 오면서 문언이 백화로 대치되면서 시가 율격의 절대적인 조건이었던 가지런한 句式과 압운의 제약을 벗어나서 내재율을 기본적인 율격으로 삼게 된 현대문학에 있어서도 산문시는 상대적으로 율격의 제한을 받지 않는 산문과는 다르다. 산문시는 자유시보다도 더욱 산문화되어서 율격을 이루는 단위의 단락이 상당히 길기 때문에 겉으로 보아서는 산문과 차이가 없는 듯하지만 반드시 내재율에 의해서 반복되는 율격의 제한을 받으면서 그 내용을 전개한다. 이 경우에도 만일 율격의 구조를 파악하지 않고 산문처럼 이를 읽는다면 역시 그 의미를 이해하기 어렵거나 전혀 다르게 이해될 수도 있다.

이상의 내용을 정리해서 중국 산문의 정의와 範疇를 설정해 본다면 중국산문이란 문학 체재를 四分法으로 분류해서 시가·소설·희극과 함께 병칭하는 문체 명으로서 시가와는 달리 율격의 제한을 받지 않고 자유롭게 지은 줄글로서 소설이나 희곡과는 달리 허구적인 이야기 줄거리를 갖지 않고 사실적인 내용에 바탕을 두는 문학체제이며 이에는 고대의 병문이 포함되고 고대의 辭賦·箴銘·頌贊과 현대의 산문시는 포함되시 않는다고 힐 수 있다.

3. 시가와 산문의 차이

1) 散文과 韻文

　앞에서는 중국에서의 산문의 정의와 범주를 살피고, 산문시가 산문의 범주에 속하지 않음을 피력하였다. 여기서 보았듯이 산문의 상대적인 용어는 시가 아니라 운문이다. <시학>에서 아리스토텔레스(Aristoteles, B.C.384~B.C.392)는 운문의 대표적인 본보기로 문학을 들고, 산문의 대표적인 본보기로 역사를 들었다. 구약성서 중의 예언서를 비롯한 <아가>, <욥>도 시의 형식을 취하고 있다. 또한 고대 로마시대의 호라티우스는 『시의 기술』이란 비평서를 산문이 아닌 시로 썼다. 17세기 프랑스 고전주의 대표적 이론가 알렉산더 포우프도 『비평론』, 『인간론』을 저술할 때에 운문의 형식을 빌려 표현하였다. 이와 같이 현대에 와서 산문을 쓰는 장르에서도 당시에는 운문을 썼다. 그러나 운문과 산문은 그 개념이 분명히 다르다.

　운문과 산문은 눈과 비에 견줄 수가 있다. 다 같이 물로 이루어졌지만 그 속성은 다르다. 운문도 산문도 다 같이 언어로 되어 있지만, 그 쓰임새는 다르다. 운문이란 글자 뜻대로 풀이하면 운율이나 율격을 지인 글을 말한다. 여기서 한 가지 운문이라고 하여 모두 시는 아니라는 것이다. 운율을 밝히고 있으면서 아직 시가 되지 못한 재 남아있는 글은 운문이라고 부를 수가 있다. 한편, 산문은 운율이나 율격을 지니지 않은 글을 가리킨다.

어원상 산문을 뜻하는 '프로우스'라는 영어는 본디 '프로수스'(앞으로 똑바로 가다)라는 라틴어에서 나왔다. 운문을 뜻하는 '버스'라는 영어는 본디 '베르수스'(다시 되돌아오다)라는 라틴어에서 나왔다. 따라서 산문은 어떤 목표를 향하여 나아가는 글, 아무런 꾸밈이 없이 있는 그대로 직접 드러내는 언어, 운문은 그 안에 반복적인 요소가 있어 리듬이나 패턴을 만들어 내는 글로서 여러 가지 꾸미고 멋을 부리는 언어이다. 또한, 중국 梁나라 문학이론가 劉勰은 『문심조룡』에서 '운이 있는 것은 文이요, 운이 없는 것은 筆'이라고 하였다. 여기서 문은 운문이고, 필은 산문이라고 함이 적당하다. 여기서 운문과 산문의 관계를 운문은 리듬을 가지고 있는데 산문은 리듬이 없다는 관점으로 생각해 볼 수가 있을 것이다.

본디 리듬은 문학과 깊은 관계를 가지고 있었다. 오늘날처럼 분화되기 이전에 있어서의 원시종합 예술체가 문학의 모태인데 이때에 있어서는 음률적인 요소와 동작적인 요소가 함께 언어적인 요소로서 혼합되어 존재했었다. 이 사실 하나만 가지고 본다 하더라도 문학이 리듬과 불가분의 관계를 맺고 있었다는 것을 알 수가 있을 것이다.

뿐만 아니라 우리의 둘레에 있는 모든 것은 율동적이라는 것도 또 하나의 이유가 된다. 동쪽에서 떠서 서쪽으로 기우는 해를 비롯해서 밤하늘에 별이 반짝이는 것, 바다의 드높은 물결, 바람소리, 벌레우는 소리, 천둥과 번개, 그리고 우리들 자신의 호흡이나 혈맥, 크게는 우주 전체, 작게는 미생물에 이르기까지, 율동적인 운동을 하지 않는 것이 하나도 없다. 이러한 가운데 만들어진 말이 율동적인 성격을 띠게 된 것은 당연한 일이라 하겠다.98)

이러한 관점에서 본다면 산문이라고 해서 리듬이 전혀 없다고는 말할 수 없다. 다만, 운문에서 쓰이는 일정한 규칙을 갖추고 있지 않을 따름이다. 어쨌든 이러한 이유로 말미암아 산문에는 형식적인 리듬인 외재율(형식률)이 없다고 말한다. 그러나 산문에도 내재율(내용률)은 있다. 왜냐하면 산문은 본디 뜻을 전하는 것이 주요 목적이기 때문이다. 그렇다고 운문이 뜻을 전달하는 기능을 완전히 배재하였다는 것은 아니다. 다만, 운문이 리듬중심적인 데 반하여 산문의 뜻이 중심을 이룬다는 것뿐이다.

또한, 한국뿐만 아니라 중국에서는 형식에만 얽매여 있던 탓에 고대에 '운이 있는 것은 시요, 운이 없는 것은 산문이다'99)고 일반적으로 정의하고 있어온 것 같다.

일본의 本間久雄은 '형식상으로 율어와 산문을 구별하면, 율어는 언의의 문자의 배열에 일정한 규율이 있는 것이고, 산문은 일정한 규율이 없는 것'이라고 하였고, 또한 조지훈(趙芝薰, 1920.12.3.~1968.5.17)은 '운문은 음률본위의 글월(文)이요, 산문은 非음률 본위의 글월(文)'100)이라고 하였다.

---

98) 김상선, 『문학개론』, 과학정보사, 1988, 77쪽
99) 유협은 『문심조룡』에서 '운이 있는 것은 文이요, 운이 없는 것은 筆이다'고 하였는데 여기서 문은 운문이고, 필을 산문이라고 함이 적당하다.
100) 조지훈, 『시의 원리』, 서울: 珊瑚莊, 1953.6., 168쪽

그러나 서양의 모올튼(Moulton, Richard Green, 1894~1924)의 말을 빌리면 운문과 산문의 구별은 율동의 구별에 있다고 말한 다음, 운문의 율동은 回歸的 율동이고 산문의 율동은 감추어진 율동이라고 하였다. 이는 운문과 산문의 관계에 있어 동양과 서양에서 관점의 차이를 보여줌을 의미한다고 하겠다. 즉, 동양은 형식적인 관점에서만, 서양은 내용적인 관점에서 운문과 산문의 정의를 보여주고 있는 것이라고 할 수가 있을 것이다.

한편, 엘리엇(Eliot, Thomas Stearns, 1888.9.26.~1965.1.4.)은 다음과 같이 말하였다.

> "나는 산문이 가능한 면에서 또는 실제적인 면에서 운문이나 다름없이 중요한 표현수단으로 인정받고 또한 쓰는 데에도 그만한 노력이 필요하리라는 것을 당연하다고 생각한다. 그뿐 아니라 음률 형식에서 오는 쾌감이 없을 따름이지 운문으로서 전달되는 기쁨은 산문으로도 도달할 수 있다. 그리고 가장 훌륭한 산문의 흐름 속에서 산문에만 특유하고 운문으로 메울 수 없는 운문과 같은 가치의 기쁨이 들어있다."[101]

이는 운문이 아닌 산문만의 영역이 있고 그 특징이 운문이 아닌 산문 자체로서의 특징을 갖고 있다는 것을 의미한다고 하겠다. 어쨌든 운문과 산문의 차이는 외형적 운률의 有無로서 규정지어진다고 해도 무방할 것이다.

---

101) Eliot, Thomas Strearns, *Selected Essays*, Faber & Faber Limited. co., 1987. 101쪽

2) 散文과 詩

　위에서 산문과 운문의 차이를 내재적인 운율에 따라서 구별을
하는 것이 운문에 대한 광의의 개념이라고 정의하였고 이는 형식
에만 치우친 관점에서의 동양적인 사고의 틀에서 벗어나 내용에
어떠한 운율적인 규칙을 찾아낼 수 있으면 이는 운문으로 간주한
서양의 관점을 수용한 것이다. 이러한 관점에서 보면 중국에서 문
언문에서　백화문으로　대체시키며　백화문　주장을　한　호적
(1896~1962)은 '作詩를 作文과 같이 하자면서 시의 산문화를 주장
하였는데. 이는 문언이란 글자에서 口語를 글자화함으로써 이미 운
율을 가졌다고 볼 수가 있을 것이다. 따라서 백화문 자체가 운문이
라고 규정할 수가 있을 것이다. 이런 식으로 한다면 백화문은 모두
운문이고, 산문시로 볼 수도 있을 것이다. 그러나 운문이 모두 산
문시가 될 수는 없을 것이다. 그렇다면 산문과 시가의 차이는 무엇
인가를 알아야 할 필요성을 느끼게 된다.

　아리스토텔레스는 '모든 시는 반드시 음률이 있을 필요가 없으
며, 음률이 있다고 해서 모두 다 시인 것은 아니다'고 했다. 이는
음률의 유무로서 산문과 시를 구별할 수가 없다는 것을 의미한다.
고대서양에서는 현대적인 의미에서의 산문의 영역에서도 시로시
산문을 쓴 것을 알 수가 있으며, 중국에서 <천자문>을 보아도 형
식은 산문이지만 내용상 운율을 갖춘 시라는 것을 알 수가 있다.
이는 다시 말하면 고대에서는 산문의 개념이 없이 모든 산문을 운
문식으로 기술하였던 것 같다.

　17~18세기에 들어서서 고전주의 작가들은 시에는 시어가 있어야

하고 산문에서 쓰는 용어보다 고귀해야 한다고 주장하였다.102) 이러한 관점에서 중국에서는 산문과 같은 시를 쓴 宋대의 일부 시인들의 작품을 경시하는 풍조가 있었다. 그러나 시적인 산문이 더욱 우수한 경우도 있으니 이로서 산문과 시를 구별하는 것도 무리한 일일 것이다.

또한 영국의 낭만주의 비평가 Murray, John Middleton(1889.8.6.~1957)은 『풍격론』103)에서 '만약 원초적인 경험이 정감적인 것에 기울어져 있다면 시 또는 산문으로 표현하는 것의 반은 時機와 氣風에 달려 있다고 믿는다. 그러나 만일, 정감이 특별히 심후하고 절실하다면 시로 표현하는 동기가 우세를 차지할 것이다. 나는 셰익스피어의 14행 시집이 산문으로 쓰일 수 있다고 상상할 수 없다'고 하였다. 이는 산문으로도 얼마든지 시적인 정감 이상의 것을 표현할 수가 있으니 정감이 시의 전유물은 아니라는 것을 의미한다. 그리고 반대로 도연명의 「形影神」이나 주희의 「감흥시」같이 논리적인 시를 보아도 논리성이 산문의 전유물만은 아니라고 단언할 수 있을 것이다.

사르트르는 『문학이란 무엇인가?』104)에서 "시는 산문과 똑같은 방식으로 말을 사용하지 않는다. 시는 말을 사용하지 않을뿐더러 말에 봉사한다고 하는 편이 적절하다. 시인들은 언어를 이용하기를 거절한 사람이라고 말하였다. 이에 반하면 산문은 본질적으로 효용을 목적으로 하는 공리적인 것이다. 또한 Herbert Read는 산문을

---

102) 주광잠, 『시론』, 북경: 심련서점, 1984.7., 159쪽

103) Murray, John Middleton, *The Problem of Style*, London: Oxford Univ., 1925, 124쪽

104) 사르트르 저, 김붕구 옮김, 『문학이란 무엇인가?』, 서울: 문예출판사, 1972, 187쪽

구성적인 표현으로, 시를 창조적인 표현으로 구별하고 산문이 발산의 과정에서 발생되는 것인 양 보이는 반면에 시는 응결의 과정에서 빌생하는 듯 보이는 것이다."라고 하어 시를 凝結(condensation), 즉 집중적인 정신작용으로 보고 있다. 프랑스 상징주의 시인 Valery, Paul(1871.10.30.~1945.7.20.)은 '산문은 걸어가는 글이요, 시는 춤추는 글'이라고 하였다. 이는 운문은 청각적이며 인간감정의 표현수단으로서 마음이나 상상력에 호소하는 데 반하여 산문은 시각적이고 지식정보와 전달의 수단으로서 머리와 지성에 호소한다고 할 수 있다.105) 그밖에 19세기 낭만주의 시인인 새 뮤얼 코울리지의 말을 빌면 '산문이란 언어를 가장 좋은 방법으로 배열해 놓은 것이고 시란 가장 좋은 언어를 가정 좋은 방법으로 배열해 놓은 것'이라고 하였다. 종합하여 말하면 이러한 많은 견해들은 시와 산문의 특징으로서 시와 산문을 구별하려 하고 있지만 이것이 필수요건은 아니며, 이러한 특징들이 각각의 전유물은 결코될 수 없을 것이다.

3) 散文詩

산문시는 시와 산문의 중간형태로서 보들레르는, 시집 <파란우울>의 서문에 '리듬이나 운이 없어도 마음속 서정의 움직임이나 몽상의 물결, 의식의 비약에 순응할 수 있는 유연하고 강직하며 시적인 산문'이라고 하였다. 산문으로 표현한 시, 즉 시적인 내용을

---

105) 김상선, 『문학개론』, 서울: 과학정보사, 1978.8, 76~77쪽

산문적 형식으로 표현한 시, 따라서 겉으로 드러나 보이는 운율이 없다고 할지라도 형태상의 압축과 응결이 필요하고 시정신의 결정이 요구된다. 정형시와 자유시가 외형적이건 내재적이건 간에 어떠한 운율의 요소와 성분을 갖는 데 비해 산문시는 전혀 이런 것과 무관하게 시인의 사상과 감정을 산문의 형식을 빌려 표현한 시이다. 그러나 시가 되기 위해서는 압축이나 상징 등의 요소가 반드시 필요하다.

아리스토텔레스는 '모든 시는 반드시 음률이 있을 필요가 없으며, 음률이 있다고 해서 모두가 다 시인 것은 아니다'고 했다. 그러나 한국뿐만 아니라, 중국에서는 고대에 '운이 있는 것은 시요, 운이 없는 것은 산문이다'고 일반적으로 정의하고 있어온 것 같다. 이는 형식에 얽매인 탓으로 여겨진다. 따라서 <천자문>, <사기> 등도 따지고 보면 시적인 풍미가 있는 작품인데도 시의 범위 밖으로 놓고 있다. 그러므로 음률만으로 시와 산문을 구별하기는 힘들다고 하겠다.[106]

또 다른 견해로 시와 산문을 풍격 면에서 구별하고자 하는 것이다. 산문은 서사와 설리에 편중하여, 그의 풍격은 당연히 단도직입적이며 명백하고 유창하며 자연스럽다. 시는 서정에 편중하여 그의 풍격은 높고 화려하거나 담백평이함에 관계없이 시가 갖추어야 할 존엄성을 반드시 유지하여야 한다. 이 때문에 17~18세기 고전주의 작가들은 시에는 시어가 있어야 하고 산문에서 쓰는 용어보다 고귀해야 한다고 주장하였다. 이러한 관점에서 중국에서는 산문과 같은 시를 쓴 宋代의 일부 시인들의 작품을 경시하였다. 그러나 詩詞

---

106) 주광잠, 『시론』, 북경: 삼련서점, 1984.7, 147~169쪽

的인 산문의 序가 시 자체보다 뛰어날 때도 있으니 시의 풍격이 반드시 산문보다 높을 필요도 없을 것 같다. 따라서 시와 산문이 풍격상에서 나르나고 하는 것은 근거 없는 것이며 이는 이 시와 서시의 풍격이 다른 것과 같다고 할 수가 있을 것이다.

또한, 시는 시의 제재가 있고, 산문은 산문의 제재가 있다고 대부분 생각하는 듯하다. 대체로, 시는 서정과 흥을 돋우어 마음을 달래는 데 적당하고, 산문은 사물을 묘사하고 어떠한 사실이나 이론을 설명하는 데 적당하다고 보는 까닭이다. J. M. Murry(머리)는 『풍격론』에서, 산문이 그 특수한 제재가 있다는 데에 이르러서는 '어떤 문제에 대한 정확한 사고는 반드시 산문으로 해야 한다. 음운으로 구속하는 것은 안 된다', '산문은 풍자하는 데 가장 적합한 도구'라고 하였다.107) 사실상 가장 좋은 言情의 작품은 모두 시속에서 찾아야 하며, 뛰어난 서사, 설리적인 작품은 모두 산문 속에서 찾아야 하므로 이 말은 어느 정도 설득력이 있다고 본다.

실질을 중시하는 사람들은 심리적인 면에서 산문과 시의 차이를 말하는데 산문을 이해하는 것은 대부분 이지에 의해서 이며, 시를 이해하는 것은 대부분 정감에 의해서라고 한다. 이 두 가지 견해는 '지식'과 '정감'으로 구분된다. 알 수 있는 사람은 대부분 비유할 수가 있고, 느낄 수 있는 사람은 대부분 뜻을 이해해야 한다. 산문은 알기를 요구하고, 시는 느끼기를 요구한다. '앎'은 정확을 요구하기에 작가가 한 부분을 말하면 그 한 부분을 보아야 하고, '느낌'은 풍부함을 귀히 여기기에 작가가 한 부분을 말하면 독자는 이 부분 밖에서 다른 많은 것을 보아야 한다. 따라서 문자의 효능은 시

---

107) Murray, John Middleton, *The Problem of Style*, London: Oxford Univ., 1925, 124쪽

와 산문 속에서 각기 다르다. 산문 속에서는 '서술'하고 있어 독자는 본 뜻을 중시하고, 시 속에서는 '암시'하고 있어 독자는 연상을 중시한다. J. L. Lowes(로스) 교수는 『시의 규칙과 반항』108)이라는 책에서 이와 같이 주장하였다. 그러나 이 말은 설득력은 있지만 그 반증도 있다. 산문이 이론적인 설명에 적합하다고 하는 것은 전통적인 편견일 수 있다. 무릇 진정한 작품은 시나 산문을 막론하고 그 이면에 그의 특수한 정서가 있어야 한다.109) 단테의 『신곡』이나 괴테의 『파우스트』, 셰익스피어의 비극, 도연명의 『形影神』, 주희의 『감흥시』 속에 '이치'가 없는가 하면 사실 그렇지는 않기 때문이다. 예를 들어보면 '情'과 '理'는 시나 산문 모두에 표현될 수가 있는 것이다. J. M. Murry(머리)는 시가 묘사에 적합하지 않다고 말하였는데 사실은 그렇지 않다. 수많은 자연풍경의 묘사가 시로 쓰인 경우도 상당히 많다. 또한 시가 풍자나 풍속희극에 적합하지 않다고 하는 견해 역시 정확한 견해는 아닌 듯싶다. 왜냐하면 아리스토파네스나 Jean Giraudoux(지로두), 모리악 등이 대부분 시의 형식을 채용한 것을 보면 알 수가 있을 것이다. 그러므로 제재의 성질로도 산문과 시를 구별하기에 부족하다는 것을 말해준다.

여러 가지로 보아 산문과 시를 구별하기가 쉽지 않으므로, Schiller(쉴러)는 '시와 산문을 구별하는 것은 저속한 착오'라고 포기하였다. 이의 대체로서 크로체는 '시와 시아님'의 구별로서 '시와 산문'의 구별을 포기해야 한다고 주장하였다. 사실 산문의 반대어는 운문이므로, 운문이 아닌 것은 모두 시라고 간주하면 된다. 그

---

108) J. L. Lowes, 『시의 규칙과 반항』, London: Oxford Univ., 1988, 242쪽
109) 朱光潛, 『詩論』, 北京: 三聯書店, 1984.7, 147~169쪽

리고 시는 운문의 영역에 속한다. 그러나 문제는 운문과 非韻文의 차이가 모호하여짐으로 해서 산문과 시의 영역이 모호해지게 된 것이다. 소위 시란 일체의 순문학을 포괄하고 '시 아님'은 일제의 문학적인 가치가 없는 문자를 포괄한다. 소설이나 희극 같은 것을 제외하고 산문이 아닌 것을 모두 시라고 규정한다면 운문은 모두 시라는 결론에 도달한다. 그러나 운문이 다 시가 될 수는 없을 것이다. 이는 폭넓게 말하면 모든 예술적인 것은 시의 경계가 있다는 것이다. 시라는 글자의 어원을 찾아보면 '제작한다'의 의미가 있어 창작한 것은 모두 시라 부를 수 있는데 그것이 문학이건 회화건 상관없다. 크로체는 산문과 시의 구분을 부인하였을 뿐만 아니라 시와 예술과 언어를 동일시하였다. 이것은 모두 서정적이며 표현적이기 때문이다. 그러나 이 점은 종합적인 견해만을 강조하고 분석적인 견해를 홀시한 감이 있다. 시와 예술, 시와 순문학에는 공통점이 있지만 분명 다른 점이 있으며 이 다른 점이 무엇인지를 연구하여만 할 것이다. 시는 운문과 같이 형식적이고 자연적인 점이 있지만 분명 이것만으로 충분치 않다. 시에는 내용상 내재된 운율이 유지돼야 할 것 같다.

그밖에 위의 가설 외에 시를 형식과 실질을 동시에 보는 방법이 있다. 이러한 관점으로는 '시는 음률을 갖추고 있는 순문학'이라고 말할 수가 있다. 시가 산문에 비하여 번역하기가 힘든데 시는 음에 편중하고 산문은 뜻에 편중하여 뜻은 번역하기가 쉬우나 음은 번역하기 쉽지 않은 까닭이다. 이런 실례는 시와 산문에 확실한 구분이 있음을, 그리고 시의 음률은 정감의 자연적인 요구에 기인한다는 것을 증명할 수 있다. 여기서 주의해야 할 점이 있다.

우선, 있고 없고는 절대적인 구분이지만 음률로 말하면 시와 산문의 분별은 상대적일 뿐 절대적이 아니다. 시에 음률이 있어야 한다는 것은 고정관념일 뿐이며 자유시·산문시 등 새로운 양식이 일어난 후에는 수정되어야 한다.

자유시는 고대 그리스에도 있었다고 한다. 근대 프랑스 시인이 자유시체를 많이 사용하였는데 이미지즘 시인들이 일어난 후에야 자유시는 대규모적인 운동이 되었다. 프랑스의 음운학자 Grammant(그라망)의 의하면 자유시는 다음의 3대 특징이 있다고 한다.

① 프랑스시의 가장 통용되는 알렉산드리아격은 각행이 12음으로 고전파는 4번으로 나누고 낭만파는 3번으로 나누는데, 자유시는 3번에서 6번으로 나눌 수 있다.
② 프랑스시는 통상 aabb식의 '평운'을 사용하며, 자유시는 abab식의 '착운'이나 abba식의 '포운' 등을 섞어 사용할 수 있다.
③ 자유시는 각행이 알렉산드리아격의 규칙에 구속받지 않으며 한 편의 시 속에의 각 행은 장단을 자유로이 조절할 수 있다.110)

이에 비추어 보면 자유시는 원래의 규정된 운율에다 변화를 더한 것에 불과하다. 중국시에서는 王湘綺(왕상기)의 『八代詩選』가운데 「雜言」을 자유시로 볼 수 있다.

그러나 근대의 상징적인 자유시는 그레망의 세 가지 조건에 맞지 않는 것이 많으며 운을 사용하지 않는 것도 있다. 영어의 자유시는 일반적으로 더 자유롭다. 그 리듬은 바람이 수면에 불어 물결을 생기게 하는 것과 같은데 한 번의 바람으로 생기는 물결이 하나의 단위를 스스로 이루고 이것이 한 章에 해당한다. 바람은 오래

---

110) Grammant, 『자유시의 특징』, London: Oxford Univ., 1986, 243쪽

볼 수도 있고 잠시 볼 수도 있으며 물결도 오랠 수 있고 짧을 수도 있으며, 2/3/4/5행 모두가 한 장을 이룰 수 있다. 각 장으로 말하면 字行의 배열도 파동리듬의 이치에 근거하여 하나의 리듬이 한 행을 차지하고, 장단과 경중이 일정하게 규정된 운율이 없으며 수시로 변화할 수 있다. 이로 보아 그건 규정된 운율이 전혀 없는 것 같다고 말할 수 있으나, 그렇다고 산문이 아닌 것은 결국 장과 행으로 나눌 수 있고, 장과 장, 행과 행은 여전히 기복을 가지며 호응하기 때문이다. 그것은 산문이 물 흘러가듯 곧장 일사천리로 써내려가는 것이 아니라, 여전히 왔다갔다 왕복하는 경향이 있다. 그것은 일종의 내재율이 있으나 보통 시처럼 정제되고 뚜렷하지 않을 뿐이다.

산문시는 자유시에 비해 한 등급이 낮다. 그것은 다만 詩意가 있는 小品文 또는 산문을 이용해시의 경계를 표현한 것으로 여전히 시가 항상 사용하던 수사와 곡조를 사용하나, 음률은 거의 존재하지 않는다. 이로써 음절을 논해 보면 시는 매우 엄격하고 분명한 규율로부터 분명하지 않은 규율을 거쳐 규율이 없는 데까지 이르게 된다는 것을 알 수 있다.

그러므로 산문도 운율이 있을 수 없다는 것은 결코 아니다. 시는 산문보다 일찍 나왔으며 지금 사람들은 산문으로 쓰지만 옛 사람들은 시로 썼다. 산문은 시로부터 해방되어 나온 것이다. 초기의 산문형식은 시와 별다른 차이가 없었다. 영국을 예로 들면, Chaucer(초서)로부터 셰익스피어에 이르기까지 시는 이미 매우 훌륭하였으나 산문은 여전히 매우 둔하며 무거웠고 수사구조도 시의 습관을 탈피하지 못하였다. 17세기 이후에야 영국에는 유창하고 간편한 산문이 있게 되었다. 중국 산문의 발전사도 이와 유사하다. 秦漢 이전의 산문에는 항상 음률이 섞여 있었다. 그 예로 <禮記·樂記>, <老子>, <莊子·逍遙游>를 보면 모두 산문이지만 음률이 있다.

중국문학 중에서 가장 특별한 체재는 賦(부)이다. 그것은 시와 산문의 경계선상에 있는 것으로 유창하고 분방하여 한 번 쏟아내듯이 하는 것은 산문과 같으며 다양한 변화 속에서 여전히 약간의 음률을 갖고 있는 것은 또한 시와 같다. 隋唐 이전의 대부분의 산문은 모두 시와 부의 영향을 벗어나지 못하여, 매우 뚜렷하게 운을 사용하였고, 비록 운을 사용하지 않았다 하더라도 여전히 부의 화려한 수사와 정제된 句法의 단락을 갖고 있었다. 唐의 고문운동은 실제로 산문해방운동이다. 그 이후 유창하고 간편한 산문은 점차 우세를 차지했으나 시부의 산문에 대한 영향은 明淸대에 이르러서도 완전히 소멸되지 않았는데 四六騈儷文이 그 증거가 된다.

유럽전쟁 이후에 일어난 유럽의 多音散文(Polyphonic Prose)을 보면, "시가 가지고 있는 모든 소리, 즉 음절/자유시/쌍성/첩운/돌림소리와 같은 것들을 응용한다. 그것은 모든 리듬을 응용할 수 있으며 때로는 산문의 리듬을 함께 사용할 수 있다. 그러나 통상 한 종류의 리듬을 긴 시간 사용할 수는 없다. … 운은 파동치는 리듬의 끝에 놓을 수도 있고, 서로 긴밀히 물리게 할 수도 있으며, 먼 거리를 두고 서로 호응케 할 수도 있다."[A. Lowell(로웰) 여사의 말]는 것인데 이러한 양식은 중국에서는 이미 賦라는 것으로 있어 왔다.

전체적으로 보아, 시와 산문을 그 형식적인 면에서 구별한다는 것은 상대적이지 절대적은 아니다. 시는 정제된 음률에서 무음률로 갈 수가 있고, 산문도 음률이 없는 곳에서 있는 곳으로 갈 수 있다.

그러므로 시와 산문 사이에는 겹치는 경계선이 있는데 이 위에 시가 있으나 산문에 가까워 음률이 그다지 명확치 않으며 또 산문이 있으나 시에 가까워 음률이 있는 경우도 있다. 따라서 '음률이 있는 순문학'이 시의 정확한 정의라고 말할 수가 없다.

또한 형식과 실질은 절대적으로 필연적인 관계가 없다. 어느 나라나 고정적인 시의 형식은 그다지 많지 않다. 중국의 전통적인 시 형식도 불과 4언고시/5언고시/7언고시/5언율시/7언율시/절구 등 몇 종류가 있을 뿐이다. 英詩에서 가장 통용되는 형식도 平韻五節格(heroic couplet)과 無韻五節格(blank verse) 두 종류만 있을 뿐이다. 만약 형식과 내용이 절대적으로 필수적인 관계가 있다면 각각의 시는 하나의 격률을 스스로 창조해야지 결코 낡은 틀에 매달려서는 안 된다. 그러므로 시의 형식은 전통적인 것에서 답습한 것이지 창조된 것은 아니다. 시는 자연유출물이 아니라는 것이다.

또한, 시의 형식은 언어규율화의 한 종류로 그 지위는 문법과도 같다. 그러므로 호적이 '옛 사람을 모방하지 않는다.'나, 또한 '對句를 지으려고 애쓰지 않는다'[111]를 주장한 것은 시 형식의 파괴를 의미하며 이것이 산문화를 의미한다. 즉, 전통적인 형식의 틀을 깨고자 한 것이다. 이것은 중국시의 혁명을 의미하였고, 이로써 중국시는 서양시를 흡수하여 비로소 내재율을 갖는 새로운 시의 개념으로 영역을 개척하게 되었다. 이어서 신월파의 문일다는 신격률시를 제창하며 시의 건축미, 회화미, 음악미를 강조하였는데 이는 전통적인 시의 율격과는 다른 의미의 격률이었다. 즉, 비로소 서양의 시에 대한 개념과 동일한 의미를 시를 의미하는 것이었다. 그러므

111) 김시준, 『중국현대문학사』, 서울: 지식산업사, 1992.9, 75쪽

로 현대적인 감각으로서 언어에 규율화의 필요가 있는 것은 정서와 사상에 규율화의 필요가 있다는 데서 비롯된다. 호적의 진화적인 견해로 보면 중국은 4언율시 → 5언율시 → 7언율시, 시 → 부 → 사 → 곡, 古詩 → 律詩로 변천하였는데 뒤 단계는 어느 정도 전 단계를 답습하고 있다. 이러한 변화는 반드시 고정된 모형에서 출발하는 것이므로 변하여도 하나의 형식을 갖고 있다. 그러나 문언시에서 백화시로 전환되면서 외형상 정형적인 운율이 무형의 운율로 변화되기 시작함을 보여주고 있는데 필자는 이것이 중국 산문시의 시작이라고 보고 싶다.

역사적으로 시의 영역은 축소되어 왔고, 산문의 영역은 확대되어 왔다. 이는 고대에 산문을 운문으로 사용하였을 때를 기준으로 하면 그렇다. 그러나 반대로 시에 대한 개념은 점점 확대되어 와서 이제는 산문, 희극의 영역을 침범하여 극시, 산문시란 용어가 생기게 되었다. 그러므로 시의 영역은 더욱 확대되고 있다고 보는 것이 필자의 견해이다. 시는 영원히 소멸되지 않을 것이다. 오히려 산문은 고정적이 형식이 없는 것 이외에는 산문의 특징을 대변할 영역이 사라져 가고 있는 것으로 보인다. 그러나 시는 다양하게 변화할 수 있는 내재율이 생겨 시의 형식은 산문보다 더욱 풍부해졌다. 이제 산문 속에서 내재율은 산문을 더욱 윤택한 이상세계로 올려놓을 수가 있을 것이다.

4. 결론

종합하여 시를 외형적인 운율 형태로 분류하면 다음과 같이 정형시, 자유시, 산문시, 서사시, 극시로 구분될 수 있을 것이다.

① 정형시는 시조나 가사와 같이 외형적 운율이 같은 것을 말한다.
② 산문시는 내재율을 가지고 있으며, 문단으로 형태를 구분하고, 행갈이를 하지 않는 시를 말한다. 특히 산문시는 비유법이나 심상 또는 압운을 즐겨 사용한다. 산문시가 일반산문과 구별되는 것은 정형시와 같은 내용상으로 시적 요소를 지니고 있기 때문이다.
③ 자유시는 표현에 따른 내적 질서만 있고 외적 규칙에 대해 자유로운 시로서, 겉으로 드러난 운율 대신 그 자체 안에 리듬이나 음성적 질서를 지니고 있는 시를 말한다. 그리고 산문시와 다른 점은 줄(行)과 연(聯)으로 형태를 구분하고 행갈이를 한다는 점이다.
④ 서사시는 시의 형식을 빌려 스토리를 표현한 것이다.
⑤ 극시는 운문의 형태를 빌어 표현하는 연극이다.

필자는 본론에서 중국시가 고대로부터 현대로 오면서 운문과 산문이 각각 개념의 차이로 고대에서 의미하는 운문의 영역은 축소되어 왔다고 본다. 그러므로 운문의 특징인 외형률이 점차 서양의 개념인 내재율의 의미를 받아들여 산문의 영역을 침범하여 확대해 왔음을 설명하였다. 요약하면 사실상, 정형시 외에는 현대적 관점에서의 자유시나 산문시가 중국 고대에서는 산문의 영역으로 분류되었다가, 1869년 보들레르가 최초로 사용한 것이 서양에서 동양으로 전이되었으며, 현대중국에서 발생한 백화문운동과 함께 시의 영역으로 받아들여져서, 산문시로서 출범하였다고 정리할 수가 있을 것이다.

끝으로 중국은 고래로부터 시위주의 문학으로서 시에 대한 문화적 비중은 상당하다고 할 수 있다. 이것이 서양문화의 유입으로 인하여 시의 형식과 가치관 등에 혼란을 야기시켜 왔던 바, 시문학이론도 현대문학의 르네상스를 통하여 재정립되었다. 그러므로 해체와 혼란의 시기를 거쳐 다시 정돈의 시기에 돌입한 시문학이론은 후학들에 의하여 점차 체계화되어야 할 과제사고 사료된다.

【참고문헌】

[1] 옥타비오빠스, 『시와 산문』, 서울: 민음사, 1990

[2] 이육사, 『시와 산문』, 서울: 범문사, 1986

[3] 이일기, 『시와 산문』, 서울: 문학창조사, 1981

[4] 유종호, 『문학이란 무엇인가』, 서울: 민음사, 1991.9

[5] 민주식, 「시와 회화의 비교 고찰」, 『현대문학』, 통권 548호(제46권 제8호), 서울, 2000.8

[6] 김시준, 『중국현대문학사』, 서울: 지식산업사, 1992.9

[7] 黃永武, 『中國詩學』, 臺灣: 巨流圖書公司, 1987.4

[8] 楊匡漢, 『西方現代詩論』, 廣州: 花城出版, 1988.8

[9] 盛子潮, 『詩歌形態美學』, 厦門大學出版, 1987.12

[10] 余之, 『中外詩話』, 上海: 知識出版, 1983.12

[11] 洛夫, 『詩的邊緣』, 臺北: 漢光文化事業公司, 1986.8

[12] 張夢機, 『鷗波詩話』, 臺北: 漢光文化事業公司, 1984.5

[13] 朱自淸, 『新詩雜話』, 香港: 港靑出版, 1978.12

[14] 小川環樹, 『論中國詩』, 香港: 中文大學, 1986

[15] 陳良遠, 『詩學·詩觀·詩美』, 南昌: 江西高校出版, 1991.8

[16] 朱光潛, 『詩論』, 北京: 三聯書店, 1984.7

[17] 艾靑, 『詩論』, 北京: 人民出版, 1982.1

호적의 전통문학 승속에 관한 소고

1. 서론

본고는 지금까지 중국 5·4시기의 신문학을 보는 관점이 전통의 계승이 아니라 이를 배제하고 서양문학의 이입사로만 간주하려는 식민지적 사관에 대하여 문제의식을 갖는다. 이 문제는 중국문학사의 정체성을 확립하는 데 중요한 의의와 목적을 갖게 된다.

중국 5·4시기는 근대화에서 현대화로 넘어가는 과도기에 획기적인 역사적 전환점을 마련한 시기로 평가하는 것이 일반적인 시각이다. 흔히 이 시기의 문학을 일컬어 신문학이라고 부르고 있다. 본고는 호적을 중심으로 외국문화적 충돌로 이론과 사상이 혼란스러웠던 이 시기의 시대적 조류를 파악하면서 그 변화에 주목하고자 한다.

연구방법으로서 현대로부터 고대로까지 백화문학이론과 사용의 근원을 찾아가는 시대적 방법을 취하고자 한다. 따라서 최근의 현대 시기부터 시작하여 근대기에 해당되는 청말의 유신파와 명대의 공안파, 공자의 시경 순으로 거슬러 올라가며 중국문학의 정통성을 찾게 될 것이다.

　아울러 이 결과는 최근에 전통의 현대화 과정에 대한 인문학 심포지엄(symposium)이 계속해서 열리며 제3세계의 미래의 방향을 모색하는 차제에 시사하는 바가 클 것으로 사료된다.

2. 본론

1) 淸末의 白話文運動 承續

　호적은 진화론에 입각하여 백화문과 함께 한 삶으로서 청나라 광서 17년(신묘)인 1891년 12월 7일 상해에서 태어나서 1899년 9세 때에 『水滸傳』·『紅樓夢』·『聊齋志異』·『儒林外史』 등의 백화소설을 접하면서 백화문에 대한 관심을 갖기 시작한다. 15세 때에 잡지에 백화문의 문장을 발표하면서 백화문 사용에 대한 첫발을 내딛게 되는데 이러한 단계를 揭載誌를 중심으로 살펴보면 다음과 같다.

　① 1891～(1900년대): <競業旬報>의 시기
　　1906(15세)～1908년: <경업순보> 제1기 발표 「지리학」
　② 1911～(1910년대): 『新靑年』의 시기
　③ 1922～1927(1920년대): <努力週報>의 시기
　　1922년(31세): <노력주보>, 제2호, 「我們的政治主張」
　④ 1928～1931(1920년대): 『新月』의 시기
　　1928년(37세) 『신월』 創刊

⑤ 1932~(1930년대): 『獨立評論』의 시기
　　1932년(41세): 5.22. 『獨立評論』 잡지 창간
⑥ 1949~(1940년대): 『自由中國』의 시기
　　1949년(58세) 『自由中國』 잡지 출간
⑦ 1941~1962년까지: 國民黨의 시기(말년)

　　그런데 여기서 한 가지 중요한 사실은 그의 백화문사용이 호적 개인의 주장만이 아니라 이 시대는 백화문 사용을 요구하고 있었던 배경이다. 백화문운동은 晚淸시기부터 진행되어 왔으며 현대문학기로 넘어가는 분기점으로 작용했을 뿐만 아니라 5·4신문학운동의 일환으로서 신문학운동의 횃불을 댕긴 획기적인 운동이 되었다. 이 시기를 사유방식의 논리적 변화기라고 할 수가 있다. 이 변화기에 문학사상관념의 변화를 요약하면 다음과 같이 열 가지로 나누어 설명할 수가 있다.

　　첫째는 접수대상의 변화로서 봉건문학에서 국민문학으로의 변화이다.
　　둘째로는 문학본체의 변화로서 雜文學 체계에서 純文學 체계로의 전환이다.
　　셋째로는 창작주체의 변화로서, 즉 性靈說에서 창작자유론으로의 변화이다.
　　넷째로는 백화문운동의 전개이다.
　　다섯째로는 문학체계와 구조의 개혁이다.
　　여섯째로는 전형화 원칙의 수입이다.
　　일곱째로는 창작방법의 새로운 인식이다.
　　여덟째로는 悲劇觀의 확립이다.
　　아홉째로는 새로운 중국문학사학의 개막이다.
　　열째로는 외국문학의 비교연구의 시작이다.

　　이상의 열 가지를 요약하면 한마디로 '변화'로 표현된다. 다시 말하면 이 시대는 변화를 원하고 있었으며 이러한 변화는 1876년

에 최초로 출현한 백화보인『申報』에서 附刊으로 발행한『民報』에서 나타난다. 그러나 이것은 미성숙의 단계로서 1897년에 裴廷梁이『俗話報』를 창간한 것이 실제로 개척자가 된다. 이로부터 1898년까지 2년 사이에 白話報의 줄현은 많아지기 시작하였으며 1903년과 1904년 2년 사이에는 다시 새로 창간한 白話報가 약 20여 종이나 되어 공화정이 성립되기 전까지 무려 100종 이상의 白話報가 창간되었다. 또한 출판지역도 전국적이어서 香港·廣東·湖南·湖北·山東·山西·江西·東北·天津·蒙古 및 해외의 東京이 해당되었는데 이 중에서도 특히 長江流域의 江蘇·浙江과 安徽三省이 가장 성행하였다. 지방으로 따져보면 上海가 20여 개를 차지하고 있다는 점이 주목을 끌고 북경이 그 다음 순서이다. 이로 보아 白話報가 많이 간행된 지방이 타지방에 비하여 文風과 혁신의 분위기가 고조되었음을 유추할 수가 있을 것이다. 그 밖에도 백화문 교과서의 대량인쇄와 1902년의 백화로 된 역사교과서의 출현 및 1,500종 이상의 백화소설의 출현은 이 시대가 무엇을 요구하는지를 분명히 보여주고 있다. 즉, 이 시대는 정치·사회의 변화를 요구한 것으로서 국민에게 과학과 민주에 대한 계몽이 필요하였으며 이러한 메시지(message)의 전달수단으로서 백화문을 필요로 한 것이다. 그러나 淸代의 지식인들은 정치적인 목적으로 국민을 계도시키고자 하였을 뿐, 언어와 문학의 개혁을 염두에 두지 않아 현대적 관점에서의 백화문운동과는 많은 차이점이 있게 된다. 그 차이를 周作人은 분명히 다음과 같이 언급하고 있다.

"이때에는 일종의 백화문자의 출현이 있었는데 예를 들면 白話報나 백화총서
같은 것들이다. 그러나 이러한 것들은 백화문과는 다르고 백화문학도 아니다.
그것은 단지 變法을 시행하려고 하였기 때문에 필요했던 것이고, 일반사람들이
문자를 알게 하고, 신문을 보게 하고, 국가의 정치에 대하여 명료하게 알려주기
위하여서일 뿐이었다. 그러므로 백화로 문장을 쓰는 것이 효과가 있다는 것을
인정한다. 따라서 나는 그때의 백화와 지금의 백화문과는 두 가지 점에서 다르
다고 본다: 첫째, 현재의 백화문은 '어떻게 말하느냐가 곧, 어떻게 쓸 것이냐'이
지만, 그때의 백화문은 모두 八股文을 백화로 번역하였다. 둘째, 태도가 다르
다. 현재 우리가 작문하는 태도는 한 가지이다. 즉, …… 모두 백화를 사용한
다. 그러나 이전의 태도는 두 가지로 …… 그때의 고문은 어르신용이고, 백화
는 하인이나 급사용이었다. 대체로 그 당시의 백화는 정치방면의 요구에서 나온
것이며 다만 무술정변의 여파일 뿐이다. 후대의 백화와는 커다란 관계가 없다고
말할 수 있다."112)

이와 같은 점으로 미루어 보면 淸末의 백화문운동은 이후의 호
적의 백화문운동과 일치되지는 않으나 호적의 백화문운동이 淸末
의 백화문운동의 맥락을 이었다는 점에는 의심할 여지가 없을 것
이다. 다만, 淸末의 백화문운동이 八股文을 백화문으로 번역하는
초보적인 단계에 그쳤다면 호적의 시대에 와서는 미학적 감수성을
가지고 개인의 사상과 감정을 자유롭게 표출함으로써 비로소 언문
일치의 문장을 쓰게 된 것이 특징이며, 이는 언문일치의 백화문만
이 가능한 일인 것이다. 아울러 백화문의 사용은 곧 근대적 문학의

---

112) 周作人, 『中國新文學的源流』, 香港 : 匯文閣書店影印本, 1972, 8~10쪽. "在這時候,
曾有一種白話文字出現, 如白話報, 白話叢書等, 不過和現在的白話文不同, 那不是白
話文學, 而只是因爲想要變法, 要使一般國民都認識些文字, 看看報紙, 對國家政治都
有所明瞭一點, 所以認爲用白話寫文章可得到較大的效力. 因此, 我以爲那時候的白話
和現在的白話文有兩種不同 :
第一, 現在的白話文, 是'怎樣說便怎樣寫', 那時候都是由八股翻白話.
第二, 是態度不同一現在我們作文的態度是之的, 就是…… 都用白話. 而以前的態度則
是二之的……在那時候, 古文爲'老爺'用的, 白話是'聽差'的.
總之, 那時候的白話, 是出自政治方面的需求, 只是戊戌政變的餘波之一, 和後來的白
話文可以說是沒有多大關係."

주체성을 확립하는 것이었으며 주체성의 확립이란 다름 아닌 사상혁명과 그 맥락을 잇게 된다. 또한, 호적의 백화문 운동은 중국문학사를 전통적인 문언문학과 백화문학이라는 별개의 개념을 하나로 묶어 백화문학사로 중국의 전통적 문학관념을 새로이 계승·정립하여 고·근대문학을 완성하고, 신문학 건설의 새로운 장을 여는 토대로서도 작용하였다. 그러므로 호적은 일찍이 신문학운동으로서의 백화문운동이 호적 한 사람만의 제창이 아니고 역사적인 趨勢 속에서 진화된 것임을 언급하였다. 이는 다음과 같은 글을 통하여 보면 알 수가 있다.

> "신문학운동은 결코 한 사람이 제창한 것은 아니며 또한 최근 8년 이래로 제창한 것도 아니다. 신문학운동은 역사적 산물이며, 우리 소수는 다만 이러한 추세를 승인하고 일반인들에게 이해할 수 있도록 도와주었을 뿐이다. 신문학운동이 역사적인 산물이라는 것을 모르는 일반인들이 마치 우리 소수가 자신의 것인 양 앞세워 신문학을 주제넘게 넘보는 무리들이라고 생각하는데, 지금 내 말을 들으면 신문학운동이 根據없이 나온 것이 결코 아니며 결코 소수의 사람들이 날조한 것이 아니라는 것을 이해할 수가 있을 것이다."[113]

호적은 1916년 7월 6일에 「白話文言之愚劣比較」라는 글을 통하여 백화문을 사용하여야 하며 이러한 백화문이 역사적 산물이라는 점을 강조하였을 뿐만 아니라 實事求是의 측면에서 백화문의 실용성까지도 강조하였다. 다음은 그 내용이다.

---

113) 楊犁 編, 『胡適文萃』, 北京 : 作家出版社, 1991. 9., 115쪽. "新文學之運動, 并不是一人所提倡的, 也不是最近8年來提倡的, 新文化運動是歷史的, 我們小數人, 不過是承認此種趨勢, 替它幫忙使得一般人了解罷. 不明白新文學運動是歷史的, 以爲小數借着新文學出風頭的人們問, 現在聽了我這話, 也可了解了, 新文學運動, 決不是憑空而來的, 決不是小數人造得起的."

① 오늘날 문언은 반은 죽은 문자이다. 왜냐하면 사람들이 그것을 들어서 이해할 수 없기 때문이다.
② 오늘날의 백화는 살아있는 언어이다.
③ 백화는 결코 비속하지 않다. 俗儒들이 그것을 속되다고 말할 뿐이다.
④ 백화는 비속하지 않을 뿐만 아니라 더욱 아름답고 실용적이다. 대체로 언어란 그 뜻을 전달하는 것이 중심이 되어야 하므로 뜻이 전달되지 않는 것은 아름답지 못하다.
⑤ 대체로 백화는 문언의 장점을 모두 가지고 있다. 그러나 문언은 백화의 장점을 반드시 가질 수 있는 것은 아니다.
⑥ 백화문은 결코 文言文이 퇴화된 것이 아니라 오히려 문언이 진화하여 된 것이다.
⑦ 백화는 일류의 문학을 생산할 수 있다.
⑧ 백화의 문학은 중국에서 천 년 동안 언제나 있어 왔던 문학이다(소설·희곡은 특히 세계 제일류의 문학에 비길 만하다). 백화가 아닌 문학, 예를 들면 古文·八股文·편지류의 서신소설(札記小說) 등은 모두 세계 일류문학의 범주에 들기에 부족하다.
⑨ 문언의 글은 읽을 수는 있으나 들어서 알 수는 없는데 백화의 글은 읽을 수 있는 데다가 또 들어서 알 수도 있다. 연설과 강의와 필기에 문언은 결코 응용할 수 없다. 오늘날 요구되는 것은 일종의 읽을 수 있고, 들을 수 있고, 노래할 수 있고, 이야기할 수 있고, 기록할 수 있는 언어이다. 책을 읽으면 구두어로 번역할 필요가 없어야 하고, 강론 단상이나 무대에 써도 되고 시골 부녀자나 어린 아이에게 읽어 주어도 모두 알아들을 수 있어야 한다. 그렇지 못한 것은 살아있는 언어가 아니고 결코 우리나라의 구어로 될 수 없고, 결코 일류의 문학을 낳지 못한다.[114]

이와 같이 胡適은 裴廷梁이나 梁啓超보다 더욱 진보적인 생각을 가지고 있었다. 胡適은 백화문학의 역사는 중국문학사의 주류이며 백화문학사로 중국고문으로 점철된 전통문학사를 대체하여야 한다고 주장하였다. 아울러 언문일치의 백화로서만이 세계화로 나갈 수

---

114) 姜義華, 『胡適學術文集·新文學運動』, 北京: 中華書局, 1993, 4~5쪽

있으며 문학적인 측면에서도 그 價値性을 인정하고 있었다. 호적에게는 이 길만이 죽은 문학을 산 문학으로 만드는 유일한 방법으로 인식하였다. 이로 보아 백화문의 계승은 서양문학의 산물이 아니라 전통문학의 산물이라고 보는 것이 타당하다. 사실상 중국은 세계에서 인구가 가장 많을 뿐만 아니라 국토가 광활하고 민족도 다양하여 언어의 차이도 매우 크다. 인구가 가장 많은 민족은 漢族으로서 전국 각지에 분포되어 있으며 그들이 쓰는 언어도 다양하다. 이 한족 중에서도 북방인들이 남방에 사는 廣東人이나 福建人들의 말을 들으면 마치 외국인의 말을 듣는 것같이 의사소통이 어려우며, 閩·廣地區에서도 그 지역에 따라서 말이 달라 그나마 글자라도 모르면 완전히 의사소통할 방법이 두절된다. 이러한 상황아래서 중국이 국가의 발전을 기대하기란 실로 어려운 일일 것이다. 따라서 중국의 적지 않은 지식인들은 일찍이 국어운동에 종사하기 시작했다. 이러한 가운데 백화문운동은 晚淸의 戊戌·維新時期부터 現代化의 意識을 자각하고 진행되어 왔으며 이때의 백화문운동은 글자를 모르는 일반 대중에게 이해하기 쉬운 백화문으로 새로운 문화와 사상을 전달하려는 계몽적인 색채를 띠고 있었다.[115] 호적은 소년시대부터 이 운동에 뛰어들어 1917년 『新靑年』 잡지에 「文學改良芻議」를 발표하면서 제기한 문학혁명으로서의 백화문운동은 전통적으로 문학의 도구로서 사용되었던 文言文을 폐기하고 백화문으로 전용하자는 것이었다. 이는 곧 문학언어의 개혁을 통한 국어의 확립과 국어로 된 문학의 확립이었다.[116] 다시 말하면 그가 말하는

---

115) 홍석표, 「중국의 근대문학의식 형성에 관한 연구」, 서울대학교 대학원 박사학위논문, 1996, 1쪽
116) 호적은 후에 말하길, "국어운동과 국어문학운동은 당초에는 두 가지가 각기 독립된 운동이

國語運動은 讀音의 통일과 注音文字의 운동이고 國語文學運動은 백화문을 사용하자는 것이었다. 이 백화문운동은 晩淸시기 이후 근대적인 주체에 대한 인식이 변화하면서 전통적인 글쓰기에 대한 인식도 바뀌었다. 文以載道의 관점에서 탈바꿈하여 호적이 주장하는 근대적 주체로서의 개인의 감정과 사상을 중시하게 됨으로써 새로운 문학의 관념이 비로소 성립되었다. 조기의 국어운동으로서 1892년에 切音新字研究家인 盧戇章가 '切音新字方案'을 제정하고, 1896년 梁啓超는 『時務報』에 「沈氏音書序」를 발표하였다. 여기서 梁은 중국문자는 수천 년 동안 불변하였지만 언어는 끊임없이 변하였음을 지적하였다. 그리고 이로 인하여 분리된 언어와 문자의 통일을 주장하였다.117) 이 주장은 당시의 지식인들이 切音文字를 연구하는 데 많은 사람들의 호응을 얻었으며 유신운동의 일환으로서 言文合一의 신국어 사용은 국가현대화의 중요한 부분으로 자리매김 하였다. 變法失敗 후에 維新志士 王照는 官話字母의 연구에 종사하여 1900년에 '官話合聲字母'를 만들었다. 1902년에 吳汝綸은 官話字母로 천하의 언어를 一律的으로 사용할 것을 주장하여 黎錦熙로 하여금 중국에서 첫 번째 국어통일의 구호를 외친 사람으로 불렸다. 이에 따라 淸 정부는 '學堂章程'을 제정하였는데 그 가운데 그의 '推行官話'의 조항을 삽입하였다. 吳는 1908년에 '簡字譜錄'을 만들어 조정에 바쳤으나 애석하게도 승인을 받지는 못하였다. 1911년에는 중앙교육회의의 토론을 거쳐 '統一國語辨法案'을

었다가 후에 점차 합하여 하나가 되었다고 술회하였다."(耿雲志, 「胡適與國語運動」, 『國文天地』, 제6권 제7호, 臺北: 國文天地雜誌社, 民國 79年 12月, 75쪽, "胡適後來回憶說… 『國語運動與國語文學運動當初本是兩國獨立的運動, 後來始漸合爲一'")

117) 梁啓超, 『飮氷室合集』, 제2권, 北京: 中華書局, 1989, 2쪽

작성하였으나 신해혁명의 폭발로 보류, 民國이 성립한 해에 임시정부교육회의에서 '注音字母案'을 통과, 讀音統一會를 설립하였는데 이것이 '國音字典'의 기초이다. 1916년에 국어연구회가 성립되고 국어의 연구가 활기를 띠게 되었다. 여기서 국어문은 곧 백화문을 말하며 따라서 국어운동은 곧 백화문운동을 의미한다. 한편, 1906년 당시에 上海의 中國公學에서 공부하던 호적은 백화보인 <競業旬報>를 편찬하는 일에 종사하였으며 이 기간에 많은 백화문자를 사용하고, 주간(主編)이 된 후에도 비록 완성된 것은 아니지만 백화소설인 『眞如島』를 썼으니 백화문운동가임에 틀림없다.

청말의 사회적인 분위기는 백화문의 사용이 우매한 민중을 깨우쳐 주기 위한 사대부들의 은총이라고 보는 시각이 혼재하고 있었다. 音標文字의 연구에 종사하는 사람들은 簡字(즉, 字母)는 천한 것이고, 漢文은 사대부들의 귀한 것으로 인식하여 국어교육은 진척을 보이질 못하고 있었다. 이러한 상황하에 국내에서 교육기관과 일반학자들이 注音字母를 배우고 있을 때에 미국 유학 시기의 호적은 백화문학을 창도하고 청말의 시대 조류와는 달리, 백화문만이 아니라 백화문학을 제창하였으며, 고문은 죽은 문자이고, 백화는 산 언어이며, 죽은 문자로는 산 문학을 낳을 수가 없음을 선포하였다. 胡는 백화는 교육의 도구이어야 하고 신문학을 창작하는 이로운 도구라고 주장하였다. 그러므로 이로서 시, 소설, 희곡 등 일체의 문학에 사용할 것을 주장하였다. 이 백화문운동의 원류에 대하여 호적은 다음과 같이 말하였다.

"이러한 백화문학 도구사용의 주장은 우리 몇 명의 젊은 학생들이 미주에서 일

년여의 토론을 거친 후에 만든 신발명품으로서 문학을 논하는 사람들이 일찍이 깨닫지 못한 주장이다."118)

아울러 호적은 이러한 백화문학의 발생이 우연한 데에서 기인했다119)고 하였는데 대체로 백화문학은 어느 날 하루 만에 발생한 것은 아닐 것이며 호적 개인의 창조물은 더욱 아닐 것이다. 그는 백화문학운동의 요소가 전통문학에 있으며 세계문화와의 충돌에 있다는 점을 언급하였는데 다음과 같다.

"중국의 백화문학운동은 우리들 몇 사람들만이 만들어 낸 것이 아니어 운동발생의 요소가 복잡한 것이 당연한데 그중에서 최소한 몇 가지 중요한 요소를 꺼낸다면 다음과 같다; 첫째는 우리에게는 일천여 년이나 되는 백화문학작품인 禪門語錄·理學語錄·白話로 쓴 時調曲子·백화로 쓴 소설 등이 있었다. 둘째로, 우리 조상들은 이천여 년이 내려오는 중에 점점 일종의 대동소이한 官話를 거의 전국에 보급하였다. 셋째로, 우리의 明·淸代에 실시했던 항해에 관한 금지령이 풀려서 전 세계문화와 접촉을 시작했다."120)

이와 같이 호적이 말한 세 가지 요소는 역사적인 사실로서 간과할 수 없을 것이다. 周作人은 현재에 백화를 사용하자고 주장하는 것은 이미 明代 말기 여러 사람들이 주장하는 가운데 나온 것이라고 언급하였다.121) 이런 점을 감안한다면 사실상 晚淸代에 백화문

---

118) 『中國新文學大系導論集』(建設理論集導言), 上海: 良友復興圖書公司, 1984, 3쪽. " 這個白話文學工具的主張, 是我們幾個靑年學生在美洲討論了一年多的新發明, 是向來 討論文學的人不曾自覺的主張"

119) 唐德剛譯註, 『胡適口述自傳』, 臺北: 傳記文學出版社, 1981, 144쪽 참조.

120) 胡適,「新文學的建設理論」,『中國新文學大系導論集』, 32～33쪽. "中國白話文學的運 動當然不完全是我們幾個人鬧出來的, 因爲這裏的因子很複雜的, 我們至少可以指出這 些最重要的因子: 第一是我們有了, 一天多年的白話文學作品, 禪門語錄·理學語錄· 白話時調曲子·白話小說. 第二是我們老祖宗在兩千年之中, 漸漸的把一種大同小異的 官話推行到了全國的絶大部分. 第三是我們的海禁開了, 和全世界文化接觸了"

운동은 존재하였으며 직접적으로는 5·4시기에 백화문학이 일반적
으로 사용되기 시작하였을 것으로 추측할 수 있을 것이다. 1919년
9월에 이르러 신문화운동이 뜨겁게 달아오르기 시작하였는데 호적
은 그의 『嘗試集』 「自序」에서 다음과 같이 말했다.

> "내가 백화문자를 사용한 것은 민국 기원전 6년(병오년)인 1906년부터로서 그
> 때에 나는 상해에 위치한 경업순보에 장편소설의 절반을 쓸 무렵이었다. 이러한
> 논문은 모두 백화로 쓴 것이다. …… 민국 6~7년 전 경에서부터 민국 2년(경
> 술년)인 1913년까지가 한 시대라고 할 수가 있다. 이 시대에는 이미 당시에 구
> 문학에 대한 불만을 품은 자들이 대세를 이루고 있었다."122)

여기서 주목하여야 할 것은 舊문학에 대한 불만이 있었다는 점
을 들 수가 있을 것이다. 1933년에 호적은 『四十自述』에서 구체적
으로 晩淸문학이 그에 대한 영향을 설명한 것을 알 수가 있다.

> "이 몇 십 기의 경업순보는 나의 사상을 발표·정리할 기회를 주었을 뿐 아니
> 라 백화문으로 작문할 기회도 주었다. …… 광서·선통년 간에 범홍선 등이 국
> 민백화보를 창간하고 이신백이 안휘백화보를 창간하였는데 모두 백화문이다.
> …… 나는 내가 당시에 쓴 몇 십 편의 문장이 무슨 영향을 받아서 이루어졌는
> 지는 모르겠다. 그러나 이 일 년여의 훈련은 나에게 절호의 기회를 부여하였다.
> 백화문은 이로부터 나의 도구가 되었다. 7~8년 후에 이 도구는 나로 하여금 중
> 국문학혁명운동을 개척하는 장인이 되도록 하였다."123)

---

121) 周作人, 『中國新文學的源流』, 香港匯文閣書店影印本, 1972. 53쪽

122) 胡適, 「自序」, 『嘗試集』(胡適作品集 27), 臺北: 遠流出版公司, 1986. 4., 17쪽. "我
做白話文字, 起於民國紀元前6年(丙午)(1906年), 那時我替上海競業旬報做了半部章回
小說, 和一些論文, 都是用白話做的. ……自民國前67年到民國2年(庚戌), 可算是一個
時代. 這個時代已有不滿於當時舊文學的趨向了."

123) 胡適, 『四十自述』, 臺灣: 遠東圖書公司, 1974. 75쪽. "這幾十期的競業旬報, 不但給
了我一個發表思想和整理思想的機會, 還給了我多作白話文的訓練……光緒宣統之間,
范鴻仙等辦國民白話報, 李辛白辦安徽白話報, 都有我的一種工具. 7·8年後, 這件工
具使我能夠在中國文學革命的運動裏做一個開路的工人."

여기서 호적이 근대적 문학의식의 형성기에 백화문운동을 통해 언어형식적인 측면에서 중국문학을 근대화를 완성시키는 데 이미 한 몫을 제공하였으며 이로부터 백화문을 사용하여 중국을 현대화시키는 데 기초를 제공하였다는 것을 알 수 있다. 그 밖에 1931년에 미국의 『論壇報(Form)』 1월호에 「나의 신앙(我的信仰)」을 발표하였는데 여기서 호적은 청말 백화보가 그에게 영향을 주었다는 것을 인정하였다.

> "1906년에 내가 중국공학에서 공부할 때에 몇 명이 <경업순보>[124]라고 하는 정기간행물을 창간하였는데-다윈[125]의 학설이 통행하던 것이 또한 그 일 예이다-그 요지는 신사상을 아직 교육받지 않은 민중에게 받도록 하는 것으로서 백화로 간행하였다는 점이다. 나는 창간호의 편집을 맡았다. 일 년이 지난 후에는 나 혼자서 편집하게 되었다. 이 잡지를 편집하는 일은 나에게 현행되는 구어를 문예의 도구로 삼는 재능을 계발시키는 능력을 배양토록 하는 좋은 기회가 되었으며 분명한 대화체 언어와 합리적인 순서로 배열하는 것을 배우게 된 점은 생각건대 이때에 이미 형식적인 관념과 사상을 갖추게 되었다고 생각한다."[126]

호적의 이 말은 그가 백화문창작을 훈련하였음과 백화문학관념의 계발은 청말에 창간한 백화보의 영향이지 우연히 미국에서 아무 근거도 없이 발명한 것이 아니었음을 입증하는 것이라고 하겠다. 사실 『競業白話報』는 청말의 민중백화보의 하나에 지나지 않

---

124) 〈競業旬報〉, 上海 : 辭書出版社圖書館, 所藏

125) 찰스 다윈(Charles Robert Darwin, 1809~1882)을 말하며 진화론으로 유명한 영국의 생물학자이다.

126) 胡適, 『胡適來往書信選(下)』, 北京 : 中華書局, 1979, 166쪽. "1906年, 我在中國公學同學中, 有幾位辦了一個定期刊物, 名 《競業旬報》, ─ 達爾文說通行的又一例子 ─ 其主旨在以新思想灌輸於未受教育的民衆, 系以白話刊行. 我被邀在創刊號撰稿. 一年之後, 我獨自做編輯. 我編輯這個雜誌的工作不但幫助我啓發運用現行口語爲一種文藝工具的才能, 且以明白的話語及合理的次序, 想出自我幼年就已具了形式的觀念和思想"

앞으며 만청대에는 이미 약 140개 이상이나 되는 상당한 규모의 크고 작은 백화보와 잡지가 출현하였다.127) 그러므로 호적의 백화문에 대한 관념의 생산은 다만 청말의 백화문운동의 한 가지 예일 뿐으로서 고립된 것은 아니었을 것이다. 이러한 점은 호적이 쓴 『四十自述』128)에서 본인이 당시의 백화보 등을 통하여 백화문학을 시험하고자 하는 자극을 받았다고 서술한 것에서도 알 수가 있을 것이다. 이로써 결론적으로 청말의 문자개혁은 표면화되지 않았을 뿐이지 암암리에 조류를 형성하고 있었다고 보아도 무방할 것이다. 그 근거로서 譚彼岸의 『晚淸的白話文運動』129)을 보면 청말의 마지막 10년 동안에는 상당한 규모의 백화문운동이 있었는데 이는 五·四 白話文運動의 서막이라고 할 수가 있을 것이다.

2) 新文學觀의 傳統承續

위에서 보듯이 호적(1891~1962)이 살다간 시대는 청말의 근대·현대화를 추진해 가는 과정에 있었던 過渡時期로서 특히 新文化運動의 기점으로 삼는 1898년의 戊戌變法부터 1916년까지는 고문에서 신문학으로 변화해 가는 과정 중에 있었다. 朱光潛(1897~1986)은 『文學雜誌』(제2권, 제8기)에 발표한 「현대중국문학」에서 중국현대문학의 상한선을 1917년으로 잡고 호적의 『文學改良芻議』와 陳獨秀의 『文學革命論』을 신문학의 시작을 의미하는 표식으로 보고,

---

127) 陳萬雄, 『五四新文化的源流』, 香港 : 三聯書店(香港)有限公司, 1992.5, 134~153쪽
128) 胡適, 『四十自述』, 香港 : 光華書店重印本, 1957
129) 譚彼岸, 『晚淸的白話文運動』, 武漢 : 湖北人民出版社, 1956, 3쪽

그 이전의 1898년부터 1916년까지에 발생한 문학들을 과도기의 문학으로 간주하였다. 이러한 문학으로는 梁啓超의『신민총보』, 林紓의 번역소설, 嚴復의 번역·학술문, 章士釗의 政論文 및 백화문이 유행하기 이전의 학술문과 정론문이 이에 속한다. 아울러 朱光潛은 백화문운동의 시작을 1917년으로 보고 이를 維新運動 이래로 중국문학에 영향을 준 대사건으로 규정하였는데 이의 중심에는 당연히 호적이 있었다는 것은 주지의 사실이다. 朱光潛은 신·구문학의 분기점을 1917년으로 잡고 그 이전을 전통문학으로 간주하고 1917년 이후를 신문학으로 간주하였지만, 이러한 분류는 전통을 파괴하고 새로 시작하는 의미의 신문학은 아닐 것이다. 이는 그만큼 참신한 이론이었기 때문이기도 할 것이다. 사실, 신문학의 이론을 따져보면 중국의 역사적인 전통과 무관하지 않다. 이는 어떠한 외세의 힘이 들어 왔다고 할지라도 그 토양이 중국에 있는 한 역사적인 전통은 결코 그 역사적인 장을 떠나서는 존립할 수 없기 때문이다. 그러므로 신문학의 '新'자는 전통 속에서 새로운 것이지 전혀 다른 전통을 의미하는 것은 아니다. 그러면 전통의 계승이란 무엇을 의미하는 걸까? 여기서 호적이 전통문학이론을 계승하였다고 함은 외국문학이 아닌 중국문학이론의 계승을 의미하며 중국문학사의 조류 속에서 고유한 전통적인 문학이론의 계승을 의미함만은 아니다. 중국문학사에서 전통문학이라 함은 공자의 詩觀으로부터 당대의 한유·유종원으로 이어지는 유교적 문학관을 의미하기도 하기 때문이다. 이런 맥락에서라면 호적의 문학은 반전통의 문학에 해당된다고 할 수 있을 것이다. 청말의 백화문운동이 비록 호적이 주장하는 것과 똑같은 성격의 운동은 아니라 할지라도 같은 맥락 속에서 同質感을 이루었다고 보기에 필자는 호적이 청말의 전통을 계승하고 있다고 본다. 전통적으로 중국의 문학사는 주자학적인 儒敎觀이 주류를 이루어 왔다. 이러한 문학관은 인성을 표현하는 데 형식의 제약을 받아 일부 사대부 계층에서만 즐길 수 있는 전유물로 되어 왔다. 그러나 시대적인 요청에 의하여 대중성이 요구되는 문학은 唐代의 韓愈 이후 淸대 桐城派로 이어지는 문장의 復古와 文以載道에서 벗어나 陽明學과 考證學의 입장에서 個人的 人性과 情感을 중시하는 문학관으로 전환되었다. 이는 권위의 도전이었으며 經世致用과 實事求是를 위하여 만민이 평등한 근대적인 가치관을 형성하였다. 여기서 옛것과 다른 새로운 문학을 창조하고자 하는 주장이 비롯되었다고 본다. 이러한 새로움의 추구는 비단 청대의 維新派에서뿐만 아니라 멀리는 당대 시풍에 반대하여 송대의 歐陽修나 梅堯臣 등이 주장한 詩風改革運動으로 소급하여 갈 수 있을 것이다. 그럼에도 불구하고 이들의 사상이 부각되지 않은 이유는 송대라는 당시의 시대적인 조류가 理學的 사고방식에서 벗어날 수 없었기 때문으로 여겨진다. 그러다가 陽明學 이후에 李贄에 이르러 비로소 반복고적인 풍조를 마련하게 되었다. 다음은 李贄가 쓴 <童心說>의 내용 가운데 일부이다.

"시라고 해서 하필 옛것에서 선택할 필요는 없으며, 문장이라고 해서 반드시 선진시대의 것일 필요가 없다. 시대가 내려오면 육조의 변문이 되기도 하고, 변하여 당대의 근체시가 될 수도 있으며, 또 때로는 변하여 전기가 되기도 한다. 또 변하여 송대 화본이 되기도 하며, 원잡극이 되기도 하고 서상기가 되기도 하며 수호전이 되기도 하고 또 오늘날 과거 보는 사람들이 공부하는 팔고문이 되기도 한다. 이러한 것은 모두 고금의 훌륭한 문장이니 시대의 선후로서 논할 수 없다."[130]

여기서 보면 옛것을 답습하여 모방하려는 자세에 경종을 울려주고 있음을 알 수가 있을 것이다. 따라서 시대마다의 개성이 있음을 암시하는 것이며 송대의 화본이나 원대의 잡극 같이 사대부들에게 있어서 인정받지 못한 俗文學을 그 시대를 대표하는 문학으로 인정하고 있음을 알 수 있다. 이와 같은 시기에 晩明시대 公安派의 근대지향적인 문학관을 보면 더욱 구체적으로 드러나고 있음을 본다.

호적은 『新文學運動小史』를 통하여 자신의 백화문운동이 발명이 아니고 역사적으로 중국의 전통을 계승하였음을 언급하였다. 그는 백화문을 사용한 명·청 소설 중에서 일부 지식인의 소유물인 문언문과는 달리 통속적이고 대중적인 언어였음을 『백화문학사』에서 보여주고 있다. 특히, 명대 초기에 이몽양, 하경명과 이반룡, 왕세정 등의 복고운동으로 인하여 복고풍조가 활기를 띠던 때에 공안파의 反復古 및 反模擬의 주장은 바로 호적의 문예부흥운동과 일치점을 갖게 된다.131) 이 공안파의 문학사상은 李贄에게서 받은 것으로서 卓吾의 주요한 문학관점 가운데 '童心說' 및 '문학진화론'이 그러하다.132) 호적은 공안파의 '文學進化論', '反復古', '反模擬'

---

130) 葉慶病 등 編輯, 國立編譯館主 編, 李贄〈童心說〉, 『明代文學批評資料彙編(下)』, 臺北: 成文出版社, 1979, 624쪽(김영문, 「중국근대문학시론」, 서울대학교대학원 석사학위논문, 1987.1, 41쪽 재인용) "詩何必古選, 文何必先秦, 降而爲六朝, 變而近體, 又變而爲傳奇. 變而爲院本, 爲雜劇, 爲西廂曲, 爲水滸傳, 爲今之擧子業, 皆古今至文, 不可得而時勢先後論也."

131) 李贄가 문학의 진화성을 인정하고 俗流문학을 극찬한 것과 반전통적 문학관을 찬양하고 공안파가 '오로지 타고난 뛰어난 본성을 서술하고 옛 격식이나 진부한 언어에 구속받지 않는다(獨抒性靈, 不拘格套)'고 한 것은 유교적 가치관의 변화에 상응하는 근대적 문학관의 특징이라고 할 수 있다(김영문, 「중국근대문학시론」, 서울대학교대학원, 석사학위논문, 1987.1, 44쪽

132) 차주환 님은 『神韻說과 格調說(上)』이란 논문에서 이지의 〈동심〉은 왕양명의 〈良知〉를 대치시킨 말이고 공안파의 〈性靈〉과 이지의 〈童心〉은 서로 상통하는 것이라고 하면서 전통문학에 대한 명말 문학의 혁명성을 언급하였다(차주환, 『중국시론』 25, 心象, 서울: 심상사, 1975, 104~107쪽)

의 주장에 지지를 표명하였으나 다만, 학습의 단계로서 모방의 단계를 거치지 않을 수 없음을 인정하였다.[133]

여기서 公安三袁의 한 사람인 袁中郎이 주장하는 반모의, 반복고의 이론이 前後七子의 문학이론을 배척하는 데 그쳤다고 한다면 호적이 주장하는바, '창조는 모방의 연장'이라고 하는 것은 원중랑의 이론을 좀 더 구체화하여 진전시킨 것이라고 하겠다. 다음에 중랑의 '문학진화설'을 살펴보기로 한다. 중랑은 '한 시대에는 그 한 시대의 문학이 있다(一時代有一時代的文學)'고 주장하였는데 이는 호적과 그 맥락을 같이하는 동일한 주장이다. 이를 좀 더 구체적으로 설명한다면 종도는 그의 논문에서…

> "말은 마음을 대변하고 문장은 또 말을 대신하는 것이다. 이리저리 고민해서 자신의 뜻을 충분히 글로 나타낸다 하더라도 아마도 말로 하는 것만 같지 못할 것이니 하물며 마음에 있는 바와 같을 수가 있겠는가? 공자는 문장을 논하여 말하길, '언사라는 것은 자신의 뜻에 도달하면 되는 것이다'라고 하였는데, 이는 언사가 뜻에 도달할 수 있느냐의 여부가 공 문장으로 칠 수 있느냐, 없느냐의 구별점이라는 뜻이다. 唐·虞·三代의 문장은 자신의 뜻을 도달시키지 않은 것이 없었다. 오늘날 사람들은 옛 책을 읽고 난 후에 이해가 안 되면 옛 문장은 기이하고 오묘하다고 하고, 요즈음 사람들도 글을 쓰는 데 평이해서는 안 된다고 한다. 무릇 시대에는 고금이 있듯이 언어에도 역시 고금이 있다. 오늘날 사람들이 자랑삼아 쓰는 기묘하고 심오한 자귀가 바로 옛날 항간에서 쓰이던 쉬운 말임을 어찌 알겠는가? 쉬운 말인 평상어로 楚나라 사람들은 '知를 黨'이라고 하고,

---

133) 胡適,「信心與反省」,『胡適文存』, 제4집 권4. 臺灣: 遠東出版社, 458~459쪽 "凡富於創造性的人必敏於模倣, 凡不善模倣的人決不能創造. 創造是一個最誤人的名詞, 其實創造只是模倣到十足時的一點點新花樣. 古人說得最好……「太陽之下, 沒有新的東西」. 一切所謂創造都從模倣出來. 我們不要被新名詞騙了. 新名詞的模倣就是名詞的「學」字;「學之爲言效也」是一不磨的老話. 例如學琴, 必須先模倣琴師彈琴; 學畫必須先模倣畫師作畫; 就是畫自然的景物也是模倣. 模倣熟了, 就是學會了, 工具用的熟了, 方法練的細密了, 有天才的人自然會「熟能生巧」, 這一點工夫到時的奇巧新花樣就叫作創造. 凡不肯模倣, 就是不肯學人的長處. 不肯學如何能創造?"

'慧를 부', '跳를 혈', '取를 挺'이라고 하였다는데 나는 이러한 말을 초나라에서는 듣지도 못하였으나, 지금의 언어가 옛날과 다르니 이 또한 한 가지 증거이다. 그러므로 사기 五帝三王紀에 옛 말을 바꾸어 사마천이 사기를 지을 당시의 글자로 고친 것이 많은데 '疇'를 '誰', '俾'를 '使', '格姦'을 '至姦', '厥田', '厥賦'를 '其田', '其賦' 등등, 이루 헤아릴 수 없어 기재하기 어려울 정도이다."134)

이와 같이 공안파는 그 시대마다 그 시대 특유의 특성을 갖고 있음을 설파하였는데 이러한 점은 호적의 주장과 일치된 견해임을 알 수 있을 것이다. 일반적으로 袁宏道의 문학이론을 요약하면 다음과 같다.

첫째, 문학의 진화론적인 입장에서 그 시대성을 대변한다.
둘째, 창작에 있어서 복고와 의고를 반대하고 '마음속의 뜻을 마음대로 펴며, 상투적인 격식에 구속받지 아니한다'('獨抒性靈, 不拘格套'135))고 주장하였다.
셋째, 민가, 소설, 희곡 등 속문학에 대한 독특한 문학적인 가치를 인정하였다.
넷째, 문장에서 구어를 사용할 것을 주장하였다.136)

한편, 민국초에 주작인은 신문학운동의 기본방향이 명말의 공안파의 문학이론과 완전히 일치하며 단지 다른 것이 있다면 공안파

---

134) 郭紹虞, 『中國歷代文學論叢精選』(論文・上), 北京: 華正書局, 1980, 125쪽. "口舌代心者也, 文章又代口舌者也. 展轉隔礙, 雖寫得暢顯, 已恐不如口舌矣; 況能如心之所存乎? 故孔子論文曰:「辭達而己」達不達, 文不文之辨也. 唐・虞, 三代之文, 無不達者. 今人讀古書, 不卽通曉, 輒謂古文奇奧, 今人下筆不宜平易. 夫時有古今, 語言亦有古今, 今人所詫謂奇字奧句, 安知非古之街談巷語耶? 方言謂「楚人稱知曰黨」,「稱慧曰敷」,「稱跳曰穴」,「稱取曰挺」, 余生長楚國, 未聞此言, 今語異古, 此亦一證. 故史記五帝三王紀, 改古語從今字者甚多, 「疇」改爲「誰」, 「俾」爲「使」, 「格姦」爲「至姦」, 「厥田」・「厥腑」爲「其田」・「其腑」, 不可勝記."

135) 이 어귀는 해석상 비슷한 다른 용어로 여러 가지 해석이 가능하므로 본고에서 해석상 유사한 용어로 바뀌었다 하더라도 그 본뜻은 한 가지임

136) 李愚一, 「원굉도와 호적의 문학이론 비교연구」, 『季刊中國』, 제17호, 서울: 단국대학교 부설 중국연구소, 1991.12, 72쪽 참조

의 문학이론에는 서양사상이 결여된 점뿐이라고 주장하면서 호적의 문학주장 가운데도 그가 일찍이 영향을 받은 바 있는 서양의 과학·철학 및 사상부분을 제외하고 호적의 사상과 문학이론은 완전히 공안파와 일치한다는 주장을 하였는데137) 이 말을 참조하여 살펴보면 원굉도 사후 307년, 민국 6년(1917년)에 27세의 호적은 문학혁명에 대한 첫 번째 선언문으로서 8개 항의 건의를 하였는데138) 이 여덟 개 항목 중에서 호적은 둘째의 '옛 사람을 모방하지 말자(不模倣古人)'에서 '문학은 시대에 따라서 변천하는 것으로서 금일의 중국은 마땅히 금일의 문학을 창조해야지 당·송을 모방하거나 주·진을 모방해서는 안 된다.'139)고 설명하였는데 이 점은 호적의 핵심사상으로서, 호적은 시종일관 역사진화론적인 태도를 유지하였는데140)이는 원굉도의 다음과 같은 문장에서 완전히 일치된 견해를 보여주고 있음을 알 수가 있을 것이다.

"문장에 고금이 있을 수밖에 없는 것은 시대의 흐름 때문이다. …… 옛날에는 옛날의 시대가 있었고, 지금은 지금의 시대가 있다. 옛 사람들의 언어의 발자취를 답습하면서 그것을 옛 것이라 부른다면 이것은 엄동에 처하여 여름 베옷을 따라 입는 것과 같은 일이다."141)

---

137) 周作人, 「中國新文學的源流」, 『周作人全集』 卷五, 臺北 : 藍燈文化事業公司, 1982, 331~332쪽, 參照

138) 胡適, 「文學改良芻議」, 『胡適文存』, 第一集, 卷一, 臺北 : 遠東公司, 1982, 5쪽. "吾以爲今日而文學改良, 須從八事入手. 八事者何? 一曰, 須言之有物. 二曰, 不模倣古人. 三曰, 須講求文法. 四曰, 不作無病呻吟. 五曰, 務去爛套語. 六曰, 不用典. 七曰, 不講對仗. 六曰, 不避俗字俗語."

139) 胡適, 「文學改良芻議」, 『胡適文存』, 第一集, 卷一, 臺北 : 遠東公司, 1982, 7쪽. "文學者, 隨時代而變遷者也. 一時代有一時代之文學 : 周秦有周秦之文學, 漢魏有漢魏之文學, 唐宋元明有唐宋元明之文學. 此吾一人之私言. 乃文明進化之公理也. …… 今日之中國, 當造今日之文學, 不必模倣唐宋, 亦不必模倣周秦也."

140) 胡適, 「五十年來中國之文學」, 『胡適文存』, 第二集, 卷一, 臺北 : 遠東公司, 1982, 247쪽. "胡適對於文學的態度, 始終只是一個歷史進化的態度"

또한, 獨抒性靈은 문학의 내용을 말하는 것으로 문학은 자아의
표현이어야 하며 고인을 모방하지 말고 속박에서 벗어나야 한다는
뜻이며, 不拘格套는 불합리한 질곡에서 탈피하여 음률이나 격조의
속박에서 해방되어야 함을 의미한다고 하겠다. 이와 같은 점도 호
적의 『建設的文學革命論』 속에서 그대로 일치된 견해를 보이고 있
음을 알 수가 있다.142) 또한 호적은 '시체의 해방'을 요구하였는데
다음과 같다.

> "서신중에 말한 백화시도 마땅히 몇 개의 규칙을 세워야 한다는 점에 대해서 우
> 리는 반대한다. 중국의 문언시에 대해 논해 보더라도 근체시 외에 일찍이 무슨
> 규칙이 있었는가? 또한 근체시를 보더라도 왕유, 맹호연, 이백, 두보의 율시가
> 언제 하나하나 규칙을 따라서 지어진 적이 있는가? 우리가 짓는 백화시의 커다
> 란 취지는 시체의 해방을 제창하는 데 있다. 어떤 재료가 있으면 어떤 시를 쓰
> 고; 무슨 말이건 있는 대로 말하라.; 종전에 시의 정신과 자유를 속박하던 일체
> 의 질곡과 사슬을 일제히 타파하는 것이다. 이것이 바로 시체의 해방이다."143)

　　위의 내용은 곧 원굉도가 말한 不拘格套와 동일하다고 할 수가
있다. 또한, 원굉도는 만명시대 前後七子가 주장한 '文必秦漢, 詩必

---

141) 錢伯城箋校,「雪濤閣集序」,『袁宏道集箋校』, 卷十八, 上海: 古籍出版社, 1981, 709
　　쪽. "文之不能不古而今也. 時使之也. …… 夫古有古之時, 今有今之時, 襲古人語言之
　　迹, 而冒以爲古, 是處嚴冬而襲夏之葛者也."

142) 胡適,「建設的文學革命論」,『胡適文存』, 第一集, 卷一, 臺北: 遠東公司, 1982, 56쪽
　　에서 "有什麼話說什麼話: 話怎麼說, 就怎麼說"(무슨 말이든 있는 대로 모두 말하고 어떻
　　게 말하든 말하고 싶은 대로 말하라)고 하였는데 이상의 글은 원굉도의 獨抒性靈과 같다고
　　할 수가 있을 것이다.

143) 胡適,「答朱經農」,『胡適文存』, 第一集, 卷一, 臺北: 遠東公司, 1982, 90쪽. "來書又
　　說 '白話詩應該立幾條規則', 這是我們極不贊成的. 卽以中國文言詩而論, 除了 '近體'
　　詩外, 何嘗有什麼規則? 卽以 '近體' 詩而論, 王維, 孟浩然, 李白, 杜甫的律詩, 又何當
　　處處依着規則去做? 我們做白話詩的大宗旨, 在於提倡 '詩體的解放'. 有什麼材料, 做
　　什麼詩: 有什麼話, 說什麼話: 把從前一切束縛詩神的自由的枷鎖鐐銬, 攏統推翻: 這
　　便是'詩體的解放'"

盛唐'의 구호를 타파하고 宋詩의 우월성을 강조하였는데 이러한 송·원 문학에 대한 元宏道의 견해는 구체적인 분석과 평가기준을 마련하지 못하였지만 호적은 이를 구체적이고 이론적인 基礎 위에서 송·원 문학의 가치를 평가하고 시체의 해방과 산문화가 당대 이래로 중국운문발전의 미래지향이며 시로부터 장단이 不一定한 詞로의 진화와 사에서 曲으로의 진화는 문학발전의 방향이라고 하였으며[144] 아울러 元宏道는 『수호전』·『금병매』의 가치를 인정하였고, 민간에서 나온 민가·소설·희곡 등의 속문학 작품들의 가치를 중시하였는데[145] 이 점은 호적도 마찬가지였다.[146] 여기서 언급한 백화문학은 곧, 중국의 속문학을 의미한다는 것은 주지의 사실일 것이다. 다음으로 公安派 三袁 중에 맏형인 元宗道는 그의 『論文 上』에서 구어화에 대한 정확한 견해를 밝혔다.[147] 여기서 元宗道가 말한 文章代口舌은 바로 언문의 일치를 의미하며 실제로 그는 난

---

144) 胡適, 「元人的曲子」, 『胡適文存』, 第三集, 臺北: 遠東公司, 1982, 45쪽 참조

145) 錢伯城箋校, 「觴政十之掌故」, 『袁宏道集箋校』(卷四十八), 上海: 古籍出版社, 1419쪽. "詩餘卽柳舍人, 辛稼軒等, 樂府則董解元·王實甫·馬東離·高則誠等, 傳奇則水滸傳, 金甁梅等爲逸典."(사에는 유영·신기질 등이 있고, 희곡에는 동해원·왕실보·마치원·고명 등이 있으며, 소설에는 수호전·금병매 등 뛰어난 작품이 있다.)

146) 胡適, 「白話文學史引子」, 『白話文學史』, 臺北: 文光圖書, 1983, 2쪽. "我要大家都知道白話文學史就是中國文學史的中心部分. 中國文學史若去掉了白話文學的進化史, 就不成中國文學史了. 只可叫做古文傳統史罷了."(나는 백화문학사가 바로 중국문학사의 중심부분이라는 사실을 모든 사람들이 알았으면 한다. 중국문학사 중에서 백화문학의 進化史를 탈락시킨다면 중국문학사는 성립되지 않는다. 다만 고문전통사라고 부를 수 있을 뿐이다.)

147) 郭紹虞, 『中國歷代文學論叢精選』(論文·上), 北京: 華正書局, 1980, 125쪽. 再引用. "口舌代心者也, 文章又代口舌者也…… 孔子論文曰: '辭達而已矣': 達不達, 文不文之辨也 …… 語言亦有古今·今人所託爲奇字奧句, 安知非古之街談巷語耶?"(袁宗道, 「論文上」, 『白蘇齋類集』(卷二十) 參照)(말은 마음을 대변하고 문장은 또 말을 대신하는 것이다. …… 공자가 문을 논하여 말하길 '언사라는 것은 뜻에 도달하면 되는 것이다'라고 하였다. 이는 언사가 뜻에 도달할 수 있느냐의 여부가 곧 문장으로 칠 수 있느냐, 없느냐의 구별점이라는 뜻이다. …… 언어에도 역시 고금이 있다. 오늘날 사람들이 자랑삼아 쓰는 기묘하고 심오한 자귀가 바로 옛날 항간에서 쓰이던 쉬운 말임을 어찌 알겠는가?)

해한 문자로 천박하고 평이한 문장을 짓는 것을 반대했으며 또한 고대의 언어로서 현대의 작품을 창작하는 것에 대해서도 반대의 입장을 취하였다. 여기서 그가 요구한 達은 바로 通達의 의미이며 호적이 말한 明白曉暢인 것이다.[148]

이상과 같은 몇 가지 외에 호적의 八不主義[149]에 해당하는 五曰,

---

148) 李愚一, 「원광도와 호적의 문학이론 비교연구」, 『季刊中國』, 제17호, 서울: 단국대학교 부설 중국연구소, 1991.12, 106쪽 참조

149) 호적은 1916년 4월 17일 「吾國文學三大病(우리나라 문학의 세 가지 병폐)」이란 제목으로 중국문학의 커다란 병폐 세 가지를 들었는데 하나는, 병 없이 신음하는 것(一曰 無病而呻)이고, 둘은 고인을 모방하는 것(二曰 摹仿古人)이며, 셋은 말에 내용이 없는 것(三曰 言之無物)을 들었다. 그리고 이러한 점을 시정하기 위하여 1916년 8월 21일에 「文學革命八條件」이란 제목으로 문장을 지어 백화로 作詩할 것을 주장하면서 자신이 먼저 실험작으로 백화시를 지을 것이라는 점을 밝혔는데 그 내용을 보면 '동료들 중에도 반대하는 자들이 있지만 그들에게까지 굳이 백화를 쓰라고 강요하고 싶지는 않다.'는 뜻을 비췄으며 그전에 朱經農과 대화를 나누던 중에 신문학의 요점은 대략 여덟 가지의 일에 있었다고 말하면서 다음과 같은 여덟 가지를 들었다. "一曰 不用典, 二曰 不講陳套語, 三曰 不講求文法, 四曰 不避俗字俗語(不嫌以白話作詩詞), 五曰 須講求文法(此皆形式的方面), 六曰 不作無病呻吟, 七曰 不模仿古人, 語言須有個我在, 八曰 須言之有物(此皆精神(內容)的方面)"(첫째, 전고(典故)를 일삼지 말자. 둘째, 진부한 상투어를 사용하지 말자. 셋째, 대귀(對句)를 중시하지 말자. 넷째, 방언을 써도 좋으며 굳이 속어(俗語)나 속자(俗字)를 피하지 말자(백화로 작시나 작사하는 것을 혐오하지 말자). 다섯째, 문법에 맞지 않는 글을 쓰지 말자(즉, 반드시 문법을 따져서 쓰자). [이는 모두 형식방면이다.] 여섯째, 병도 없으면서 공연히 신음하는 글을 짓지 말자. 일곱째, 옛 사람을 모방하지 않고 말에는 나 자신의 말이 있어야 한다. 여덟째, 내용이 있는 말을 하.(즉, 빈말만 있고 정작 내용이 없는 글을 짓지 말자). [이는 모두 정신방면이다.]). 그 후, 호적은 『新青年』(제2권 제5호)(1917년 1월 출판)에 「文學改良芻議」를 발표하면서 중국에서 고쳐야 될 여덟 가지 사항(八事)을 열거하고 이에 대해 하나하나 설명을 가하였는데 여기서 제시한 팔불주의는 다음과 같다. "一曰 須言之有物, 二曰 不模仿古人, 三曰 須講求文法, 四曰 不作無病之呻吟, 五曰 務去爛調套語, 六曰 不用典, 七曰 不講對仗, 八曰 不避俗字俗語"(첫째, 반드시 내용이 있는 글을 써야 한다. 둘째, 옛 사람을 모방하지 않는다. 셋째, 문법을 강구하여야 한다. 넷째, 무병신음하지 않는다. 다섯째, 진부한 상투어를 힘써 버려야 한다. 여섯째, 전고를 쓰지 않는다. 일곱째, 대귀를 따지지 않는다. 여덟째, 속자속어를 피하지 않는다). 그리고 얼마 후에 이 八事를 부정적인 것으로 고쳐 1918년 4월 15일에 출판한 『新青年』(제4권, 제4호)의 「建設的文學革命論」에서 八不主義라고 제시하였는데 이를 열거하면 다음과 같다. "一. 不做言之無物的文字, 二, 不做無病呻吟的文字, 三, 不用典, 四, 不用套語爛調, 五, 不重對過−文須廢駢・詩須廢律, 六, 不做不合文法的文字, 七, 不摹古人, 八, 不避俗語俗字(하나, 반드시 내용이 있는 것을 발표해라. 둘, 병 없이 신음하는 글을 쓰지 마라. 둘, 병없이 신음하는 문자를 쓰지 마라. 셋, 과거의 진부한 고전을 사용하지 마라. 넷, 상투적이고 난삽한 용어를 사용하지 말라. 다섯, 문장은 변문을 폐지하고 시를 율시를 폐지하라. 여섯, 문법에 맞지 않는 말을 쓰지 마라. 일곱, 옛 사람을 모방하지 마라. 여덟, 속자와 속어를 피하지 마라.). 그런데 여기서

務去爛調套語/六曰, 不用典/八曰, 不避俗字俗語에 대하여도 똑같은 언급은 하지 않았지만 진부하고 해묵은 말투('陳腔爛調')를 배격한다는 태도에는 일치된 의견을 보였다.150)그러므로 서양 사상을 배제한다면 호적은 晚明의 公安派 理論을 계승하였다고 말할 수 있을 것이다. 그 후, 淸初에 考證學의 대가라고 할 수 있는 顧炎武의 문학관에서도 反復古·反傳統의 문학관을 볼 수가 있고,151) 청말 近代思想의 선구자라고 일컬어지는 龔自珍의 주장 속에서도 그의 창조성에 관한 내용을 엿볼 수가 있는데152) 龔自珍이 흠모하는 창조성은 새로움으로 변형됨을 말하며 오래되고 낡은 것의 변형은 아닐 것이다. 만약 그렇다면 이는 모방이나 표절이라고 할 것이다. 그러나 위에서 보아 그의 창조는 미래지향성을 의미함은 의심할 여지가 없다. 그리고 梁啓超, 黃遵憲으로 이어지는 反復古의 주장은 이러한 反傳統을 계승하고 있다. 이러한 맥락으로 보아 중국문학사의 전통은 전통을 잇는 두 가지 부류가 있는 것으로 요약된다. 하나는 그대로 옛 것을 모방하고 답습하는 형태의 주류이고, 하나는 계속적으로 변화와 개혁을 요구하며 새로운 것을 창조하려는

는 不字를 붙이기 전 단계인 『新靑年』(제2권 제5호)(1917년 1월 출판)에 실린 글을 근거로 한 것을 말한다.

150) 李愚一, 「원굉도와 호적의 문학이론 비교연구」, 『季刊中國』, 제17호, 서울: 단국대학교 부설 중국연구소, 1991.12, 108쪽 참조

151) 郭紹虞, 『中國歷代文學論叢精選』(論文·上), 北京: 華正書局, 1980, 127쪽. 再引用. "自少讀書, 有所得輒記之. 其有不合, 時復改定, 或古人先我而有者, 則削之."(내가 어려서부터 독서를 할 때, 체득한 바가 있을 때마다 즉시 그 생각을 기록해두곤 했다. 그것이 사리에 맞지 않으면 때로는 고치거나 간혹 옛 사람이 나보다 앞서서 똑같은 것을 기록한 부분이 있으면 삭제하였다.)

152) 郭紹虞, 『中國歷代文學論叢精選』(論文·上), 北京: 華正書局, 1980, 128쪽. 再引用. "予欲慕古人之能創兮, 予命弗丁其時. …… 文心古, 無文體, 寄干古."(내가 옛 사람의 능력 있는 창조성을 흠모하고자 하나 나의 운명은 그 때를 만날 수가 없다. …… 문심은 오래되었으나 문체가 없는 것은 모두 옛 것에만 의탁하기 때문이다.)

의지를 보여주는 비주류의 계보를 그릴 수가 있다. 그러나 그렇다고 비주류가 중국문학의 정통성을 외면했다고 단정할 수는 없다. 이러한 사조가 중국 내에서 이루어지다가 세계적인 조류와 만났고, 서양문화의 이입으로 인하여 모방에서 창조적인 것으로 변환되었다고 해서 식민지관에 입각한 西洋文化移入文學으로 획일화시켜서는 안 될 것이다. 문화라고 하는 것이 중국 내에서건 중국외적인 곳에서건 상호 교류하여 이루어져 가는 형태라고 한다면 호적의 문학은 중국문학의 전통 속에서 陽明學·公安派·竟陵派·考證學·公羊學을 계승하고 있는 한 시대의 대표자라고 해야 마땅하다. 즉, 근대의 梁啓超나 黃遵憲의 시기에서부터는 서구제국주의의 침략이라는 시대적 상황과 그와 상응하는 公羊學의 근대적 가치관에 입각한 역사과정의 전면적 전개라는 측면에서 이들 문학관이 지니는 근대성을 평가하여야 하며 이분법적으로 순수(내것)가 아니면 참여(남의 것)로 구분하는 것은 온당치 못하다고 보기 때문이다. 물론 이 시기의 주장이 비판의 소지가 없는 것은 아니지만 문학을 '인간적인 삶과 연결된 사회의식의 한 형태'라는 문학연구가들의 업적을 수용한다면 뒤에 호적이 주장한 '文學改良芻議'와 더불어 그 이후에 전개된 문학의 내용이나 형식의 평민화와 서민화의 징검다리로서 형식으로는 문체상의 언문일치와 내용으로는 소박한 일상사의 보편화와 대중화를 달성시키는 데 중요한 역할을 하였던 것이다. 이는 문학의 이해 및 참여가 이전의 문언문이 가지고 있던 특권화에서 탈피, 백화문으로 진화하고 있고 대다수가 참여하는 평등한 대중화로 진화하면서 인간적인 삶에 대한 더욱 구체적인 모습을 보여줌으로써 근대에서 현대로 넘어가는 징검다리의 역할을 해준 것으로 평가받아 마땅하다.

3. 결론

서론에서 제기한 중국문학의 整體性[153])에 관한 의문은 자칫 잘못하면 중국의 근대화 과정 중 발생한 열등의식으로 인한 서구문학의 이입으로 인식하여 식민지사관으로 흘러 버릴 가능성이 있었다. 여기서 정통성의 계승하고자 호적의 이론을 합리화시킬 수 있는 명분이 등장하였는데 바로 진화론이다. 진화론에서 주장하는 핵심사상은 '진리는 변화한다'로서 시대에 따라 변천하는 중국문학을 새롭게 조명하기에 충분하였다. 그러나 이 주장은 정치적인 비호세력들과 함께 '진리의 불변'을 내세우는 일부 지식인들로 하여금 호적을 매도하기에 이르렀다. 이로부터 호적의 왜곡된 인식이 시작되기 시작하였다. 그러므로 본고는 이러한 인식을 교정하였다. 이 작업을 통하여 호적이 주장하는 백화문사용과 이론의 근원을 찾게 되었다. 즉, 詩經, 宋대의 구양수, 매요신을 거쳐 만 명의 공안파, 청말의 유신파를 계승하여 호적으로 이어지는 계보를 그려볼 수가 있었다.

결과적으로 호적의 백화문학 사용을 주장하는 이론들은 중국의 지식인들에게 모델(model)이 되었으며 이 모델은 전통적 봉건문화

---

153) 여기서 말하는 整體性은 停滯性과는 다르다. 본고에서 의미하는 정체성은 전체적인 면모를 통하여 보여주는 그 자체의 차별화된 독특한 개성을 말한다.

와는 다른 성질의 문화전통을 낳았다. 즉, 민주·과학을 핵심으로 하는 현대적 가치체계를 수립하였다. 또한 이는 자아의식으로 인한 주체적인 독립정신이었으며 또한 현실참여로 인한 사회적 책임감 및 역사적인 반성과 해부로 인한 사명감이라는 새로운 문화전통을 수립하는 데 一助한 것으로 평가받아야 마땅할 것이다. 아울러 전통의 현대화에 대한 지속적인 모색이 요구되는 이 시대에 胡適식의 개량주의 방식은 시사하는 바가 크다고 하겠다.

【참고문헌】

[1] 胡適, 『胡適文存 (一集)·(二集)·(三集)』, 臺北: 亞東圖書館, 1921.12.-1930.9

[2] 胡適, 『嘗試集』, 臺北: 亞東圖書館, pp. 11-213, 1922.10

[3] 胡適, 『戴東原的哲學』, 臺北: 商務印書館, pp. 26-31, 1997.1

[4] 胡適, 『白話文學史(上券)』, 臺北: 新月書店, pp. 15-160, 1928.5

[5] 胡適, 『中國哲學史大綱(上券)』, 臺北: 商務印書館, pp. 68-78, 1919.2

[6] 胡適, 『四十自述』, 臺北: 商務印書館, pp. 5-139, 1933.9

[7] 胡適, 『胡適論學近著』, 臺北: 商務印書館, pp. 25-47, 1935.12

[8] 胡適, 『丁文江的傳記』, 臺北: 中研院, pp. 33-68, 1956.11

[9] 胡適, 『胡適之先生詩歌手跡』, 臺北: 商務印書館, pp. 5-23, 1964.12

[10] 胡適, 『胡適手稿(十集)』, 臺北: 胡適紀念館, pp. 5-203, 1996.9~1970.2

[11] 胡適, 『胡適給趙元任的信』, 臺北: 萌芽出版社, pp. 61-93, 1970.6

[12] 胡適, 『胡適講演集』, 臺北: 胡適紀念館, pp. 110-210, 1970.12

[13] 胡適, 『胡適來往書信選』, 香港: 中華書局, pp. 21-118, 1979.8~1980.3

[14] 胡適, 『先秦名學史』, 香港: 學林出版社, pp. 3-126, 1983.12

[15] 胡適, 『胡適的日記』, 香港: 中華書局, pp. 5-159, 1985.1

[16] 胡適, 『胡適選集(十四冊)』, 臺北: 文星書店, pp. 4-134, 1966.6

[17] 易竹賢編, 『中國現代作家選集-胡適』, 香港: 三聯書店, pp. 46-61, 1987.9

[18] 胡明編註, 『胡適詩存』, 北京: 人民文學出版社, pp. 5-307, 1989.4

[19] 林吶等編, 『胡適散文選集』, 北京: 百花文藝出版社, pp. 3-216, 1991.7

[20] 李敖, 『胡適評傳』, 臺北: 文星書店, pp. 3-110, 1964.4

[21] 唐德剛譯註,『胡適口述自傳』, 臺北: 傳記文學出版社, pp. 4-127, 1981.8

[22] 朱文華,『胡適評傳』, 北京: 重慶出版社, pp. 5-213, 1988.12

[23] 胡懷琛,『嘗試集批評與討論』, 北京: 泰東書局, pp. 46-63, 1923.5

[24] 楊承彬,『胡適的政治思想』, 臺北: 臺灣中國學術著作獎勵委員會, pp. 113-119, 1967.6

[25] 費海璣,『胡適著作研究論文集』, 臺北: 商務印書館, pp. 328-339, 1970.7

[26] 趙錫民,『胡適學術思想』, 臺北: 學術出版社, pp. 36-140, 1973.1

[27] 周質平,『胡適與魯迅』, 臺北: 時報文化出版社, pp. 66-111, 1988.6

[28] 周質平,「讀胡適的<嘗試集>-新詩的回顧與展望」,『知識』 創刊號, 臺北, pp. 34-47, 1992.5

[29] 周質平,「胡適的遊記」, <中國時報>, 臺北, pp. 36-57, 1986.8.13

[30] 易竹賢,「評<五四>文學革命中的胡適」,『新文學論叢』, 臺北, pp. 51-64, 1979.2~1980.1

[31] 竹內好,「胡適與儒教」,『亞細亞的歷史和思想』, 東京, pp. 31-43, 1974.6

[32] 竹內好,「胡適」,『竹內好評論集』, 三券, 東京, pp. 94-203, 1966.7

[33] 竹田晃,「胡適, 啓蒙思想的形成」,『思想和文學』, 東京, pp. 146-211, 1967.7

유교사상 속의 보편 가치에 관한 소고

1. 問題提起

오늘날 '공자는 죽었다'고 하거나, '공자가 죽어야 나라가 산다'고 주장하는 사람들이 있다. 이 말 속에는 공자의 사상과 문화가 우리 동양사회에 정신적 뿌리를 깊이 내려왔음을 인정하는 말이 함축되어 있다. 공자의 학설과 사상을 우리는 유교라고 일반적으로 통칭하고 있다. 본고에서는 유교가 21세기에도 유효한가에 대한 의문을 제기하고 한국의 선비사상과의 비교, 검토를 통하여 유교를 현대적 관점에서 분석하여 보편적 가치를 찾아보고자 하는 것이 본 논문의 목적이다.

연구의 방법으로는 유교의 개념과 유교사상의 본질을 파악해 보는 것이 순서일 것이며 이로서 공자의 논어에 나타난 군자상과 한국 선비사상을 비교하고 검토해서 이를 바탕으로 기대하고자 하는 보편성을 찾고자 한다. 만약 본고의 분석을 통하여 동양의 '논어'가 인류의 보편성을 구비하고 있다는 결론이 내려진다면, 우리는 애써 서양의 물질문명인 과학문명 이외에 정신까지도 서양을 모방할 필요가 있겠느냐는 데 뜻이 모아질 것이다. 다시 말하면 우리의 전통적인 가치체계는 그대로 살리면서 외양만을 변화시키는 '中體西用論'을 인정하는 것이 '우리의 전통적인 것을 모두 버리자'는 '全般西化論'보다 더욱 합리적인 주장이 될 것이란 해석이 가능하다.

일반적인 시각으로 오늘날 일부 지식인들은 유교교육에 대한 부정적인 인식을 갖고 있다. 이러한 까닭에 이들은 구시대 교육의 계급성, 억압성, 주지성 및 현실유리적인 면을 비판하고 있다. 이러한 부정적인 인식은 우리의 전통과 현대 사이의 심한 단절을 초래하게 되었다. 그 원인을 찾아보기 위하여서는 전통적 가치관을 엄밀히 분석해볼 필요가 있는데 본고는 이를 한국의 선비 속에서 찾아보고자 한다. 이러한 일련의 작업을 통하여 사상적으로 새로운 방향을 설정할 수만 있다면 본고는 그 목적을 달성하게 될 것이다.

2. 儒敎의 基本思想에 관한 檢討

유교의 '儒'는 중국 古代에서 조상신에 제사를 지낼 때, 제사의 司禮者로서 도덕과 學藝의 교육을 담당했던 선비였으며, 修身을 완성하여 萬歲師表가 되는 스승으로서의 성인을 가리킨다. 이것으로 보아 유교는 자의에 따른 해석대로라면 '儒'는 성인이 된 孔子의 가르침을 뜻한다고 할 수 있다. 유가의 '祖'가 되는 공자의 학설을 간단히 압축하여 말하면, '교육에 의하여 백성을 바르게 인도하고자 하는 것'이 일반적 통설이다. 이에 따르면 공자의 주장을 따르는 유가의 학자들은 옛날에 司徒라고 하는 관직이 관장하던 교육을 담당하는 사람들을 말하는 것이다. 그러므로 유가의 학문이란 사도에 기원을 둔다고 할 수 있을 것이다.

1) 儒敎의 起源에 관한 論議

공자를 흔히 유가사상의 창시자라고 하지만 실제로 공자는 유가사상의 창시자는 아니며 전통적으로 내려오는 '儒'라는 집단의 사상을 정리하여 새롭게 혁신한 사람일 따름이다.154) 여기서 '儒'라는 집단은 어떤 집단이었는가를 살펴볼 필요가 있다. '儒'라는 글자는 사람 '人'자와 비를 뜻하는 '雨' 자와 말 이을 '而' 자가 합친 글자이다. 그런데 이 중에서 말 이을 '而' 자는 갑골문에 의하면 '턱에 수염이 난 모습을 가리킨 글자가 변형된 것'이다. 따라서 글자의 모양을 합성하여 풀이해 보면 '비를 부르는 수염이 난 사람'이라는 뜻이 된다. 중국은 고대로부터 농경사회이었다. 농경사회에서 가장 중요한 것은 하늘에서 내리는 비일 것이다. 옛날에 비가 오지 않을 때는 기우제를 통하여 비를 기원하였다. 이 기우제를 담당하는 집단이 바로 '儒' 집단이었다. 이로 보아 이들은 수염이 난 성인남자들로서 종교적 제사를 담당하는 무당들이었음을 추측할 수 있다.

---

154) 박석, 「대교약졸의 관점으로 중국문화를 바라본다」, crazy www board professional edition 1쪽

2) 儒敎의 根源

중국은 주나라에 들어서면서 제정일치의 상태에서 탈피하여 인문주의 시대로 들어갔다. 주나라 초기에 국가의 기틀을 잡은 周公은 초월적이고 무속적인 상태를 벗어나 본격적으로 인문적인 사회규범을 통하여 나라를 통치하는 새로운 시스템을 구축하였다. 그들은 그러한 시스템을 '禮'라고 불렀다.

'禮'라는 글자는 원래 종교행위의 일종인 제사의식과 관련이 있다. 왼쪽의 보일 '示'자는 땅의 귀신을 가리키는 말이고 오른 쪽 글자는 제사그릇에다 옥을 담아 놓은 모양이다. 신에게 제사를 지낼 때는 당연히 몸가짐을 바로하고 경건한 마음을 지녀야 한다. '禮'는 바로 신에게 제사지낼 때의 몸가짐과 마음가짐을 가리키는 말이었으나 후대에 가서는 신과 인간의 관계에서부터 시작하여 그 후 인간과 인간의 관계에서 지켜야 할 덕목으로 의미가 확장되었으며 더 나아가서는 각종 제도나 규칙 등으로 의미가 더욱 확장되었다. 주나라에서 사용된 '禮'의 개념은 바로 이와 같이 확장된 개념이었다. 이로 미루어 주나라 시대에 이르러서는 '儒'의 집단 또한 그 성격이 변모하여 점복과 종교적 제사를 담당하던 무속집단이라는 의미는 희석되어가고 국가의 형식적인 의례나 조상신에게 제사를 담당하는 계층으로 바뀌게 되었음을 추측할 수 있는데 이는 '禮'의 일부를 담당하는 계층이 된 것을 의미한다.

3) 儒敎의 根本思想

  유교의 근본사상을 이해하기 위하여서는 우선 공자와 그의 학설의 내용을 알고 그 핵심사상을 이해하지 않을 수 없다 따라서 여기서 공자의 약력과 학설의 내용 및 핵심사상으로서 '仁'에 대하여 논하고자 한다.

(1) 孔子의 略歷

  孔子(기원전 551~479년)의 성은 '孔'이고 이름은 '丘'이며, 字는 '仲尼'로서 孔夫子(Confucius)라고도 호칭하는데 夫子라는 단어는 子보다 더욱 품위가 있는 호칭을 의미한다. 공자는 周公의 후손이 다스렸던 춘추시대의 魯나라 출신으로 고대 중국의 위대한 사상가이자 교육가였다. 공자가 살다간 시대는 춘추시대로서 여러 가지 사상과 학파가 나타났고 사회가 혼란스러웠다. 공자는 30세에 자신의 사상과 견해를 주장하기 시작하여 51세에 中都縣 縣長의 낮은 관직에 임명되었고, 52세에는 魯國 大司寇으로 임명되어 전국의 치안과 사법의 대권을 장악하였다. 후에 대리 재상에 올랐으나 정치상 반대파의 배척으로 국왕의 신임을 잃자 55세 때 관직에 물러나 14년 동안 열국을 周遊했다. 유세 중에 68세에 다시 노국으로 돌아왔으나 관직에 중용되지 못하고 교육사업과 문헌정리에 진력하면서 유가학설과 유가학파를 창립하였다. 공자의 제자들은 모두 3,000여 명이고 그중 수제자는 72명으로 알려져 있다.

  공자가 정리한 유가경전들은 시·서·예·악·예기·춘추 등으로 이

경전들은 후에 육경으로 불렸다. 공자사상에 대한 모든 내용은 논어라는 한 권의 작은 책에 근거하며 서양의 성경과 같다고 볼 수 있다.

(2) 孔子 儒家學說의 內容

유가학설의 내용은 대체로 두 가지로 나눌 수가 있는데 외재적인 형태규범과 내재적인 도덕 자각이 그것이다. 외재적인 형태규범으로서는 '예(禮)'로서 국가를 통치할 것을 주장하였으며, 내재적인 도덕 자각으로는 '仁'으로의 사랑을 주장하였다. 이에 대한 유가의 구체적인 실천방법으로서는 중용으로 '禮'와 '仁'의 조화를 주장하였고, 천명(天命)은 인간의 정신도덕을 결정할 수 없다고 주장하였다. 이로 보아 공자는 현실생활에 충실한 도덕적 수양을 강조하였음을 알 수 있다.

또한, 유가의 학자들은 군주를 돕고 음양의 도에 순종하며 백성으로 하여금 선을 행하고 몸을 성실하게 단련하도록 교화시켰다. 그들은 육경의 학문을 배우고 인의를 실천하였다. 요와 순임금을 시조로 삼아 요·순 임금을 흠모하여 따르고 문왕과 무왕을 모범으로 삼아 문·무왕의 말씀을 법도로 삼았다. 아울러 공자를 스승으로 모시고 그를 높이 추존하였으며 공자의 말을 중하게 여겼다. 그러나 후세에 와서 유가는 곡학아세의 무리들에 의하여 나뉘었는데, 춘추는 다섯 갈래로, 시경은 네 갈래로 나뉘어 서로 각 파의 말이 진실이고 다른 파의 말은 거짓이라고 하면서 격론하게 되었다.[155]

---

155) 이세열 해역, 『한서예문지』, 서울: 자유문고, 1995, 153쪽

(3) 공자의 '仁'의 語源과 意義

공자의 '仁' 사상은 인간의 존엄성을 나타낸다. 이는 성경에서 보여주듯이 인간을 신의 피조물로 여기고 보잘것없는 존재로 봐온 것과는 본질적으로 다르다. 유교에서는 '신이란 존재'를 대히는 자세로서 '경외하되 멀리하라'고 하였고, 현실생활에 충실하기 위하여 인간과의 관계를 중시하였다. 그 관계는 '仁'을 기본으로 하여야 하며 '仁'의 본질은 사랑이라고 하였다. 이에 대하여 '仁'의 의미를 찾아본다면 논어에서 찾을 수 있다. 논어 가운데 '仁'이란 글자가 출현한 것을 정리하면 다음과 같다.

① 제3편 팔일(八佾): 사람이 어질지 못하면 '禮'는 무슨 소용이 있으며 사람이 어질지 못하면 음악은 무슨 소용이 있으랴

② 제4편 이인(里仁): 인후한 마을에 사는 것이 좋으며 그러한 곳은 택하여 살지 않으면 어찌 지혜롭다고 하겠는가

③ 제4편 이인(里仁): 어질지 못한 사람은 역경에 오래 견디지 못하며 행복도 오래 누리지 못하고, 어진 사람은 '仁'을 편안하게 여기고 지혜로운 사람은 '仁'을 이롭게 생각한다.

④ 제4편 이인(里仁): 오직 어진 사람만이 사람을 사랑할 수 있고 미워할 수 있다.

⑤ 제6편 옹야(雍也): 어진 사람이 되려면 어려움에 처하여서 남보다 먼저 행하고, 그 보답은 남보다 뒤에 얻는다면 참으로 어질다 할 수 있다.

⑥ 제6편 옹야(雍也): 지혜로운 사람은 물을 좋아하며 어진 사람은 산을 좋아하니 지혜로운 사람은 동적이라고 할 수 있으며, 어진 사람은 정적이라고 할 수 있다. 또한 지혜로운 사람은 즐겁게 살며, 어진 사람은 오래 산다.

⑦ 제6편 옹야(雍也): 어진 사람이란 자신이 나서고 싶을 때 남을 내세우며 자신의 목적을 달성하고 싶으면 남을 먼저 달성하게 한 후에 비로소 자신이 행동 한다.

⑧ 제7편 술이(述而): 군자의 이상적인 생활이란 도에다 뜻을 두고 덕을 닦으

며, '仁'에 의지하며 여섯 가지의 '禮'를 기본으로 생활한다.

⑨ 제7편 술이(述而): 군자의 마음은 평안하고 너그러우며 소인의 마음은 항상 근심에 차 있다.

⑩ 제8편 태백(泰伯): 군자가 몸소 친족들에게 후덕하게 대접하면 백성들 사이에 어진 마음이 일어나게 하며, 옛 친구를 버리지 않으면 백성들도 각박해지지 않는다.

⑪ 제12편 안연(顔淵): 안연이 '仁'에 대하여 묻자 공자께서 자기를 극복하여 예로 돌아감이 '仁'이니 하루라도 자기를 이겨서 '禮'로 돌아가면 천하가 '仁'으로 돌아갈 것이다.

⑫ 제12편 안연(顔淵): '仁'을 이루고자 한다면 나로부터 비롯되는 것인데 어찌 남으로부터 비롯될 것인가 하셨다.

⑬ 제12편 안연(顔淵): 사마우가 '仁'에 대하여 묻자 공자가 말씀하시길 '仁'이라는 것은 말하지 않고 참는 것이라고 하였다.

⑭ 제12편 안연(顔淵): 사마우가 군자에 대하여 묻자, 군자란 근심하지 아니하며 두려워하지도 않는 사람을 의미한다고 하였다.

⑮ 제12편 안연(顔淵): 번지가 '仁'에 대하여 묻자 사람을 사랑하는 것이라고 하였다. 또한 앎에 대하여 묻자 사람을 알아보는 것이라고 하였다. 그런데 번지가 말뜻을 잘못 알아듣자 다시 말하길, 정직한 사람을 등용하되 바르지 못한 사람위에 앉도록 하면 정직하지 않은 사람도 정직하게 된다고 하였다.

⑯ 제13편 자로(子路): 강직하고 의연하고 질박하고 어눌한 것이 '仁'에 가깝다고 하였다.

⑰ 제14편 헌문(憲問): 덕이 있는 사람은 반드시 들을 만한 말을 한다. 하지만 들을 만한 말이라고 하여 모두 덕이 있는 사람은 아니다. 인자한 사람은 반드시 용기가 있지만, 용기가 있다고 하여 모두 인자한 사람은 아니다.

⑱ 제15편 위영공(衛靈公): 뜻이 있는 선비나 어진 사람은 삶을 위하여 '仁'을 손상시키지 않으나, 자신을 죽여 '仁'을 이룩하는 일은 있다.

이 구절들을 종합하면, '仁者'는 남을 헌신적으로 사랑하는 사람을 의미하며, 또한 자신이 남들에게 비친 모습을 보면 말은 어눌하게 하지만 내용이 꽉 차 있고 예의범절을 잘 지키며 강직하고 의연한 태도를 견지하는 사람을 말한다. 이러한 사람을 한 마디로 말하여 어질다고 한다.

(4) '仁'의 具體的 實踐

'仁'의 구체적인 사회적 실천덕목으로는 忠恕思想, 安分知足(安貧樂道)思想, 三綱五倫思想을 들 수가 있는데 구체적으로 설명하면 다음과 같다.

첫째, 忠恕思想

유교에서는 神을 형이상적인 존재로 보았다. 따라서 신을 본 사람도 없으므로 뭐라고 말할 수도 없다 하여 언급하지 않았다. 반면에 현실생활은 유물론적이며 가치를 잴 수가 있는 것으로 여겼다. 이러한 까닭에 현재까지 중국에서의 유물론사상은 공산당의 정치철학으로 군림해오고 있다. 또한 인간은 그 조상으로부터 탄생하였으므로 조상숭배사상을 낳았다. 이와 같이 물질과 조상을 숭상한 점은 동양인의 전통적 사고로 자리매김하였다.

공자는 '仁'과 '愛'를 근본사상으로 하고, 남을 용서하는 '恕'와 마음을 다해 충성하는 '忠'을 첫째로 중요시 하라고 가르쳤는데, 주희는 '恕'란 자기를 미루어 남을 아는 것이고, '忠'이란 자기를 다 하는 것이라고 풀이하였다. 주희가 활동했던 당시인 남송대의 유학은 신유학으로서 '理'라는 개념을 매우 중시하여 宋·明 理學이라고 불리기도 하였다. 후에 宋·明 理學은 크게 주자학과 양명학이라고 하는 두 가지 주류로 나뉜다. 주자학은 북송대의 여러 신유학자들의 사상을 집대성한 남송 시대 주자의 학문이고 양명학은 주자와 동 시대 사람인 육상산이 제창하여 명대의 왕양명에 이르러 집대성된 학문이다. 전자는 정이천이 제창하고 주자가 집대성하였으며 '理'의 문제를 더 중시하였으므로 흔히 程·朱 理學이라고도 한다. 후자는 육상산이 제창하고 왕양명이 크게 발양한 것으로서 '理'보다는 '心'의 문제를 더욱 중시하였으므로 陸·王 心學이라고도 한다. 주자는 당시 유행하던 불교와 도교의 사상체계와 개념으로서 유가를 재해석하였다. 그러므로 당초의 유학의 개념과는 다른 外儒內佛이 되었다. 이로 보아 중국사상의 변천에 따라 '忠', '恕'의 해석이 새로워졌음을 추측할 수 있다.

공자의 제자 증삼은 '忠'과 '恕'라는 두 글자로서 '仁'의 두 가지 원리를 개괄하였는데 이는 공자의 본래의 생각과도 부합된다고 여겨진다. 즉, '忠', '恕'의 도리는 공자가 주장한 '仁' 학설의 중심사상을 꿰뚫는 것이라고 보는 것이다.

한편, 역사적으로 보아 때때로 공자의 '忠', '恕'의 道는 착취계급과 그 대표자들에 의해 사회계급의 모순을 은폐하고 국민의 투쟁정신을 마비시키는 부식제로 이용되어 왔다. 중국의 공산주의 추종자들은 온 힘을 다하여 "己所不欲, 勿施於人(자기가 바라지 않는 것을 남에게 베풀지 말라)"이라고 주장하였다. 소위, '忠', '恕'의 도리란 모든 사람을 무조건적으로 사랑하는 최고의 미덕이라고 선전하였다. 나아가 초계급적인 인류애를 강요하거나 내 마음을 미루어 헤아려야만 남을 안다는 식의 논리로서 소위 위대한 덕성을 고취시키는 한편 이러한 도덕관념을 노동자에게 적극적으로 부식시켜 왔다. 이처럼 정치적 저의가 담긴 왜곡된 선전으로 공자의 이미지를 모든 사람을 사랑할 것과 '남'을 나의 입장에서 생각할 줄 아는 도덕유형으로 형상화하여 조작하려고 한 것 같다.

그러나 당시에 노동자 신분이 아니었던 공자로서는 자신이 노동자가 되는 것을 원하지 않았을 뿐만 아니라 남에게 노동자가 되도록 요구하지도 않았을 것이며, 자신이 착취를 받아들이지 않았을 뿐 아니라 다른 사람에게 착취를 받아들이도록 강요하지도 않았을 것이다. 이러한 맥락에서 본다면 공자의 입장에서 '忠', '恕'의 의미와 현대적 노동자의 입장과는 차이가 크다고 하겠다.

둘째, 安分知足과 安貧樂道

현대사 속에 드러난 독대자의 전횡과 신문의 사회면을 장식하는 온갖 부조리, 비리, 부정들은 모두 사람의 욕심으로부터 잉태되었음을 본다. 따라서 부정, 부조리와 단절하기 위하여 자신의 욕심을 억제하지 않으면 안 되는데 여기서 우리는 安分知足의 진정한 가치를 깨닫게 된다. 동양과 마찬가지로 서양인도 '富'를 끊임없이 추구하지만 서양의 부자들이 동양과 달리 만인으로부터 인정받고 있는 것은 '富'의 투명성 때문으로 사료된다. 투명성은 곧, 도덕성과도 맥락을 같이 하는데 현대인에게는 어느 때보다도 요구되는 것으로서 분수를 알고 분수에 맞게 행동하는 것이다. 그러므로 安分知足의 공자의 사상은 시공을 넘어 더욱 절실히 요구되는 보편성을 갖추고 있다.

셋째, 三綱과 五倫

일찍이 중국의 譚嗣同은 '仁'을 성취하기 위하여 三綱五倫의 그물에서 벗어나야 한다고 주장하였다.156) 그 이유로는 과거 2,000여

---

156) 林毓生 著, 이병주 譯, *The Crisis of Chinese Consciousness*(中國意識의 危機), 서

년간 三綱은 중국민족으로부터 그들의 '仁'의 기초를 박탈하였기 때문이라고 하였다. 이러한 관점에서 五倫에 있어서 친구관계와 형제관계를 제외하고는 모두 부정되어야 된다고 생각하였다. 담사동의 견해에 따르면, '仁'을 기초로 하여 道德의 自律을 설명한 孔子, 孟子의 철학은 오래전에 荀子와 그의 제자들에 의하여 배반되었다고 설명하면서 그들의 배반은 공자의 진정한 가르침에 대한 왜곡과 오해로서 낳은 것이라고 주장하였다.

三綱은 유교도덕의 기본이 되는 세 가지 윤리강령을 말하는데, 임금과 신하, 아버지와 자식, 남편과 아내 사이에 지킬 마땅한 도리를 의미한다. 삼강의 윤리강령은 현대사회로 오면서 과거와 같이 상하, 주종의 관계가 아니라 사회계약에 의한 평등의 관계로 변화함에 소실되었다. 그러나 아버지와 자식, 남편과 아내의 관계는 아직도 유효하다고 본다. 물론, 전통사회에서 자식은 아버지에게, 아내는 남편에게 절대복종을 요구해 왔던 것을 들어 삼강에 대하여 부정적인 시각이 없는 것은 아니지만 역으로 자식이 부모님 말씀을 어기고, 아내가 남편에게 지나친 요구를 하는 현대사회에서는 오히려 전통사회에 대한 향수를 가져오게 하며 전통유교에 대한 재해석의 당위성을 제공한다. 공자는 '孝'를 강조하였는데 공자가 주장하는 '孝'는 부모가 자신을 낳아주었기 때문에 행하는 무조건적인 '孝'이다. 자식이 부모를 극진히 모시는데 부모가 자식을 사랑하지 않을 수 없다는 것이 공자의 기본사상이다.[157]

五倫이란 임금과 신하의 '義', 부모와 자식 간의 '親', 형제간의

울: 大光文化社, 1997, 51~52쪽.
157) 곽노순, 『동양신학의 토대와 골격』, 서울: 대한기독교서회, 1997, 239~249쪽

'序', 친구간의 '信'을 일컫는 다섯 가지 人倫을 의미하는데, 여기서 人倫이란 사람 사이의 관계를 의미한다. 오륜 가운데 '朋友'의 인륜은 사제관계를 포함하고 있고, '長幼'는 형제관계를 포함하고 있다. 오륜관계는 상호 연관성을 갖고 있는데 두 가지 점에서 주목할 가치가 있다. 첫째는 개인을 중심으로 발전해 왔다는 점이다. 즉, 개인적 관계가 다르면 연결관계의 원칙도 다르다. 예로 들어 '親', '義' 등의 개념이 그러하다.158) 이로 보아 오륜은 父子關係로부터 시작하고 있다고 보며 자연관에 기초한 개인관계라고도 할 수 있다. 이를 근거로 현대 사회학자들은 중국인의 개인적인 관계만을 들어 중국에서의 사회적 관계는 특수성(Particularistic)만 있고, 보편성(Universalistic)은 없다고 판단하였지만 보편성의 대명사인 法이 '人之常情'을 근거하여 만든 것이라면, 동·서양을 막론하고 동일한 감정을 소유한 인격체의 공통적인 사고방식도 보편적이라고 말할 수 있다. 이러한 맥락에서 五倫도 인류의 보편적인 가치를 나타낸다고 할 수 있을 것이다.

4) 儒敎思想의 影響

공자의 <논어>가 후세에 끼친 영향을 간략하게 설명하면 다음과 같다.

첫째, 禮를 강조하는 정치적인 주장이 후세에도 계속 계승되어 온 것만 보아도 禮 사상을 중시하는 유교사상은 후세에 커다란 영향을 끼쳤다고 할 수가 있을

---

158) 余英時 저, 김종윤 역, 『중국 전통적 가치체계의 현대적 의의』, 전주: 전주대학교출판부, 1997, 77~78쪽

것이다. <顔淵/八佾/憲問/學而/爲政/陽貨/里仁>

둘째, 君子식의 인격창조. '군자'는 공자가 제자들에게 즐겨 인용하던 단어이다 공자는 인간을 몇 가지 유형으로 분류하였는데 聖人/君子/仁者/智者/順者/直者/善人/小人/鄙夫 등이다. 그중에서 군자란 무엇인가를 설명하였는데, 공자가 말하는 군자란 일반인이 다다를 수 없는 성인처럼 불가능한 사람이 아니며, 군자란 똑같은 사람으로 풀이하면서 군자가 될 가능성을 현실적으로 설명하였다. <衛靈公/里仁/子路/憲問/季氏/顔淵/泰伯/子張/述而/學而>

셋째, 敬而遠之의 귀신관. 군자를 멀리도 가까이도 할 수 없는 존엄한 존재로 인식시켜 인간관계에서 인간적인 면보다는 이성에 바탕을 둔 경외할 만한 사람으로 형상화하였다

넷째, 공자는 인간의 본성은 비슷하지만 환경과 교육의 차이로 인하여 인간 사이에서도 차이가 형성된다고 보았다. 이는 교육사상과 방법의 문제를 제기한 것으로서 오늘날 교육환경과 교육에 대하여 유교적인 환경을 마련하였다. <季氏/陽貨/爲政/述而>

다섯째, 오랑캐와 중국을 경계로 삼는 민족심리이다. <子路/憲問/八佾>[159]

오랑캐는 교육을 받지 못한 사람을 의미하며 중국인은 교육을 받지 못한 사람들과 거리를 두게 하였다.

위의 다섯 가지 중에서 특히 주목해야 할 것은 첫째와 둘째부분이다. 이는 공자의 인간관 중에서도 이상형을 설명한 것이며 이로 보아 공자의 교육관은 한국에서의 전통적인 선비정신과 그 맥락을 같이한다고 할 것이다.

---

159) 王余光 주편, 한인희, 이동철 옮김, 『중국을 움직인 30권의 책』, 서울: 지영사, 1994, 123~138쪽

3. 儒敎의 君子象과 韓國선비에 관한 比較

앞에서 언급한 부분은 주로 공자를 중심으로 한 유교의 사상을 '仁' 중심으로 보고 그 사상과 실천덕목을 설명하고자 하였다. 여기서는 유교의 이상형으로서 군자상과 한국적 유교에서 바라보아 이상적인 선비상과의 차이점을 비교하여 설명해 보고자 한다. 우선 유교에서 말하는 군자상은 다음과 같다.

1) 유교의 군자상

유교에서 말하는 군자는 오늘날 한국의 선비와 같은 개념으로 받아들여도 무방할 것 같다. 논어에 나오는 군자에 관한 구절을 모두 스물여섯 번이 나오는데 열거하면 다음과 같다.

① 제1편 학이(學而): 남이 나를 알아주지 않아도 노여워하지 않음이 또한 군자가 아니겠는가.
② 제2편 위정(衛政): 자공이 군자에 대하여 물으니 공자께서 먼저 하고자 하는 일을 행한 후에 말을 하는 사람이 군자다. 군자는 한 가지 구실밖에 못하는 기물이나 기계가 아니다.
③ 제2편 위정(衛政): 군자는 편파적인 사람이 아니라 두루 통하는 사람이지만, 소인은 편파적이며 통하지도 않는 사람이다.
④ 제4편 이인(里仁): 군자가 덕을 생각할 때, 소인은 땅을 생각한다. 군자가 형법을 생각할 때, 소인은 은혜 받기를 생각한다.
⑤ 제4편 이인(里仁): 군자는 정의를 밝히어 이해하고, 소인은 이익을 잣대삼아 이해하려 한다.

⑥ 제4편 이인(里仁): 군자는 말은 더디지만, 행동은 민첩하게 하고자 한다.

⑦ 제7편 술이(述而): 군자의 마음은 평온하고 너그럽지만, 소인의 마음은 항상 근심에 차 있다.

⑧ 제8편 태백(泰伯): 군자는 친족에게 후하게 대접하여 백성들 사이에 어진 마음이 일어나게 하며 또한 옛 친구를 버리지 않아 백성들도 각박해지지 않는다.

⑨ 제9편 자장(子張): '군자는 재능이 많아야 됩니까?'라는 물음에 군자는 다능하지 않는 법이라고 대답했다.

⑩ 제12편 안연(顏淵): 사마우가 군자에 대하여 묻자, 군자란 근심도 두려워하지도 않는다고 하였다.

⑪ 제12편 안연(顏淵): 군자는 남의 좋은 점을 권장하여 이루게 하고, 남의 악한 일은 선도하여 못 하게 한다. 그러나 소인은 이와 반대다.

⑫ 제13편 자로(子路): 군자는 남과 화합하되 부화뇌동하지 않지만, 소인은 부화뇌동하되 화합하지 않는다.

⑬ 제13편 자로(子路): 군자는 태연하고 교만하지 않지만, 소인은 교만하며 태연하지 못하다.

⑭ 제14편 헌문(憲問): 군자는 날마다 높은 곳을 향하여 나아가지만, 소인은 날마다 낮은 곳을 향하여 나아간다.

⑮ 제15편 위영공(衛靈公): 군자는 곤궁을 잘 견디지만, 소인은 곤궁해지면 아무렇게나 마구 행동을 한다.

⑯ 제15편 위영공(衛靈公): 군자는 모든 책임의 소재를 자신에서 찾으나, 소인은 남에게서 찾는다.

⑰ 제15편 위영공(衛靈公): 군자는 굳고 바르면서도 자신의 소신을 맹목적으로 고집하지는 않는다.

⑱ 제16편 계씨(季氏): 군자가 경계해야 할 세 가지가 있다. 젊었을 때는 혈기가 안정되어 있지 않으므로 여색을 경계하고, 장년에는 혈기가 왕성하므로 싸움을 경계해야 하며, 노년에는 혈기가 이미 쇠잔하였으므로 욕심을 경계해야 한다.

⑲ 제16편 계씨(季氏): 군자는 두려워할 일이 세 가지 있다. 천명을 두려워하며, 큰 인물을 두려워하며, 성인의 말씀을 두려워해야 한다.

⑳ 제16편 계씨(季氏): 군자에게는 다음의 아홉 가지 점을 생각해야 한다. 볼 때는 분명히 볼 것을 생각하고, 들을 때는 총명하게 들을 것을 생각하며, 용모는 온화하게 보일 것을 생각하고, 태도는 공손할 것을 생각하고, 말은 성

실할 것 생각하고, 일에는 신중할 것을 생각해야 하고, 의심이 가는 것은 질문할 것을 생각하고, 화가 날 때는 어려운 일을 당할 것을 생각하고, 이익을 보면 의로운가를 생각하여야 한다.

㉑ 제17편 양화(陽貨): 군자는 정의를 가장 숭상한다. 만약, 군자가 용기만 있고 정의를 모른다면 난동을 일으킬 것이고, 소인이 용기만 있고 정의를 모를 경우에는 도둑질을 하게 된다.

㉒ 제19편 자장(子張): 자하가 말하길 군자는 세 가지 다른 모습이 있다. 멀리서 바라보면 근엄하고, 가까이 보면 온화하고, 그 말을 들으면 바르고 엄숙해 보인다는 것이다.

㉓ 제19편 자장(子張): 자하가 말하길, 군자는 신의를 얻은 후에 백성들을 부려야 한다고 하였다. 만약, 신뢰를 받기 전에 백성을 부리면 자기들을 괴롭힌다고 생각한다.

㉔ 제19편 자장(子張): 자공이 말하길, 군자는 하류에 있기를 싫어한다고 하였다.

㉕ 제20편 요왈(堯曰): 군자는 은혜를 베풀되 낭비하지 않고, 힘든 일을 시키면서도 원망을 사지 않고, 하고자 하되 탐욕을 내지 않으며, 태연하되 교만하지 않으며, 위엄은 있으나 사납지 않아야 한다.

㉖ 제20편 요왈(堯曰): 군자는 사람이 많든 적든, 지위가 높건 낮건, 교만함이 없이 평등하게 대해야 한다. 백성을 가르치지 않고 죽이는 것을 잔학이라 하고, 미리 경계하지 않고 결과부터 따지는 것을 포악이라 하며, 명령을 소홀히 하고 시일을 재촉하는 것을 괴롭힘이라 하고, 마땅히 나누어 주어야 할 것을 나누어 주기에 인색하게 구는 것을 창고지기와 같다고 한다.

위의 내용을 요약하면 군자란 어진 사람을 의미하며, 부화뇌동하지 않고 화합하여 이상을 향하여 나가는 굳고 바르며 소신 있는 사람을 의미한다고 하겠다. 다음으로 한국의 선비상에 대하여 살펴보자.

2) 한국의 선비상

일반적으로 한국의 선비상은 '是非精神'과 '批判精神'이 투철한 사람을 의미하며, 이러한 선비상은 '義'와 '信'을 중시하는 사람을 의미하기도 하는데 오늘날 요구되는 도덕적인 인간상과 같다고 하겠다. 이러한 맥락에서 '信義精神'은 시공을 넘어 과거와 마찬가지로 현대에 와서도 유효하므로 보편성을 지닌 초시대적 정신이 된다.

선비상을 논하기 위하여는 획일화에서 벗어난 민주주의의 이념부터 논의 되어야 한다. 민주주의이념은 동서양을 막론하고 인류의 공통적 가치이념으로 되어 현대사회의 특징이 되었을 뿐만 아니라 민주주의의 이념은 시공을 초월하여 보편타당성을 갖는 절대적인 가치 또는 진리로 인식하려는 경향을 갖게 되었다.160) 이에 유교를 믿는 한·중·일 세 나라는 19세기 서양의 침략에 굴복하면서 민주와 과학에 눈을 뜨기 시작하였다. 삼국은 어쩔 수 없이 서양의 군사적 우위를 인정하였지만 정신문화적으론 여전히 동양의 우위를 고집하여 '中體西用'을 주장하기도 하였다.

민주주의 사상이 수입되기 전까지 극동 3국에 있어서 개인과 사회와 국가의 본질과 그 관계를 설명하는 이론이 있었다면 그것은 유교의 선비상에서 찾아볼 수 있을 것이다. 유교의 선비상은 인간 심성의 연구에서 출발하여 사회관계의 형식과 성격, 통치와 피통치의 문제 등을 총체적으로 일관성이 있게 설명하고 있으므로 지도계층의 사상적 지주가 되어 전통사상의 여러 흐름 속에서도 주류를 이루어 왔다. 전통사상으로서 유교의 선비상은 개인을 둘러싸고 있는 집단을 보고 집단 속에서의 개인 위치에 따라서 개체의 성격을 규정하고 있다. 그러므로 유교의 선비상은 타인의 관계를 떠난 순수한 독립적 개인이라는 관념은 나타나지 않으며, 개인의 문제는 보편적인 인간론의 차원에서 논의되었을 뿐이다. 이는 사회가 개인

---

160) 김태창, 『비교사상론개관』, 청주: 충북대학교출판부, 1987, 245쪽

보다 선행하는 실체로 인식하고 개인은 사회의 부속존재로 인식되었다. 유교는 특히 자연의 질서를 인륜질서와도 같고 사회질서와도 같은 것으로 인식히고 인성속의 본연의 성도 이와 같이 인식하여 물체와 정신을 분리하지 않았다. 유교문화권 사회에서의 인간관의 특징은 인간을 도덕적인 존재로 인식하고 사회적인 존재에 따르는 실체로 파악하였다.

그러나 민주사상은 유교의 선비상에서 주장하는 바의 공동체 의식 속에 매몰된 자아를 각성시키고, 개인을 중시하는 사상운동을 촉발시켰다. 아울러 민주주의사상은 개인을 인정하고 사회를 허구적인 집단으로 인식하였다. 이와 같이 민주사상이 인간의 이성을 강조하는 데 반하여 전통적인 유교의 선비상은 인간의 도덕성을 강조하였다.

이러한 차이점은 유교국가에 혼란을 초래하여 상호 간에 전혀 다른 극과 극의 만남으로 인식하여왔던 것 같다. 그러나 전체적인 성격을 고찰하여 보면 이 두 가지 사유법은 사회를 분화시키면서도 사회해체를 막고, 현실사회를 응집시키는 기능을 수행하고 있음을 알 수 있다[161] 즉, 서양의 개인주의는 사회해체로 이어지게 되므로 동양의 유교사상을 흡수하여 사회해체적인 동기를 막고 사회통합을 유지시키고자 하는 것이다. 이는 전통유교사상을 초시대적으로 승화(upgrade)하여 보편적인 윤리로 승화시키는 방법으로 삼고자 하는 것과 같은 맥락에서 이해될 수 있다.

이렇게 본다면서 한국의 전통적 선비상은 봉건·신분사회의 권위주의적 차별의식에 기초를 두고 있는 까닭에 그 내재윤리는 다분

---

161) 김태창, 『비교사상론개관』, 청주: 충북대학교출판부, 1987, 251쪽

히 봉건사회의 이데올로기적 성격을 띠고 있으므로 민주주의 평등의 관념에 의하여 변용되고 수정되어야 할 것이다.162)

그러나 이것이 결코 개인을 중시하고 집단을 경시하는 서양의 전통사상으로부터의 전입이라고 생각해서는 안 된다. 왜냐하면, 동양에서의 유가사상이 생성된 이후인 서양의 중세기에는 신앙에 대항하는 개인을 죽이는 일은 개인의 존엄성의 침해가 아니었다. 그리고 개인은 사회의 한 부분이라고 생각하였으며 집단주의적 관점에서 공동선이라는 제단 앞에서 개인은 쉽게 희생될 수가 있었기 때문이다.163)

이러한 맥락에서 한국 선비상의 추구는 전통적으로 조선시대 성균관 유생들의 시위와 항거정신에서 찾아볼 수 있다. 조선시대의 선비들은 淸白吏 정신의 계승과 公僕의식의 함양으로서 정직한 윤리관과 도덕성을 강조하고 있었다. 한 예로서 한국적 선비상의 대표자격인 이이(李珥, 1536~1584)의 주기적인 인간론에서 찾아볼 수 있다.

즉, 이이(李珥)는 '理'를 인정하기보다는 '氣'를 인정하였는데, 그에 따르면 '인간은 학문과 교육을 통하여 이 기질적인 결함을 극복하고 본연의 성질을 회복시켜 인간다운 인간, 즉 완전한 인간인 聖人에 이를 수 있다'고 보았다. 이러한 그의 관점은 오늘과 같은 다가치관 사회에서는 유교적 가치관을 전제로 성립된 이이의 인간관과 도덕상을 그대로 수용하기는 어려울 것이다. 그렇다하더라도 이이(李珥)가 주장하는 기질변화를 통해 궁극적으로 회복해야 하는 본연

---

162) 이지헌·김선구·이정화 편저, 『개인, 공동체, 교육』(1), 서울: 교육과학사, 1996, 94쪽
163) 김태창, 『비교사상론개관』, 청주: 충북대학교출판부, 1987, 253쪽

성이 현대에서도 유효한가 하는 문제를 차치한다면, 다음과 같이 이이(李珥)가 추구하고자 하는 교육의 사표, 즉, 한국적 선비상으로서 현대의 인간교육에 수는 몇 가지 시사점을 찾아볼 수 있다.

> 첫째, 누구나가 다 인격자가 될 수 있다는 낙관적인 인간관이다.
> 둘째, 자기 교육원리이다. 이는 인성교육(도덕교육)은 부모나 교사 등이 주도하여 기성의 도덕관념을 권위적으로 주입하기보다는 각 개개인의 인간적 발달의 이상과 조건을 최대한 고려해야 한다는 원칙을 제시해 준다.
> 셋째, 실천을 위한 학문의 원리이다. 이이(李珥)가 학문을 중시한 것은 단순한 지식의 습득이 아니라 바른 마음가짐을 가지고 그것을 실천으로 옮기기 위한 것이다. 그래서 이이(李珥)는 도덕윤리에 대한 지식의 탐구뿐 아니라 그것을 내면화시켜 일상생활 속에서 실천하는 것을 진정한 앎으로 보아 이러한 원리에 따른 아는 것과 실천하는 것을 병행시키는 교육을 실시하였다.164)

이상과 같은 점은 오늘날 인성교육이 부재한 상황에서 이루어지는 교육에 대해서 중요한 메시지를 전달해 주는 것이다. 즉, 정직한 윤리관과 도덕성을 함양하기 위한 학문이 진정한 학문이며 이것이 바로 서지 않은 학문을 해서는 안 된다는 점이다. 그밖에 이이(李珥)는 '德'과 '信念'을 강조하였는데 이로 보아 한국적 선비상의 추구는 유교정신의 계승과 일맥상통함을 의미하며 현대적 관점에서 유교 선비상은 초시대적으로 누구에게나 적용될 수 있는 보편적인 학설이 이라고 할 수 있다.

---

164) 정세화 외, 『한국교육의 사상적 이해』, 서울: 학지사, 1997, 129~131쪽

4. 결론

현대적 관점에서 보편가치란 이분법적인 인간관과 가치관을 넘어서 개인의 다양성을 존중하는 현대적 의미의 새로운 공동체적 삶의 방식을 추구하는 것을 의미한다. 위에 열거한 사실을 종합하여 볼 때, 유학의 핵심은 군자를 이상형으로 보고 군자와 같이 되는 것이다. 여기서 군자가 곧, 공자인가 하는 데는 의문의 여지가 있지만 신분으로 본다면 적어도 군자는 서민이나 노예의 신분은 아닐 것으로 여겨지며 현대적으로 해석하여 군자는 귀족과 같은 사람으로 보아야 할 것이며 또한 한국에서의 전통적 선비상과 같다. 그러므로 오늘날 선비상은 유학의 군자상과도 맥락을 같이 하며 공통된 이상형으로 보아야 할 것이다. 이 점을 동양에서보다 일찍이 도덕성을 강조한 서양의 과학적 사유방식으로 비추어 볼 때 동·서양을 막론하고 선비상은 아무리 강조해도 지나치지 않을 것이다. 또한 위에서 논의된 바에 따르면 선비상의 내용은 실용주의를 근본으로 하고 인간관계 속에서 공동으로 화합하며 살아가는 가운데 이상적인 삶을 추구하고자 하는 보편성이 내재되어 있다고 보인다. 이러한 관점에서 공동선의 추구를 보편가치라고 한다면 이는 동·서양을 막론하고 공동의 이상적 가치를 가지고 있다고 결론을 내릴 수가 있을 것이다.

【참고문헌】

[1] 余英時,『중국 전통적 가치체계의 현내직 의의』, 전주: 대하출판, 1991

[2] 김충렬,『儒家倫理講義』, 서울: 예문서원, 1995

[3] 高大民族文化硏究所編纂室,『中韓辭典』, 서울: 코리아헤럴드, 1989

[4] 이상호,『中國近代儒學史 (上)』, 서울: 코리아헤럴드, 1989

[5] 정가동,『現代新儒學槪論』, 서울: 예문서원, 1996

[6] 조기빈,『論語新探』, 서울: 예문서원, 1995

[7] 이민수,『공자가어』, 을유문화사, 1980

[8] 이정민 외,『의미구조의 표상과 실현』, 서울: 소화출판사, 2000

[9] 정세화,『韓國 敎育의 思想的 理解』, 서울: 학지사, 1997

[10] 곽노순,『동양신학의 토대와 골격』, 서울: 대한기독교서회, 1997

[11] 김영평·정인화,『유교문화의 두 모습』, 서울, 아연출판부, 2004

[12] H. G. 크릴, 이성규 역,『인간과 신화』, 서울, 지식산업사, 1994

[13] 한국정신문화연구원,『유교문화의 보편성과 특수성』, 서울: 한국정신문화연구원, 1994

[14] Baker, Mark,『A Theory of Grammatical Function』, Chicago Press, 1988

[15] 김충렬,『孔子思想과 21世紀』, 서울: 동아일보사, 1994

[16] 呂叔湘,『現代漢語八百詞』, 香港: 常務印書館, 1980

[17] 김승혜,『원시유교』, 서울: 민음사, 1998

[18] 한국종교연구회,『종교 다시읽기』, 서울: 청년사, 1999

[19] 이세열 해역,『한서예문지』, 서울: 자유문고, 1995

[20] 김태창,『비교사상론개관』, 청주: 충북대학교출판부, 1987

[21] 이병주,『중국의식의 위기』, 서울: 대광문화사, 1997

중국 현대문학에서 신시 시파에
관한 소고

1. 서론

지금까지 중국문학에서 흔히 현대와 당대를 구분할 때 현재를
기점으로 30~40년 전까지를 현대로 보고, 그 이후부터 지금까지를
당대로 보는 것이 일반적일 것이다. 만약 이렇게 본다면 2009년의
현재를 기점으로 1969년 혹은 1979년 이후를 당대로 해야 맞을 것
이다. 그런데 지금까지 나온 중문학 관련 평론들을 보면 『신청년』
잡지의 출판 시기를 신시기 혹은 신시시기로 보고 1930년대부터
1960년대까지를 현대시기로 보고, 1969년 이후를 당대문학이라는
명칭을 사용한 것을 볼 수가 있다. 그것은 출판된 시기를 기점으로
보아서 계산된 것이니 굳이 틀렸다고 할 수는 없을 것이다. 다만
여기서 주목할 것은 근대와 현대의 가교 역할을 한 시기를 특별히
신시기의 신문학이라고 별칭한 점이다. 아울러 여기서 산생되는 신
시의 개념이 30~40년대의 현대시와 혼용되어 신시의 시기를 1960
년대까지로 그 범위를 넓히게 된 것이다. 엄밀히 따져보면 구시와
신시를 구분하여 구시와 대비되는 개념으로서 신시라고 명명한 근

거는 서양문물이 이입된 시기를 기점으로 구분한 것이므로 이로 보아 서양문물이 이입되기 시작한 청말부터 서양문물의 본격적 이입기인 1920년대 전까지를 신시기로 보아야 마땅하지만 본고에서 다루고자 하는 시인 및 시파는 대부분 20년대 전에 태어나서 작품 활동을 하다가 20년대 이후부터 전성기를 맞게 되면서 각기 다른 중요한 특성을 지니게 되는 까닭에 본고에서는 신시의 범위를 1919년부터 1949년까지로 그 범위를 넓혀 보고자 한다.

중국 현대문학을 연구하면서 중요한 것은 그 흐름을 간파하는 것이다. 한 시대가 낳은 걸출한 많은 작가들을 두서없이 이해하기 보다는 그 문예사조를 중심으로 파악을 한다면 작가들과 그 작품을 이해하는 데 정확한 비평을 가하게 될 것은 주지의 사실이다. 본고는 문학사적인 관점을 근거로 하여 각각의 시인군들이 각기 서로 주장하는 이론의 특징을 중시하여 구분하고 그 내용을 분석하고자 한다.

따라서 본고의 목적은 기존의 이론과 다른 관점에서 출발하고자 한다. 첫째로 기존의 근·현·당대의 시대구분법에서 탈피하여 형식상으로 정치사적 사실에 근거하기 보다는 문학사적 관점을 기본으로 하여 시기를 구분하고자 한다. 둘째로 중국현대문학을 보는 관점을 서양문학의 흡수로 인한 전통의 단절이 아니라 동등한 위치로서 전통계승의 관점에서 각 파의 특징을 구분하고자 한다. 셋째로 내용상으로 정치적 이데올로기의 관점보다는 순수한 문학사적인 관점에서 다루고자 한다.

본질적으로 언어의 사용은 인간이 인간임을 전형적으로 특징짓는 가장 중요한 요소로서 적절한 언어의 이해와 사용은 사람이 사람됨을 나타내주는 인지적 특징을 지니게 된다. 이러한 맥락에서 문학가를 흔히 언어의 예술사라고 표현한다. 이들이 표현해 내는 언어를 통하여 죽은 언어가 살아있게 되고 그 언어 속에 내재된 깊고 심오한 뜻을 알게 되면서 작가에 대한 위대한 사상을 흠모하게 된다. 언어 속에 담긴 위대한 사상은 시대와 무관하지 않다. 중국은 문자가 생긴 이래로 시가 있어 왔고 시로부터 출발하여 시가 대세를 이루고 있다고 해도 과언이 아닐 것이다. 당나라 때에는 당시가 유명했고 송나라 때에는 송사가 시를 넘어 섰고, 원대는 희곡, 명대는 소설이 주류를 이루었다고 하지만 시는 그 어느 시대에도 있어 왔으며 중국문학의 원류를 시로부터 찾게 되는 것이 중국문학사의 특징이기도 하다.

이런 점에서 시를 중심으로 한 문예사조의 파악은 본고에서 중요한 의의를 갖게 된다. 신시의 개념을 어디서부터 명명할 것인가에 대하여 여러 가지 견해가 다양하지만 최초의 신시를 호적의 작품에서부터 시작된다고 보는 데는 이견이 없는 것 같다. 따라서 신시의 연구 방법으로서 1919년에 발생한 초기의 신시를 시작으로 1949년의 신시까지에 국한시켜 역사적 변화를 기점으로 시인을 구분하고 시파에 따라 그 특징을 파악하여 보고자 한다. 왜냐하면 중국에서는 1949년 이후의 시 부터는 모택동의 정치적 영향을 받은 독특한 시기이기도 하며 현대시라고는 하지만 당대시의 태두로서 다루어져야 할 것이기 때문이다. 또한 본고에서 이 시기까지 다루게 된다면 더 많은 지면을 할애함이 불가피할 것으로 사료된다. 따라서 1949년부터 1969년까지는 추후에 다루고자 한다. 본고에서는 그동안 여러 가지로 시대구분에 대한 분분한 의견을 정리하고자 하는 시도가 될 것이다. 이로서 1919년부터 1949년까지의 시인군과 시파의 특성을 보다 분명히 가름하여 파악하게 될 것이고 이것이 후학들이 중국 현대문학을 이해히는 데 명료성을 찾게 될 깃을 기대한다.

2. 본론

1) 문학사적 관점에서의 시기구분

어느 나라이든지 문학발전사를 보면 역사적 배경과 무관할 수가 없을 것이다. 중국도 마찬 가지로 신시의 발전사를 역사적 사실과 관련지어 보지 않을 수 없을 것이다. 역사적으로 획기적인 사건에 기대어 보면 보는 이의 관점에 따라 신시 시파의 시기구분을 달리할 수가 있을 것이다.

한 예로 애청(艾靑)은 제1단계로서 1923년까지, 제2단계로서 1930년까지, 제3단계로서 1949년까지로 신시의 시기를 구분하였는데 단순히 분류만 하였지 뚜렷한 구분점을 제시하지 않아 애매한 감이 있다. 이보다는 장극가(臧克家)의 견해에 따라 다음과 같이 분류하는 것이 보다 명료할 것이다.

① 5·4운동 시기(1919~1921)
② 제1차 중국 내 혁명전쟁 시기(1921~1927)

③ 제2차 중국 내 혁명전쟁 시기(1927~1937)
④ 항일전쟁 및 해방전쟁 시기(1937~1949)

위의 구분은 5·4운동, 중국 내의 혁명전쟁, 항일전쟁, 해방전쟁 등의 역사적 전환점을 기본으로 하여 분류한 것으로 보인다. 그렇다 하더라도 위의 분류는 다만 역사적인 사실 전개에 따라 분류한 것으로서 신시의 발전적 내용이 결핍된 감이 있다. 위 구분은 공산주의 경도자들이 중국공산혁명 시기에 초점을 맞추어 구분한 것으로 보여 순수문학사적인 측면이 결여된 것을 찾아볼 수가 있을 것이다. 이 점을 감안하면 이준국(李俊國)의 분류에 의거하여 다음과 같이 분류한 것이 내용상 문학사적인 측면이 가미된 것으로 보여 더욱 생동감이 있어 보인다.

① 신시의 초창기(1918~1925)
② 냉전 및 탐색시기(1925~1933)
③ 현실주의의 시가 번영기(1933~1942)
④ 民歌體의 서사시 부흥기(1942~1949)[165]

위의 분류가 문학사적으로 방향을 제대로 잡았다고는 할 수가 있다. 그럼에도 자세히 살펴보면 아쉬운 점이 있는데 중국 내 항전 문예시기가 결핍되었다는 점이다. 결핍된 시기는 중국 공산당이 주체가 되는 시기이기는 하지만 당시에 중국이 사회주의사조로 변화되어 간 점과 일본침략에 항거하기 위하여 중국인 모두가 하나가 된 점을 감안한다면 문학사적인 관점에서도 사회주의적 특색을 결

---

165) 李俊国, 『新诗历史的演进』, 北京: 北京出版社, 1984, 56쪽

코 홀대할 수 없는 시기가 될 것이다. 따라서 문학사적인 입장에서 본다면 ① 1919년부터 1921년까지를 신시 시기 ② 1921년부터 1937년까시를 신시의 발전시기로 보고 ③ 1937년부터 1949년까지를 항전문예시기로 보아 정리하는 편이 더욱 타당할 것이다.

2) 시인군 및 시파의 구분

위에서의 문학사적인 시기구분에 기대어 20연대와 30연대의 시인군 및 시파를 분류하면 다음과 같은 분류가 가능할 것이다.

(1) 최초의 신시 시기(1919~1921)

5 · 4 啓蒙時期의 白話詩派. 1919년도 발생한 5·4운동 시기를 중심으로 한 시파로서 최초로 신시를 주장한 호적(胡適)을 중심으로 유반농(劉半農), 심윤묵(沈尹默), 유평백(兪平伯), 강백정(康白情), 주작인(周作人) 등이 이에 속한다.

(2) 신시의 발전 시기(1921~1937)

① 初期 浪漫詩派: 創造社
이에는 곽말약(郭沫若), 성방오(成仿吾), 장광자(蔣光慈) 등이 속한다.

② 初期 現實主義詩派: 文學硏究會

초기 낭만시파와 동시대에 양대 산맥을 이루게 되는 시파로서 주자청(朱自淸), 정진택(鄭振澤), 왕통조(王統照) 등이 속한다.

③ 象徵詩派

이금발(李金髮), 목목천(穆木天), 풍내초(馮乃招), 왕독청(王獨淸), 호야빈(胡也頻) 등이 있다.

④ 新月 詩派

문일다(聞一多), 서지마(徐志摩), 변지림(卞之琳), 하기방(何其芳), 이광전(李廣田), 소순미(昭洵美) 등이 있다.

⑤ 現代 詩派

대망서(戴望舒), 로역사(路易士), 화초(和草) 등이 있다.

⑥ 後期 浪漫 詩派

沈鐘社의 풍지(馮至), 봉자(蜂子) 등이 있다.

⑦ 後期 現實主義 詩派: 中國詩歌會

포풍(浦風) 등이 있다.

⑧ 小詩派

빙심(氷心) 등이 있다.

⑨ 湖畔 詩派

애청(艾靑), 전간(田間), 풍설봉(馮雪峰), 왕정지(汪靜之), 응수인(應修人) 등이 있다.

⑩ 七月 詩派

호풍(胡風). 하경지(賀敬之) 등이 있다.

(3) 항전문예 시기(1937~1949): 사회주의 경도자

1924년부터 1927년까지의 제 1차 국내혁명과 1927년부터 1937
년까지의 제2차 국내혁명 전쟁기간을 거치면서 이 시기의 시인들
은 위의 어느 시파에 속하면서도 사회주의 경향을 띠고 있으며 일
본 침략에 대한 항전문예적인 성향을 보여 주면서 강력한 사회참
여를 주장하였다. 이런 점을 제외 한다면 위 시파의 어느 연장선
위에 있다고 볼 수가 있을 것이다. 그러한 까닭에 시파의 분류상
항전문예시기를 따로 두지 않는 점도 이해는 간다. 그렇지만 위의
20연대 성향과 다른 30연대 역사적 배경상 특별한 성향을 갖추고
있다고 사료되어 여기서는 별도의 한 시기로 다루고자 한다.

① 初期: 곽말약(郭沫若), 목목천(穆木天), 정진택(鄭振澤), 왕통조(王統照)
   등이 있다.
② 中期: 장극가(臧克家), 애청(艾靑), 전간(田間) 등이 있다.
③ 末期: 이계(李季), 장지민(張志民), 원장경(阮章競) 등이 있다.

3) 중국 신시의 각 시기별 시파의 특징

앞의 구분에 근거하여 시기적으로 시인군 및 시파의 발전과정에
따른 시기별 시파의 특징을 전개하면 다음과 같다.

(1) 최초의 신시 시기(1919~1921)

이 시기의 특징은 외국시의 유입에 있다. 중국의 신시는 외국시의 번역에서부터 출발하였다고 하여도 과언이 아닐 것이다. 달리 말하면 구체시의 시체에서 해방된 것이 외국시의 형식을 수입하기 시작하면서부터 비롯되었으며 내용도 새로워지기 시작하였다. 그전에 양계초(梁啓超), 황준헌(黃遵憲) 등의 시계 혁명이 실패한 이유는 철저히 중국 정통시사의 구율격을 타파하지 못하였기 때문이라고 여겨진다. 호적을 신시의 선구자로 놓는 이유가 이 때문이다. 호적은 「鴿子」란 시를 통하여 자유로운 생활을 갈구하였으며 심윤묵은 「月夜」에서 독립적 자유의지를 표현하였다. 또한 유반농은 「相隔一層紙」란 시를 통하여 인도주의 정신을 나타내었다. 이들은 모두 개성의 해방과 사상의 해방을 요구하는 5·4 시기에 걸맞게 중국 신시 발전의 전통을 열었다.

(2) 신시의 발전 시기(1921~1937)

① 初期 浪漫詩派

이 시기의 특징은 개성의 해방에 있다. 대표자로서 곽말약은 시집 『女神』을 통하여 호방한 남성의 풍격과 형식면에서 자유체의 형식을 표출하였다. 여기서 그는 반항정신으로 개성의 해방을 요구하면서 군벌을 타도하여 조국의 미래가 거듭나기를 갈망하였다. 이러한 견해의 이면에 마르크스주의와 사회주의의 요인이 내재되어 있었다. 그는 민주주의 시인이라고 불리는 휘트만의 영향을 받아 낭만주의 전통을 계승하였다. 또한 그는 시의 본질은 오로지 서정

적인 데 있다고 주장하였다.[166]

② 初期 現實主義詩派

낭만주의와는 달리 현실주의는 인생을 현실적으로 묘사하였다. 이들이 출판한 시집 『雪潮』는 자연스럽고 소박한 시풍을 자아내었다. 이 시집을 통하여 사실주의를 제창하면서 인생을 위한 문학을 강조하였다. 이들은 평소 창작 중에서 평범한 일상생활을 제재로 삼아 서정보다는 묘사에 뛰어나고 형상을 빌려 그 내재적인 본질을 투시하여 사람들을 깨우쳤다.

③ 象徵詩派

이 시파의 특징은 서구의 상징주의 이론을 흡수하여 신비감을 나타내었다. 작가 이금발은 프랑스 보들레르, 베르네르의 시집을 즐겨 읽으며 상징주의의 이론을 받아들여 서구화된 언어를 사용하면서 신비감과 비애감을 느끼는 아름다움을 표현하였다. 독일에서 『微雨』, 『食客與凶年』, 『爲幸福而歌』 등 3편의 시집을 출간하였다. 그의 결점은 지나치게 서구화된 구법을 사용한 점이다. 그러나 대망서 등의 현대파에 영향을 주었다.

④ 新月 詩派

이 시파의 특징은 전통적인 율격을 중시하여 서구화와의 조화를 도모하였다는 점이다. 신시의 격률화를 제창하면서 19세기 영국 낭만주의의 영양분을 섭취하였다. 특히 작가 문일다는 『女神之地方色彩』에서 곽말약이 주장하였듯이 시는 다만 자연발로일 뿐이라는

---

166) 郭沫若, 論詩三札, 『沫若全集』, 北京, 1987, 53쪽. "詩的本質專在抒情"

데 반박하면서 '시는 만들어지는 것이 아니라 써내는 것'167)이라고 주장하였다. 이들은 절제한 이성적 감정을 가진 미학의 원칙하에 시의 율격의 형식화를 주장하면서 감성주의를 부정하고 가식적인 낭만주의의 혼란스러움을 배격하였다.168)

⑤ 現代 詩派

이 시파의 특징은 신월파와는 달리 모든 격식을 떠나서 현대생활 중에서 느낀 정서와 현대의 사조로서 시형의 배열을 주장하였다.169) 1932년에 상해에서 성립된 이 파는 프랑스 상징파와 미국 20세기 의상파의 영향을 받았다. 이들은 난해하고 몽롱한 시의를 지니면서 적지 않게 중국 고전시가의 意境과 언어의 자양분을 흡수하였다. 이들은 허무한 절망의 색채를 포함하였지만 초기 낭만주의 시파의 좌익혁명문학에 대응하는 자산계급문학으로 분류되었다. 또한 중국 상징파의 영향을 받아 중국 신시의 순수화를 위한 계몽과 기틀을 잡았다.170)

⑥ 後期 浪漫 詩派

이 시파의 특징은 초기 낭만주의의 개성화를 받아들이면서 중국 전통과 맥락을 이었다는 점이다. 작가 풍지는 내면의 밀도와 기교의 순박함을 지녀 중국의 걸출한 서정시인으로 불리었다. 그는 독일 민요곡 중에서 영양분을 섭취하고 중국의 민간 전통 및 고대 신

---

167) 聞一多, 女神之地方色彩, 『聞一多全集』, 北京, 1988, 153쪽, "詩不是做出來的, 寫出來的"
168) 古遠淸, 『中國當代詩論50家』, 重慶: 重慶出版社, 1993, 227쪽
169) 류성준, 『중국 현대시의 이해』, 서울: 한국외국어대학교 출판부, 1997, 72쪽
170) 한무희, 「중국신시의 형성배경과 그 특징」, 『동양학』 제25집, 서울: 단국대학교동양학연구소, 1995.10, 62쪽

화를 내용으로 선별하여 중세기 낭만주의적인 風味를 자아내었다. 내용상으로 봉건제도하의 혼인제도에 대한 愛憎을 표현하였다.

⑦ 後期 現實主義 詩派

이 시파의 특징은 초기 현실주의를 받아들이면서 민중 속으로 들어가 그들의 삶을 묘사하였다는 점이다. 1932년 설립한 中國詩 歌會는 민중시가를 낭독할 것을 제창하였는데 특히 작가 포풍은 현실주의 작풍을 표현하였다. 시의 대부분이 농촌의 생활과 농민투 쟁을 취재하여 작풍이 강건하고 질박하였다. 이들은 신월파에 근접 하였으나 시의 내용과 경향은 현실을 포장하거나 도피하지 않았다.

⑧ 小詩派

이 시파의 특징은 형식적으로 시가 짧다는 점이며 불교적인 사 상이 내재되어 있는 점을 들 수가 있다. 일본의 俳句短歌와 인도 타고르의 「飛鳥」의 영향으로 소시가 출현하였다. 작가 빙심은 「繁 星」에서 자연미와 모성애의 정서를 표현하였다. 이들은 즉흥적으로 短詩를 지었으며 일반적으로 3, 5행을 1首가 되도록 하여 작가의 순간적인 감각과 아울러 독자들에게 연상 작용을 일으키게 하는 아름다움을 담았다. 이러한 소기에는 불교의 범신론에 입각한 심오 한 철학적 이치가 내재되었다.

⑨ 湖畔 詩派

이 시파의 특징은 당시 전쟁의 내용을 담은 특징을 지니고 있다. 1922년에 결성한 湖畔시인들은 잡지 『湖畔』, 『彗的風』, 『寂寞的國』 을 출판하여 감미로운 생활과 꿈을 추구하였다. 1937년 7월, 항일

전쟁이 발생한 후로 신시는 낭송시를 제창하면서 아울러 가두시, 풍자시 운동을 전개하였다. 따라서 작품 내용도 전투성과 대중성으로 띠고 있었으며 낙관주의 정신을 추구하여 대중들을 고무시킨 일면도 있었다. 작가 애청은 혁명의 열정을 가지고 광명을 향한 진리를 추구하였다. 또한 전간은 短行의 형식을 사용하면서 애국의 열정과 혁명 인물의 형상을 그려 시대의 기수가 되었다.

⑩ 七月 詩派

이 시파는 1937년 9월 11일에 호풍이 상해에서 『7월』이란 주간 문예지를 창간하였는데 전쟁으로 인하여 3기 만에 정간되었다가, 1937년 10월 16일에 무한에서 반월간으로 복간하였다. 이때가 낭송시 운동이 시작된 때이기도 하다. 이들은 사실주의 창작기법으로 전쟁이라는 격동기에 겪은 하층계급들의 애환을 사실적 묘사하여 특색 있는 경지를 개척하였다.   이들은 정치적으로는 사회주의를 표방하였고 문학적으로 사실주의를 표방하면서 선명한 색깔을 드러내었다. 따라서 이들은 국민정부의 박해를 받았을 뿐만 아니라 공산주의 경도자들의 문예 정책에도 비판적 태도를 견지하면서 스스로 마르크스문예이론의 정통파로 자처하였다.171)

(3) 항전문예 시기(1937~1949)

1937년 7월 7일 항일 전쟁이 발발한 이후로부터는 1924년부터 1927년까지의 제1차 국내혁명과 1927년부터 1937년까지의 제2차

---

171) 김시준, 『중국현대문학사』, 서울: 지식산업사, 1992.9, 381~382쪽

국내혁명 전쟁기간을 거치는 동안의 내부 분열을 잠시 종식시키고 오직 항일만을 위하여 대동단결하는 모습을 보이기 시작하였다. 특히. 1942년 5월 23일에 모택동(毛澤東)은 연안문예좌담회의 석상에서 한 연설 가운데 민중과 함께 문화유산을 흡수하고 중국 내 새로운 민족형식을 창조할 것을 주장하면서 중국의 문예계에 신선한 충격을 주었다. 뿐만 아니라 모택동은 그의 뜻을 신선하면서도 활발한 분위기를 이끌어 전개시켰기 때문에 민중 속으로 다가설 수가 있었던 것이다.

① 初期

작가 곽말약(郭沫若)을 중심으로 이들은 농민, 노동자들을 주제로 민중 속으로 참여하는 글을 핵심 주제가 되어갔다.

② 中期

작가 遠水泊, 張克家는 정치풍자시를 통하여 민중에게 강압 통치에 대항하는 분노감을 표출하도록 하였고 정치시로서의 분위기를 자아내었다.

③ 末期

작가 이계는 敍事 장편시 「王貴與李香香」을 통하여 민가의 형식으로서 농민의 애정이야기를 역사전개식으로 창작하였다. 민간 형식으로 구어체를 사용하여 노동자의 생활을 풍부하게 그렸다.

1949년 중화인민공화국이 성립된 이후로 중국의 신시는 사회주의에 경도된 경향을 띠면서 인민생활 위주의 내용을 소개하였고 이를 통하여 시가의 형식적 문제를 민족의 전통과 어떻게 조화롭게 계승시켜 나갈 것인가에 대하여 문제의식을 가지게 되었다.

3. 결론

이상으로 중국 신시기의 신시에 대한 시대구분과 그에 따른 여러 문학회를 성격상의 차이에 따라서 분류하여 보았다. 아울러 분류에 따라 각 계파 간의 특징도 정리하여 보았다. 물론 이러한 시대분류법은 필자의 주관적인 견해가 될 수도 있겠다. 그러나 그동안 여러 사람들이 분류한 기준이 각기 달라 혼란을 초래한 것을 고려한다면 필자의 분류법이 더욱 이해하기가 쉬울 것으로 사료된다.

앞에서 보듯이 중국의 문학계열은 1921년부터 1937년 사이에 10개 파가 춘추전국 시대를 이루면서 발전한 것을 볼 수가 있을 것이다. 이 시대는 외국의 여러 사조가 들어오는 과정에 따라서 그 특성을 달리 한 것이다. 이렇게 본다면 중국신문학사는 외래사조의 영향을 받아 전통사조와 만나면서 여러 가지 모양새를 나타낸 것으로 보여진다.

그러나 1937년 이후에 일본으로부터의 침략과 내부적으로 공산주의 경도자들이 대세를 이루면서 각 계파는 차츰 정리되어 갔다. 다시 말하면 중국사회주의 대표자인 1942년 모택동의 연안문예강화를 기점으로 중국은 급속도로 대중 앞으로 다가가 대중을 대변하는 각종의 문예논담을 쏟아내기 시작하였다고 본다.

그 후 1949년부터 1966년 문화혁명 시작 전까지 모택동의 시대를 맞이하면서 중국의 문예정책에 따라서 모든 문예방향을 '농민과 노동자를 위한 인생관과 방법론'에 맞추도록 제시되면서 정치노선에 문학과 예술이 구속당하는 시사조의 성격을 띠게 된다. 모택동의 시대는 이때부터 전기와 후기의 시사조로 나뉘게 되는데 이 분야는 후에 연구해야 할 과제로 남긴다.

【참고문헌】

[1] 오중걸,『중국현대문예사조사』, 서울: 신아사, 2001

[2] 김시준,『중국현대문학사』, 서울: 지식산업사, 1992

[3] 박원호,『중국근현대사』, 서울: 지식산업사, 1992

[4] 민두기『중국근대사론Ⅰ, Ⅱ』, 서울: 지식산업사, 1989

[5] 류성준,『중국 현대시의 이해』, 서울: 한국외국어대학교 출판부, 1997

[6] 최봉원,『중국현대문학사』, 서울: 성균관대학교출판부, 1997

[7] 오영진,「근대일본계몽주의시소고」,『심상』, 제12권 5호, 서울: 심
    상사, 1984

[8] 하정옥,『중국어문학』, 제2집, 대구: 영남중국어문학회, 1993

[9] 하정옥,『현대중국시선』, 서울, 민음사, 1975

[10] 한무희,「중국신시의 형성배경과 그 특징」,『동양학』, 제25집, 서
     울: 단국대학교동양학연구소, 1995

[11] 陳京生,『中國現代詩硏究(第4期)』, 北京: 作家出版社, 1986

[12] 胡風,『胡風論詩』, 光州: 和成出版社, 1989

[13] 余光中,『靑靑邊隨』, 臺北: 純文學出版社, 1978

[14] 黃自平,『文學評論』, 第25集, 北京: 中國社會科學出版社, 1985

[15] 孫玉石,『中國初期象徵詩派詩歌硏究』, 北京: 北京大學出版社,
     1983

[16] 李俊國,『中國現代文學硏究』, 第1集, 北京: 北京出版社, 1984

[17] 古遠淸,『中國當代詩論50家』, 重慶: 重慶出版社, 1986

[18] 聞一多,『聞一多全集(女神之地方色彩)』, 北京: 北京出版社, 1988

[19] 艾靑,『中國新詩60年』, 北京: 文化藝術出版社, 1990

[20] 鄭凱嬅,『現代文學辭典』, 陝西: 華岳盆藝出版社, 1980

[21] 艾靑,『詩論』, 北京: 人民文學出版社, 1980

[22] 朱自淸,『新詩雜話』, 香港: 港靑出版社, 1978

[23] 陳箕永,『三十年代作家期』, 台北: 成文出版社, 1980

[24] 毛澤東,『毛澤東書信選集』, 重慶: 重慶出版社, 1986

[25] 蔡謝成,『略談戴望舒傳記詩』, 北京: 時間社, 1958

[26] 白昭範, 『現代臺灣文學史』, 沈陽: 遼寧大學出版史, 1987

[27] 陳小晶, 『臺灣新文學運動簡史』, 臺北: 延京出版事業公司, 1981

[28] 朱立波, 『三十年代文學詩論集』, 上海: 文藝出版社, 1984

[29] 胡適, 『中國新文學大系(建設理論集)』, 北京: 良友圖書出版社, 1935

[30] 林明德, 『中國新詩賞析』, 臺北: 長安出版社, 1989

[31] 王立鵬, 『王統照之文學道路』, 上海: 學林出版社, 1988

[32] 郭沫若, 『沫若全集(論詩三札)』, 北京: 北京出版社, 1987

[33] 古遠淸, 『中國當代詩論50家』, 重慶: 重慶出版社, 1993

중국 현대문학에서 호적의 시론에 관한 소고

1. 서론

본고는 중국 신시(新詩)의 선구자라고 할 수 있는 후스(Hu shi, 胡適)의 시론을 바탕으로 그 특징을 살펴보고자 한다. 신시의 개념을 어디서부터 명명할 것인가에 대하여 여러 가지 견해가 다양하지만 최초의 신시를 후스의 작품에서부터 시작된다고 보는 데는 이견이 없는 것 같다. 따라서 신시를 연구하기 위하여서는 1919년에 발생한 초기의 신시를 시작으로 1949년의 신시까지 각 시인 군(群)들의 시론의 변화를 기점으로 시인을 구분하고 시파에 따라 그 특징을 파악해 보아야 한다.

이에 따라 후스의 시론을 연구하는 방법으로서는 후스의 시론을 다른 시인들의 시론들과 연관시켜 그 차이점들을 비교해 보고 거기서 차이점을 추출해 보고자 한다. 먼저 후스는 문어체를 탈피하여 백화체로서 시체를 해방시키고자 하였는데 여기서 사용한 시어는 현대적인 중국시로 가는 주요한 단초를 제공하게 된다. 왜냐하면 중국시에 있어 시어는 시의 풍격을 특징짓는 가장 중요한 요소로서 사용되기 때문이다. 적절한 시어의 이해와 사용은 시어 속에 내재된 깊고 심오한 뜻을 알게 되면서 작가에 대한 위대한 사상을 흠모하게 된다. 시어 속에 담긴 위대한 사상은 시대와 무관하지 않다. 중국은 문자가 생긴 이래로 시가 있어 왔는데 특히, 후스의 신시를 중심으로 한 문예사조의 파악은 본고에서 중요한 의의를 갖게 된다.

후스는 일반적으로 백화문의 창시자로서만 인식되어 그의 시론은 그다지 중요시 되지 않고 있었던 것 같다. 왜냐하면 당시의 조류로 보아도 낭만주의, 현실주의, 상징주의 등의 주의에 따른 서양 문예사조의 유입을 통하여 여러 사조가 난립하는 춘추전국시대를 맞이하였기 때문에 다양한 이론들에 묻혀 후스의 시론은 눈에 띄지 않았을 것이다. 그러나 돌이켜 보면 후스의 시론은 청대 말기 복고주의에서 현대기를 맞이하는 분수령을 마련하는 계기를 마련하게 되어 중요한 의미를 지니게 되었다. 따라서 그 차이의 원류가 무엇인가를 파악하는 일이 무엇보다도 중시되어야 한다.

그러므로 본고에서는 후스 시론의 핵심적인 이론을 중심으로 다른 작가들과의 차이를 살펴보면서 신시 이론의 기본적인 원리를 파악하고자 한다.

2. 본론

후스의 시론에 관한 특징을 요약하면 시체(詩體)의 해방, 창작 방법의 현실주의, 독창성, 명료성 등의 네 가지로 요약될 수가 있을 것이다. 이에 대하여 다음과 같이 논의해 보고자 한다.

1) 시체의 해방

후스가 머물다간 시대를 살펴보면 문학사적으로 다음과 같이 구분할 수 있다.

① 최초의 신시 시기(1919~1921)
② 신시의 발전 시기(1921~1937)
③ 항전문예 시기(1937~1949)
④ 당대시(當代詩)의 시기(1949년 이후)

위의 시기 중에서 가항에 해당하는 최초의 신시 시기는 5·4 계몽시기의 백화시파가 속한 시기이며 이 파는 1919년에 발생한 5·4 운동 시기를 중심으로 한 시파로서 최초로 신시를 주장한 후스를 중심으로 류반눙(Liu bannong, 劉半農), 선이모(Shen yimo, 沈尹默), 유이핑보(Yu pingbo, 兪平伯), 캉바이칭(Kang baiqing, 康白情), 조우주오런(Zhou zuoren, 周作人) 등이 이에 속한다.

여기서 백화시파란 중국에서 전통적으로 사용하는 사대부식 문어체의 문장에서 탈피하여 구어체의 문장을 사용하는 것을 의미한다. 백화시파에서는 이러한 시체를 '후스지체(胡適之體)'라고 하여 후스가 주장하였음을 스스로 인정하였다.

일찍이 구체시의 율격에서 탈피하여 시계혁명(詩界革命)을 주장한 이로는 황준시앤(Huang zunxian, 黃尊憲), 탄스퉁(Tan sitong, 譚嗣同) 등이 있었지만 후스가 주장한 내용을 보면 황준시앤 등 보다 더욱 진일보하여 서양으로부터 영향을 받은 진화론의 관점으로 해석하여 시체의 해방이 필연적임을 주장하였다.

일체 시의 형식을 파괴해 버리고 나면 남는 것은 그 내용인데, 바로 그 내용을 중시하자는 것이 시 형식 파괴의 이유가 되는 것이며 내용상으로는 내재적인 운율이 남게 된다는 것이다.

이는 지금까지 형식상으로 평상거입(平上去入), 고하억양(高下抑揚), 강약장단(强弱長短), 궁상치우(宮商徵羽), 쌍성첩운(雙聲疊韻) 등을 따져서 작시(作詩)를 하였는데 이를 버리고 구어체로 생각나는 대로 글을 짓되 내용상으로는 규칙이 있어야 한다는 것을 의미한다. 그리고 그 규칙은 객관적으로 모두가 동일한 것이 아니라 개인적인 특성을 지니면 되는 것을 말한다.

이는 또한 음절의 규격화를 탈피하여 자연스러운 음절을 추구하는 것이다. 즉, 후스는 시의 음절은 어기에 있어서 자연스러우면 되는 것이지 운각이라든가 평측(平仄)은 중요하지 않다는 것이다. 왜냐하면 신시의 성조는 어기의 자연스러움이 같은 뼈대 속에 녹아 있기 때문이라는 것이다.[172] 즉, 중국의 시가 시각적인 문언에서 벗어나 언문일치의 음성 중심으로의 변화를 의미하기도 하다.

다시 말하면 전통적으로 시를 짓기 위하여서는 누구나 똑같이 글자 수를 맞추는 데 고심을 하였는 데 반하여 이제는 글자 수와는 무관하게 다양한 형식으로서의 구성을 의미하게 된 것이다.

그렇다고 한자가 표의적인 면만을 지니고 있다는 것은 아니다. 물론 한자 중에도 상형자(象形字), 지사자(指事字), 회의자(會意字)는 표의문자라고 할 수 있다. 그러나 형성자(形聲字) 같은 것은 표음문자이다. 그리고 반차(假借) 현상은 표음적 현상이다. 또한 한자의 3요소는 형(形), 음(音), 의(義)로서 한자는 뜻으로 읽지 않고 음

---

172) 胡適, 談新詩, 『胡適文存』, 제1집, 129쪽

으로 읽는다. 따라서 한자는 표의적일 뿐만 아니라 표음적이기도 하다.173) 그러므로 후스는 그동안 소홀히 하던 한자의 표음적인 면을 강조하였던 것이다.

이렇게 본다면 후스가 주장하는 신시는 표의적인 면뿐만 아니라 표음적인 면까지 복합적인 내용까지를 담게 되어 더욱 복잡해진 것도 사실이다.174) 이 점은 후스가 주장하듯 자유롭게 쓰는 '자유체의 시'와는 또 다른 구속을 낳게 된 것이다. 즉, 자유롭게 쓰되 그 안에는 분명히 뭔가 내재율이 존재해야 됨을 의미한다. 그렇다면 후스의 주장대로 진화론의 이론에 입각하여 구속을 탈피하면서 자유스러워졌지만 스스로의 법칙에 따른 자율성으로 인하여 미래를 향한 또 다른 구속이 되어 버리게 된 것이다.

이러한 점은 원이두오(Wen yiduo, 聞一多)의 시론 가운데 나타나게 된다. 원이두오는 1926년 5월 13일『시전(詩鐫)』이란 시집을 통하여「시적격률(詩的格律)」이란 글을 발표하였는데 여기서 그는 신시에 있어서 지켜야 할 '삼미이론(三美理論)'으로서 음악미, 회화미, 건축미를 주장하였다. 원이두오가 작시한 내용을 보면 한국의 신시가와 같은 7·5조나 혹은 3·4조와 같은 정형시에 해당된다고 보인다. 이는 후스가 주장하는 시체의 해방이 마치 시의 산문화로 잘못 해석되는 오류를 바로잡아 신시에 있어서 나아가야 할 새로운 격식과 음률의 창조적인 시험을 통하여 완전한 풍격을 건립하게 됨을 의미한다.175) 예로 들어 구체시와 신체시의 형식을 도표화

---

173) 全炯俊,「신문학운동 시기의 언문일치론에 대한 검토」,『중국어문학』, VOL.4, 29~50쪽, 중국어문학회, 1997

174) 周質平,『讀胡適的嘗詩集』, 胡適與魯迅, 臺北: 時報文化公司, 1988, 104쪽

175) 정수국, 윤은정 역,『중국현대문학개론』, 서울: 신아사, 1998, 182쪽

하면 다음과 같다.

후스 이전의 구체시	후스 이후의 신체시
	○○○○
○○○○○ ○○○○○ ○○○○○ ○○○○○	○○○○○○○ ○○○○○○○ ○○○○○○○
	○○○○
위의 글자 수의 반복	위의 글자 수의 반복

앞에서 보아 알 수 있듯이 시체는 해방되었지만 또다시 정형화 되지 않은, 다른 형태의 시체를 낳게 되었으므로 후스의 시는 엄격 히 말하면 정형화된 형식의 해방을 의미하며 곧 정형화의 탈피라 고 하는 것이 더욱 타당하다.

2) 창작방법으로서의 현실주의

중국에서 최초의 신시 시기(1919~1921)의 특징은 외국시의 유입 에 있으며 중국의 신시는 외국시의 번역에서부터 출발하였다고 할 수 있다. 달리 말하면 구체시의 시체에서 해방된 것이 외국시의 형 식을 수입하기 시작하면서부터 비롯되었으며 내용도 새로워지기 시작하였다. 그전에 량치차오(Liang qichao, 梁啓超), 황준시앤 (Huang zunxian, 黃遵憲) 등의 시계 혁명이 실패한 이유는 철저히 중국 정통시사(詩史)의 구율격을 타파하지 못하였기 때문이라고 여겨진다. 후스는 「비둘기(Gezi, 鴿子)」란 시를 통하여 자유로운 생활을 갈구하였으며 선이모는 「달밤(Yue ye, 月夜)」에서 독립적 자유의지를 표현하였다. 또한 류반농(Liu bannong, 劉半農)은 「종이 한 장을 사이에 두고(Xiang ge yi cheng zhi, 相隔一層紙)」란 시를 통하여 인도주의 정신을 나타내었다. 이들은 모두 개성의 해방과 사상의 해방을 요구하는 5·4 시기에 걸맞게 중국 신시 발전의 전통을 열었다.

신시의 발전 시기(1921~1937)에 중국 시단은 다양한 시파를 낳게 되었는데 크게 두 가지로 대별하면 낭만주의와 현실주의로 나눌 수가 있을 것이다.

초기의 낭만주의 시파의 특징은 개성의 해방에 있었다. 궈모뤄(Guo moruo, 郭沫若)는 시집 『여신(女神)』을 통하여 호방한 남성의 풍격과 형식면에서 자유체의 형식을 표출하였으며 개성의 해방을 요구하였다. 그는 민주주의 시인이라고 불리는 휘트먼의 영향을 받아 낭만주의 전통을 계승하였으며 시의 본질은 오로지 서정적인데 있다고 주장하였다.176)

후기 낭만주의 시파의 특징은 초기 낭만주의의 개성화를 받아들이면서 중국 전통과 맥락을 이었다. 작가 횡즈(Feng zhi, 馮至)는 내면의 밀도와 기교의 순박함을 지녀 중국의 걸출한 서정 시인으로 불렸는데 독일 민요곡 중에서 영양분을 섭취하고 중국의 민간 전통 및 고대 신화를 내용으로 선별하여 중세기 낭만주의적인 풍미를 자아내었다. 내용상으로 봉건제도하의 혼인제도에 대한 애증을 표현하였다.

이에 반하여 초기 현실주의 시파의 특징은 인생을 현실적으로

---

176) 郭沫若, 論詩三劄, 『沫若全集』, 北京, 1987, 53쪽. "詩的本質專在抒情"

묘사하였다. 이들이 출판한 시집 『설조(雪潮)』는 자연스럽고 소박한 시풍을 자아내었다. 이 시집을 통하여 사실주의를 제창하면서 인생을 위한 문학을 강조하였다. 이들은 평소 창작 중에서 평범한 일상생활을 제재로 삼아 서정보다는 묘사에 뛰어나고 형상을 빌려 그 내재적인 본질을 투시하여 사람들을 깨우쳤다.

후기 현실주의 시파의 특징은 초기현실주의를 받아들이면서 민중 속으로 들어가 그들의 삶을 묘사하였다. 1932년 설립한 중국시가회(中國詩歌會)는 민중시가를 낭독할 것을 제창하였는데 작가 푸훵(Pu feng, 浦風)은 현실주의 작풍을 표현하였다. 시의 대부분이 농촌의 생활과 농민투쟁을 취재하여 작풍이 강건하고 질박하였다. 이들은 신월파(新月派)에 근접하였으나 시의 내용과 경향은 현실을 포장하거나 도피하지 않았다.

당시에 후스가 몸담은 신월 시파의 특징은 전통적인 율격을 중시하여 서구화와의 조화를 도모하였다. 신시의 격률화를 제창하면서 19세기 영국 낭만주의의 영양분을 섭취하였다. 특히 작가 원이두오는 『여신지지방색체(女神之地方色彩)』에서 궈모뤄가 주장한 '시는 다만 자연의 발로일 뿐'이라는 데 반박하면서 '시는 만들어지는 것이 아니라 써내는 것'[177]이라고 주장하였다. 이들은 절제한 이성적 감정을 가진 미학의 원칙하에 시의 율격의 형식화를 주장하면서 감성주의를 부정하고 가식적인 낭만주의의 혼란스러움을 배격하였다.[178]

---

177) 聞一多, 女神之地方色彩, 『聞一多全集』, 北京, 1988, 153쪽. "詩不是做出来的, 寫出来的"

178) 古遠清, 『中國當代詩論50家』, 重慶, 重慶出版社, 1993, 227쪽

이와 대조적으로 현대 시파는 신월파와는 달리 모든 격식을 떠나서 현대생활 중에서 느낀 정서와 현대의 사조로서 시형의 배열을 주장하였다.[179] 1932년에 상해에서 성립된 이 파는 프랑스 상징파와 미국 20세기 의상파의 영향을 받았다. 이들은 난해하고 몽롱한 시의를 지니면서 적지 않게 중국 고전시가의 의경(意境)과 언어의 자양분을 흡수하였다. 이들은 허무한 절망의 색채를 포함하였지만 초기 낭만주의 시파의 좌익혁명문학에 대응하는 자산계급문학으로 분류되었다. 또한 중국 상징파의 영향을 받아 중국 신시의 순수화를 위한 계몽과 기틀을 잡았다.[180]

참고로 상징 시파의 특징은 서구의 상징주의 이론을 흡수하여 신비감을 나타내었으며 대표 작가 리진화(Li jinfa, 李金髮)는 프랑스 보들레르, 베르네르의 시집을 즐겨 읽으며 상징주의의 이론을 받아들여 서구화된 언어를 사용하면서 신비감과 비애감을 느끼는 아름다움을 표현하였다. 그의 결점은 지나치게 서구화된 구법을 사용한 데 있지만 따이왕수(Dai wangshu, 戴望舒) 등의 현대파에 영향을 준 것은 사실이다.

위에서 중국 시파의 흐름을 간파하여 볼 때에 당시는 현실주의와 낭만주의가 혼재하던 시기로서 후스를 현실주의 시파 혹은 낭만주의 시파로 한마디로 단언하기는 어렵다. 왜냐하면 신월시파에 몸담고 있었지만 신월파와는 대조적인 현대 시파와 같이 미국 의상파의 영향도 받았고, 19세기 영국 낭만주의의 영향도 받았기 때문

---

179) 류성준, 『중국 현대시의 이해』, 서울: 한국외국어대학교 출판부, 1997, 72쪽
180) 한무희, 「중국 신시의 형성배경과 그 특징」, 『동양학』, 제25집, 서울: 단국대동양학연구소, 1995.10, 62쪽

이다. 따라서 이러한 분류는 전반적인 중국 시파의 흐름을 간면하게 설명하기에는 적합하나 어느 한 작가를 어느 한편으로만 규정하기에는 당시의 혼탁한 세계 조류에 비추어 어려움이 크다고 할 것이다. 또한 후스는 사회 현실과 밀접한 대중화 된 시체를 요구함으로써 현실주의자라고 규정할 수 있겠지만 그는 서구의 낭만주의 영향을 받은 점도 있어서 현실주의라고만 규정하기에는 약간 미흡하다. 다만 창작방법에 있어서 빈민사회, 남녀 공인, 인력거꾼, 농민 등 고통을 받는 계층의 모습들을 묘사하면서 사회의 현실을 폭로하고자 한 점 등으로 보아 현실주의를 제창하였다고 할 수 있다.

3) 독창성

후스는 1917년 1월호의 『신청년(新靑年)』(제2권, 제5호)에 「문학개량추의(文學改良芻議)」라는 제목으로 발표한 글 속에서 다음과 같이 발표하였다.

　一 曰　須言之有物
　二 曰　不模倣古人
　三 曰　須講究文法
　四 曰　不作無病之呻吟
　五 曰　務去爛調套語
　六 曰　不用典
　七 曰　不講對仗
　八 曰　不避俗字俗語"
(첫째, 반드시 내용이 있는 글을 써야 한다.
둘째, 옛 사람을 모방하지 않는다.

셋째, 문법을 강구하여야 한다.
넷째, 병 없이 신음하지 않는다.
다섯째, 진부한 상투어를 힘써 버려야 한다.
여섯째, 전고를 쓰지 않는다.
일곱째, 대귀를 따지지 않는다.
여덟째, 속자속어를 피하지 않는다.)

앞의 글을 보면 후스는 문체보다는 내용을 중시하였던 것을 알 수 있다. 특히 두 번째의 타인을 모방하는 것을 반대한 것으로서 그는 독창성을 중시하였음을 알 수가 있다. 독창성은 첫 번째에서 언급하는 대로 말에는 내용이 있어야 한다는 것이며 작품 속에는 독자들의 감정을 움직이는 힘과 기본적인 사상이 바탕에 깔려 있어야 하는 것이다. 이러한 맥락에서 형식상으로 다섯 번째와 같이 진부한 상투어를 피하면서 독창적인 용어 사용을 주장하였다.

그런데 이러한 내용은 후스 한 사람만의 주장은 아니었던 것 같다. 미국, 일본, 한국에서도 이러한 신체시론이 있었다. 따라서 후스가 주장한 독창성에 관한 이론보다는 중국 현대시단에서 혁신적인 독창성을 강조한 사람이라는 데 커다란 의의가 있다고 할 것이다.

중국 상고시대 『상서(尚書)』「요전(堯典)」편에 나타나듯이 시의 본질은 '시언지(詩言志), 가영언(歌永言), 성의영(聲依永), 율화성(律和聲)'이었다. 여기서 '지(志)'는 암축된 사상을 의미한 것이다. 공자는 '흥(興), 관(觀), 군(群), 원(怨)' 설을 주장하였는데 여기서 '흥(興)'이란 감정을 표현하는 것을 말하며, '관(觀)'은 사회풍속과 정치적 득실을 말하며, '군(群)'은 독자들과 감정이 소통됨을 의미한다. 그리고 '怨'은 집정자에 대한 원망을 표출하는 것을 말한다.

이 네 가지 모두가 현재까지 그대로 전해오면서 시의 미감, 인식과 교육적인 작용을 하여 온 것은 사실이다. 다만 공자의 시대에는 시작(詩作)의 목적이 주군(主君)을 위하여만 사용된 것을 감안할 때 루쉰(Lu xun, 魯迅)과 같은 중국의 문호들이 예교의 속박을 반대한 것은 당연하다고 하겠다. 이들은 시의 주인이 과거에는 사대부들이었던 것에서 시의 주인을 평민으로 끌어내림으로써 시의 대중화에 성공하였다. 그리고나서 대중에게 자신의 사상을 담은 시를 쓰라고 주문하면서 자아표현주의·개성주의·독창성을 주문하였다. 오사(五四) 전후에 루쉰, 궈모뤄 등은 모두 시는 '주정(主情)'의 문학이며 시의 본질은 '서정(抒情)'이라는 데 동의하였다. 이를 표현하는 데 있어서 또한 진실성·숭고성·함축성을 담아내야 한다는 데 있어서 후스나 그밖에 문인들 모두가 동의하였다.

다만 후스는 시작(詩作)하는 방법론에 있어서 그 시대마다의 다른 방식을 요구하여 왔다는 점이며 후스의 시대에는 그 시대에 걸맞은 시작을 할 것을 요구하였다. 이는 자구(字句) 중에서 음절의 화해를 의미한다. 따라서 후스의 독창성은 시의 내용면에서라기보다는 오히려 형식적인 면에 더욱 치중한 것이라고 보인다.

후스는 전통 시율(詩律)을 해방함으로써 음절(音節)이나 운각(韻脚)이 없는 자유시를 쓰는 것을 허용하여 격률(格律)의 구속에서 벗어나고자 하면서 '의경평용(意境平庸)'을 주장하였다. 그러면서 후스는 쌍성(雙聲)이나 첩운(疊韻)을 많이 쓰는 데 동의하였다. 후스 이외의 원이두오, 주샹(Zhui xiang, 朱湘), 훵즈(Feng zhi, 馮至) 등은 문어체로 글을 쓰지 않고 백화를 사용하는 데는 동의하였으나 백화로 시를 쓰는 데 있어 음운과 격률이 내재된 형식미를 강조하였다.

특히, 주샹은 신시의 음악성을 강조하면서 시에는 내용, 외형, 음절의 세 가지가 함께 중요하다는 점을 역설하였다. 여기서 음절은 음운과 절주를 말하는 것이다. 후스는 작시를 작문하듯이 하자고 하였는데 사실상 이러한 주장에 따르면 시에 있어서 함축미가 결핍되게 된다. 따라서 이에 대한 반작용도 만만치 않았는데 무무티엔(Mu mutian, 穆木天)은 프랑스 상징파의 주장을 끌어들여 몽롱시(朦朧詩)를 주장하면서 시는 분명하지 않을수록 맛이 있다는 의견을 제시하게 된다.

여기서 보면 후스가 주장하는 독창성과는 다른 견해를 보게 된다. 반면에 횡원빙(Feng wenbing, 馮文炳)은 후스의 의견에 동의하면서 '내용이 있는 신시'여야 함을 강조하였다. 1935년에 횡원빙은 『신시회답(新詩回答)』을 통하여 신시는 우선 내용이 있어야 하며 형식은 그 다음이라고 하였다. 아울러 구시와 다른 점이 있다면 그것은 내용은 시적이어야 하고 글자는 산문이어야 한다고 주장하면서 신시가 구시와 똑같이 산문의 내용을 담고 백화로 쓴 것이라면 그것은 신시가 아니라고 하였다.

이로 보아 주샹과 횡원빙의 차이는 바로 '뜻이 깊이 내재되어 있어 드러나지 않는 것을 추구하는 것'과 '뜻이 분명히 드러나도록 하는 것'의 차이를 말하는데 그렇다고 뜻이 없는 것은 절대 아닐 것이다. 다만, 그 뜻이 함축된 글자 속에 내재되어 있기보다는 후스의 말대로 내용이 있는 작문을 통하여 읽고 난 후에 그 뜻을 알도록 하는 수법을 의미한다. 즉, 구시의 내용이 산문적인 내용이었다면 후스가 말하는 신시의 내용은 시적인 내용이며 이것이 그가 말하는 독창성이다. 따라서 구시와 다른 점은 구시는 시의 형식에 산문의 내용을 담고 있다면 신시는 산문의 형식에 시의 내용을 담게 된다. 그러나 그렇다고 구시가 결코 시가 아니라고는 할 수가 없으며 같은 시이지만 다른 점이 있다면 시의 성질이 다를 뿐이다. 즉, '산문의 문자로 쓴 자유시 형식 속의 내용'이 후스가 말하는 독창성에 가깝다.

4) 명료성

후스가 주장하는 시에 있어서 시작(詩作)은 작문(作文)하듯이 해야 한다든가 시는 분명하고 알기 쉬워야 한다는 의견은 청나라 말엽 당시의 어려운 문체를 구사하던 시절이었음을 감안하여 볼 때 파격적이긴 하지만 시가 산문화되어 버려 이에 따르는 시단의 반대도 만만치 않았다.

그러므로 후스의 산문화는 형식상 시체를 해방시킨다는 데 의의를 두어야 하며 후스가 주장하는 시의 명료성은 내용상 시의 대중화 혹은 통속화와 맥락을 같이하는 것으로 보는 것이 더욱 적절하다고 본다. 시가 읽어서 이해가 쉽기 위해서는 대중 속으로 들어가는 시가 되어야 하는데 그러기 위하여서는 시어 자체가 통속적일 수밖에 없을 것이다. 그러니 후스는 속자, 속어를 피하지 말자고 주장한 것이다.

이러한 주장은 무무티앤의 시가의 대중화, 통속화와 그 맥락을 같이한다. 무무티앤은 사회의 공용화를 위하여 시는 대중화되어야 한다고 하였다. 하지만 무무티앤은 후스가 말하는 작시(作詩)는 작문(作文)하듯이 하여야 한다는 데는 동의하지 않았다. 후스 말대로라면 시가 거칠어진다는 것이다. 뿐만 아니라 시에서 함축성을 잃게 되어 예술의 풍치가 떨어진다는 것이다. 그러므로 그는 시는 만들어진 음악미를 갖추어야 한다고 주장하여 후스와 다른 차이를 보여주고 있다.

후스는 시 창작에 있어서 자신의 사상을 표현하기 위하여 '시의 문자'를 쓰든, '산문의 문자'를 쓰든 문제 삼지 않고 있다. 자신의 사상을 명료화하기 위해서는 어려운 시어를 쓰기보다는 쉬운 산문을 쓰고자 하였는데 이 점이 그가 시 전통을 파괴한 원인이 된다.

후스가 말하는 시에 있어서의 명료성이란 독자들로 하여금 읽어서 이해하기 어려운 시를 만들지 말자는 것이다. 왜냐하면 대중이 모르기 때문이다. 따라서 후스의 말대로라면 시가 대중화되고 통속화되지 않을 수가 없을 것이다. 이 점은 당시의 관점에서 보면 문어체식이면서 사대부들만이 공유하는 시에서의 해방을 주된 목적으로 한 것이었기 때문이며 그 이후의 현대적 관점에서 보는 시의 산문화와는 좀 다른 의미를 둔다. 중국어문은 특성상 문어체와 백화체의 두 가지로 구분되는데 작시할 때에 문어체를 사용하느냐 아니면 백화체를 사용하느냐에 따라서 작시의 방법과 내용이 크게 달라진다. 만약에 백화체를 사용하게 되면 우리식으로 보아 구어체의 문장이 되기 때문에 시가 평이해질 수밖에 없을 것이다. 또 백화체로서 음악미를 살려서 운을 맞추는 것은 문어체와는 달리 소리와 함께 운율이 강조되어야 한다. 이는 과거의 시가 보이는 것을 중시하는 글자 위주의 시를 소중히 했다면 현대적인 시는 보이는 것도 중요하고 또한 소리와 함께 어울려야 한다는 것을 의미한다. 이러한 점을 감안하면 후스가 말하는 시의 산문화는 문어체에서의 해방만을 의미하는 것이 아니라 새로운 시각미, 청각미와 함께 어우러지는 종합적인 시를 의미하는 것이다. 따라서 후스의 시는 문장 쓰듯이 하는 단순한 명료성이기보다는 새로운 형태의 명료한 실험시를 위한 도전이라고 보아야 할 것이다. 사실상 오늘날의 관점에서 보아 후스가 쓴 최초의 신체시는 너무 간단하고 시 같지가 않다. 하지만 그가 시도하려는 의도가 당시로서 파격적이기 때문에 그러한 그의 시에 대하여 높이 평가할 만하다. 다음은 그의 시 한 수를 예로 든다.

<飛行小贊>

看盡柳州山
看遍桂林山水
天上不須半日
地上五千裏

古人辛苦學神仙
要守百千戒
看我不修不煉
也凌雲無礙
(<소찬을 비행하다>

유주산을 다 보고
계림산수를 두루 보아도
하늘 위에선 반나절이 걸리지 않는데
땅 위에선 오천 리 길

고인은 고생고생하며 신선을 배우고도
수천 수백의 지켜야 할 계율을 지켜야 하나
나는 수양도 단련도 하지 않고도
뛰어난 기세가 거칠 것이 없으니.)

앞의 시 내용에서 간파할 수 있듯이 평이한 백화체의 글로 산문
쓰듯이 써 내려갔지만 그 내용은 고인의 문어체 시를 배우기보다
는 위와 같은 백화시로도 얼마든지 사상을 자유롭게 표현할 수가
있음을 보여 주었다. 그러므로 독자로 하여금 그저 읽어 내려가면
그의 주된 내용을 단숨에 알아버리게 되는데 이러한 시가 후스가
주장하는 명료성을 보여준 한 예가 될 것이다.

3. 결론

이상으로 중국 신시기의 신시에 대한 후스의 시론을 네 가지로
요약하여 보았다. 그 내용을 정리하여 보면 다음과 같이 될 것이다.
첫째로, 시체의 해방에 있어서 당시에 답습하던 문어체의 정형화에
서 탈피하여 쓰고 싶은 대로 격식에 구애받지 않고 자유롭게 써 내
려가고자 하였다. 둘째로, 창작방법에 있어서 대중 속으로 들어가
노동자 농민들의 현실적인 생활태도와 모습을 그려내고자 하였다.
셋째로, 그의 독창성은 문어체에서 백화체로의 문체 해방을 기본으
로 하고 있다. 아울러 자연스러운 음절을 강조하고 있다. 그는 당시
에 실험적인 산문화된 시를 써 보여 주면서 중국 신시의 나아갈 방

향을 제시하여 주었다. 백화체의 시는 나아가 다시 시각(視覺), 청각(聽覺)을 갖춘 시로서 거듭나는 계기가 되었는데 원이두오의 음악미, 건축미, 회화미와 같은 삼미주의(三美主義)를 만드는 선구자적인 역할을 하게 된다. 넷째로, 명료성이 있어서 어려운 글과 어휘를 사용하여 독자로 하여금 몽롱하고 난해함을 유발시키는 것을 배제하면서 대중화되고 통속적인 어휘를 사용하여 서민들이 읽어도 쉽게 이해가 될 수 있는 시를 짓게 되었다.

앞의 네 가지 사항에서 보듯이 후스는 청말에 고인을 모방하는 시가 잘된 것으로 평가받던 시기에 파격적인 시를 보여 주었다. 후스의 시대에 중국의 문학계열은 1921년부터 1937년 사이에 10개 파가 난립하는 현상을 보이면서 발전하였다. 이 시대는 외국의 여러 사조가 들어오는 과정에 따라서 그 특성을 달리 하였다 이에 따라 중국의 신시는 외래사조의 영향을 받아 전통사조와 만나면서 여러 가지 모양새를 나타내었다.

그러나 1937년 이후에 일본으로부터의 침략과 내부적으로 공산주의를 따르는 사람들이 대세를 이루면서 각 계파는 차츰 정리되어 갔다. 1942년에 마오쩌둥의 연안문예강화를 기점으로 중국은 급속도로 대중 앞으로 다가가 대중을 대변하는 각종의 문예논담을 쏟아내기 시작하였다.

그 후, 1949년부터 1966년 문화혁명 시작 전까지 마오쩌둥의 시대를 맞이하면서 중국의 문예정책에 따라서 모든 문예방향을 '농민과 노동자를 위한 인생관과 방법론'에 맞추도록 제시되었다. 이에 따라 정치노선에 문학과 예술이 구속당하는 시대적 성격을 띠게 되었다.

후스의 진화론에 따르면 시는 시대에 따라 변한다. 그러므로 후스가 살다간 시대의 시는 그 당시에 는 주류를 이루게 되는 것이었지만 현대적인 관점에서 본다면 현대시와는 거리가 좀 멀다. 그렇지만 후스의 시대에 있어서 시를 다른 산문과 특징짓는 것은 문어체가 아닌 백화체의 시를 지었다는 것이다. 이로서 새로운 기초위에서 시어로서 글자의 운용과 맛을 살리려는 실험적인 노력을 하게 되었다. 따라서 후스의 시대에 있어서 신시의 특징은 서구의 신체시와 함께 조화를 이루려고 노력하던 시기라고도 할 수가 있을 것이다. 또한 문어체의 전통시를 작시할 때에 전통시론 그대로를 근간으로 간직한 채 이를 새로운 토양 위에서 건립하려고 했을 때 어떠한 형태의 시가 될 것인가에 주목하게 되었다.

이에 후스는 '새 술은 새 부대에 담아야 한다'고 주장하였다. 비록 평측이나 압운을 무시하였지만 운율이 살아있는 그러면서도 개성과 차별이 있는 여러 가지 형태의 시를 창조하려고 노력하였다. 이것이 그가 과거의 한두 가지 정형화된 시의 재판이 아니라 다양한 형태의 그릇을 만들며 그 속에 독창적인 내용을 담아내려고 하였는데 이 점이 그가 시사(詩史)에 신기원을 마련한 것으로 평가받는 주요한 점이다. 그러므로 후스의 시론에 관한 연구는 좀 더 깊이 연구해 보아야 할 가치가 있으며 그러기에 이를 과제로 남긴다.

【참고문헌】

[1] 楊裏昻, 『中國新詩史話』, 長沙: 湖南文藝出版社, 1992

[2] 류성준, 『중국 현대시의 이해』, 서울: 한국외국어대학교 출판부, 1997

[3] 한무희, 「중국신시의 형성배경과 그 특징」, 『동양학』, 제25, 서울: 단국대학교동양학연구소, 1995

[4] 李俊國, 『中國現代文學硏究』, 第1集, 北京: 北京出版社, 1984

[5] 古遠淸, 『中國當代詩論50家』, 重慶: 重慶出版社, 1986

[6] 聞一多, 『聞一多全集(女神之地方色彩)』, 北京: 北京出版社, 1988

[7] 郭沫若, 『沫若全集(論詩三箚)』, 北京: 北京出版社, 1987

[8] 古遠淸, 『中國當代詩論50家』, 重慶: 重慶出版社, 1993

중국 현대문학에서 혁명에 관한 노신방식 소고

1. 서론

루쉰(Lu Xun, 魯迅, 1881~1936)은 일반적으로 『광인일기』, 『아Q정전』 등을 쓴 소설가로서, 또한 영국의 셰익스피어와 같은 중국의 문호로서만 각인되어 그의 시와 시론에 대하여는 별로 알려지지 않은 것 같다. 그러므로 본고는 일반 사람들이 간과할 수 있는 그의 시와 시론들을 통하여 시대사상과 예술적 풍격 등을 찾아보고자 하는 데 연구의 의의를 두고자 한다.

본고의 연구방법으로시 중국 신시(新詩)이 선구자 중 한 사람이라고 할 수 있는 루쉰의 시와 시론들을 바탕으로 그 특징을 살펴보고자 하는 데 있다. 루쉰의 시론을 뒷받침하는 중요한 자료는 1907년에 『하남(河南)』이란 잡지에 발표한 「마라시력설(摩羅詩力說)」181), 「문화편지론(文化偏至論)」182) 등의 평론에 잘 나타나 있다.

---

181) 홍석표, 『중국현대문학사』, 서울: 이화여자대학교출판부, 2009, 125쪽. '악마파 시의 힘'으로 번역
182) 홍석표, 『중국현대문학사』, 서울: 이화여자대학교출판부, 2009, 125쪽. '문화편향론'으로 번역

따라서 루쉰의 이러한 작품들의 내용을 바탕으로 하여 그 특징을 정리해 보는 것이 순서일 것이다. 그런 연후에 그가 쓴 신시를 중심으로 어떻게 표현되었는지를 살펴보고자 한다.

이와 같이 본고에서 연구한 결과로서 루쉰이 추구하고자 하는 혁명을 통한 미래의 꿈과 그 목적이 어디에 있는지를 더욱 명확하게 파악할 수 있을 것으로 기대된다.

2. 본론

루쉰의 시론에 관한 특징은 독일 철학가인 니체(Nietzsche, Friedrich, 1844~1900) 방식의 혁명, 루쉰 방식의 혁명, 루쉰식 혁명의 미래 등의 세 가지로 요약될 수가 있을 것이다. 이에 대하여 다음과 같이 논의해 보고자 한다.

1) 니체 방식의 혁명

취치우바이(瞿秋白, 1899~1935)가 쓴 『루쉰잡감선집서언(魯迅雜感選集序言)』[183]에서 그는 루쉰의 니체 사상으로부터의 영향 관계에 관하여 다음과 같이 적고 있다.

"당시 루쉰 사상의 기초에는 개인을 중시하고 물질을 부정한 니체의 영향이 확

---

183) 瞿秋白, 「魯迅雜感選集序言」, 『文學運動史料選(第二册)』, 上海: 敎育出版社, 1979, 278쪽

실히 존재하였다. …중략… 광명을 위하여 자연력의 정복과 맹목적인 구사회의 힘을 정복하기 위하여 개성의 발전과 사상의 자유 그리고 전통의 타파를 외친 루쉰의 목소리는 그 당시로 보아서는 객관적으로 상당한 혁명적 의의를 가지고 있었다."184)

이로 보아 루쉰은 니체로부터 '역사를 창조하고자 하는 극단적 의지'를 받아들이고자 하였던 것 같다. 당시 중국의 상황은 크게 어두웠다. 도살자와 시체들이 판치는 암흑 속에서 쁘띠부르주아의 비속함과 자기기만, 이기주의와 우매성, 허황되고 얄팍한 거짓 허무주의의 작태들, 뻔뻔스러움과 비열함, 이러한 모든 허위의 그림 자들이 펼치는 연극을 루쉰은 예리한 눈으로 꿰뚫어 보았다. 오랜 전투 속의 격렬한 상황 변화를 겪어 오면서 길러진, 충분한 경험과 예리한 감각이 오랜 기간 정련됨과 융화됨을 거쳐 루쉰의 글 속으로 녹아 들어갈 수 있었던 것이다.185)

루쉰은 이러한 상황에 대하여 본인 스스로가 중국인들은 이제껏 인생을 똑바로 바라보지 못했으므로, 속임수와 기만 외에는 다른 도리가 없었다고 간주하였다. 그러므로 이로부터 생겨나는 것 역시 속임수와 기만의 문예에 지나지 않았고, 이 속임수와 기만의 문예 는 중국인을 자신도 모르는 사이에 더욱 깊숙이 기만의 늪 속으로 빠져들게 해왔다고 판단하였다. 결국 이러한 루쉰의 사상은 압제와 수탈제도로 얼룩져 온 중국의 어두운 역사뿐만 아니라 당대의 정 치 및 경제적 관계를 반영하고 있는 것이다.

이러한 중국의 내적 상황을 고려함과 동시에 세계사 속에서 중

---

184) 전형준, 『루쉰』, 서울: (주)문학과지성사, 1997, 53쪽
185) 김시준, 『루쉰』, 서울: (주)문학과지성사, 1998, 53~94쪽

국의 근대적 상황으로 비추어 보아 니체 사상은 근대 중국의 사상적인 곤경을 타파하고 민족을 구원하고 국가를 부강하게 할 수 있는 대안으로 각광을 받고 있었으므로 지식인으로서의 루쉰 역시 이에 동참하고자 하였을 것이다. 루쉰은 1902년경에 니체를 처음 접하고 나서 1907년경에 니체를 소개하기 시작했고, 1918년에서 1920년까지 니체의 책 서언 부분을 번역하였다. 그 후 노신은 중국 국민들로부터 중국의 니체로 불리어지게 되면서 선각자로서의 투사적 이미지를 각인시키게 되었다. 그는 전통문화에 대한 혐오와 부정적인 소신을 전개하였고, 이를 문학 작품을 통하여 반영시키려 하였다. 이러한 생각으로 도전정신을 갖게 된 루쉰은 1908년 2월과 3월 『허난(河南)』 월간 제2호와 제3호에 처음 발표한 「마라시력설(摩羅詩力說)」의 서언에서 니체의 말을 다음과 같이 인용하고 있다.

"옛 근원에 대해 잘 아는 자는 마침내 미래의 샘물과 새 근원을 찾게 될 것이다. 오, 내 형제들이여, 새로운 생명이 탄생하고 새로운 샘물이 심연에서 솟아오를 때가 머지않았도다."[186]

위의 내용으로 미루어 보아 루쉰에게서 중국 개혁에의 의지를 읽을 수가 있는데 여기서 새로운 생명이란 그가 내 놓으려고 했던 『신생(新生)』이란 첫 번째 잡지의 탄생을 염두에 두고 있다고 보여진다. 일반적으로 위에서 루쉰이 니체의 말을 인용한 것에 대하여 대체로 두 가지 이유를 들고 있다. 하나는 전통으로부터 새로운 생명이 생겨나고 새로운 샘물이 솟구친다는 견해이며, 다른 하나는

---

186) 루쉰, 루쉰전집번역위원회 역, 『루쉰전집 1권(무덤/열풍)』, 서울: 그린비출판사, 2010

그럼에도 불구하고 그 물은 전통의 연속선상이 아닌 질적으로 새
로운 원천이며 물이라는 의미이다.187) 여기서 루쉰이 의미하는 바
는 두 번째에 해당된다고 보아진다. 왜냐하면 이어서 루쉰은 니체
가 말하는 이른바 야만인을 싫어하지 않고 오히려 야만적인 그들
은 새로운 힘을 가지고 있다고 한 것에 동조를 하면서 문명의 조짐
은 야만 속에서 배태되며 야만인은 개화되지 못한 상태이지만 숨
겨진 찬란한 빛이 그 내부에 잠복해 있다고 설명하고 있다. 동시에
문명이 꽃이라면 야만은 꽃받침이고 문명이 열매라면 야만은 꽃이
라고 하면서 전진과 희망이 모두 여기에 있다고 주장하고 있다. 이
로 보아 루쉰은 중국 내부에서 자라왔던 거친 방식의 전통에 대하
여 결코 부정하지는 않고 있음을 알 수가 있을 것이다. 황시우지
(黃修己)는 루쉰이 개성주의에 입각한 니체의 초인철학에 대하여
부분적으로나마 영향을 받지 않을 수밖에 없었던 원인에 대하여『
新生』이란 잡지의 출간계획이 실패하고 난 뒤에, 주변의 사람들이
그를 이해하지 못하여 극도의 적막감을 느낀 상태였기 때문으로
설명하고 있다.188) 또한 니에쩐우(聶振斌)는 루쉰의 니체 사상의
영향에 대하여 다음과 같이 말하고 있다.

"이 시기의 루쉰은 명확하게 니체 사상의 영향을 받았다. 그리하여 사회의 개혁
과 진보를 촉진하려면 용렬하고 세속적인 무리들의 맹목적인 행동에 매달려서는
안 된다. 이제부터 소수의 천재가 나와서 인생의 진리를 통찰하고, 팔을 한번
휘두르며 외쳐대야 지지자들이 모여들 것이다. 그리하여 국민들에게 천성을 따
르도록 하고 속된 것을 배척하도록 하여야 나라가 흥할 수 있다고 생각하였다.

187) 김소현, 「魯迅 詩意識에 나타난 전통의 의미와 근대성」, 『석당논총』, 제23집, 동아대학교,
    1996, 287~342쪽
188) 황수기, 『중국현대문학발전사』, 서울: 범우사, 1991, 186쪽

이러한 까닭에 물질문명을 건설하고 신문예를 제창하여야 한다고 하였다. 이를 다시 요약하면 사람의 마음이 물질보다도 더욱 중요하고 소수의 천재가 수많은 보통 사람들보다도 더 중요하다는 것이다."[189]

　　한편, 니체 당시의 독일은 세계대전의 전범이라는 오명을 잉태하고 있던 시기였으므로, 니체의 사상이 독일 사회에서 어떠한 위치를 차지하고를 떠나서 결과적으로 볼 때에 독일이 세계를 지배하려는 야욕을 부추기는 데 합리화의 도구로 전락하였음에는 틀림이 없을 것이다. 이는 진화론이 유럽열강들이 세계를 식민지하고자 하는 데 합리화의 용도로 사용되었음을 감안해 볼 때에 진화론의 긍정적인 면이나 니체의 긍정적 초인사상이 식민지화되었던 약소국들에는 피해국의 측면에서 큰 상처를 받았음에는 틀림이 없을 것이다. 이러한 사상의 부정적인 측면이 루쉰으로 하여금 니체의 사상에 경도되었다가 결국에는 그를 버리게 되는 내면적 요인이 되었을 것으로 여겨진다. 그럼에도 불구하고 루쉰이 니체의 영향으로 인하여 중국의 과거를 부정하고, 폐물을 청소하여야 한다면서 중국 봉건문화에 대한 철저한 비판정신을 체험한 점만은 누구도 부인할 수 없을 것이다.

　　당시의 중국 지식인들은 대부분 청나라에 반대하는 입장을 가지고 있었으며 따라서 혁명에 동조하였다. 이러한 개혁을 위하여 끊임없이 계몽정신으로서 국민을 각성시키고자 하는 것이었다. 이에 대하여 루쉰도 예외는 아니었다. 그는 立人(사람을 세우는 일) 정신으로서 개성을 존중하고 정신을 발양할 것을 주장하였다.[190] 노신

---

189) 김소현, 「魯迅 詩 意識에 나타난 전통의 의미와 근대성」, 『석당논총』, 제23집, 동아대학교, 1996, 343쪽

의 입장에서 세계의 열강들과 싸워서 이기는 길은 물질보다 먼저 정신이 우선시 되어야 한다고 하였는데, 이러한 사상은 그가 의학을 배우다 사람의 정신을 먼저 치료하는 일이 시급하다고 판단하고 문학으로 전향한 그의 소신과 같은 맥락으로 보아야 할 것이다.

그는 글 「마라시력설(摩羅詩力說)」을 통하여 인간의 정신 가치가 구체적 역사공간에서 무엇을 해야 할지를 실증적으로 설명하고[191] 있다. 그는 인간이 가져야 할 실천덕목으로 저항과 행동을 주장하고 있는데 다분히 이는 니체의 사상과 일맥상통한다. 그는 또한 뜻있는 사람이 조국의 진실하고 위대함을 발양하고자 한다면 먼저 자신을 성찰하고 남을 알아야 한다고 하였다. 그리고 사람들을 충분히 진작시킬 만하고 그 언어에 깊은 뜻이 있는 것으로 악마시파에 비길 것이 없다고 하면서 규범이 될 만한 외국 시인들을 소개하였다.[192] 그로서는 중국 내에서 이러한 정신계의 전사를 찾을 수 없어서 외국에서 새로운 소리를 듣고자 하였는데 그들을 대부분 유럽의 혁명적 민주주의 시인들이었다.

루쉰의 관점에서는 중국 사람들은 외국인의 총칼 앞에서 두려워하고 복종만 하고 아첨이나 하려는 민족으로 비치고 있기에 그는 주체성을 가진 최소한의 인간다운 삶을 영위하기 위한 조건으로서 외국 악마파 시인들의 투쟁적 언행과 정신, 민족의 대변자로서 그들의 임무가 무엇이었는지를 설명하려고 노력하였다. 그 대표적인 외국 시인들로서 바이런(Byron), 셸리(Shelley), 푸시킨(Pushkin),

---

190) 魯迅, 「文化偏至論」, 『魯迅全集(第1卷)/(墳)』, 北京: 人民出版社, 1981, 57쪽
191) 유세종, 『魯迅식 혁명과 근대 중국』, 서울: 한신대학교출판부, 2009, 81쪽
192) 魯迅, 「摩羅詩力說」, 『魯迅全集(第1券)』, 北京: 人民出版社, 1981, 65~66쪽

페퇴피(petofi Santor) 등을 예로 들었다. 이들은 모두 언어와 종족은 달라도 강건하며 일관된 곧은 의지와 구습을 타파하고 국민을 신생케 하여 국위를 선양한 사람들이었다.[193]

2) 루쉰 방식의 혁명

루쉰은 유럽의 바이런(G. Byron)을 존경하여 전투적인 자세로 반항에 뜻을 두고 행동에 목적을 두어 세상으로부터 탐탁하지 않게 여겨지는 시인들의 길을 따랐다. 이들은 세상에 순응하는 화락의 소리를 내지 않았고, 목청껏 한번 소리 지르면 듣는 사람들은 흥분하여 하늘과 싸우고 세속을 거부했으니, 이들의 정신은 후세 사람들의 마음을 깊이 감동시켜 면면히 이어지고 있다고 하였다. 여기서 1925년 12월 21일 『어사(語絲)』 주간(週刊) 제8기에 발표된 산문시 「이러한 전사(這樣的戰士)」를 예로 들어 본다.

> "이런 곳에서는 그 누구도 전투의 울부짖는 소리를 듣지 못한다. 아주 평화롭다. 아주 평화롭다. …… 그러나 그는 투창을 치켜든다."[194]

위의 산문시를 보면 '그러나 그는 투창을 치켜든다(但他擧起了投槍)'는 문구가 다섯 번이나 반복되고 있다. 이렇듯 루쉰이 말하는 평화란 세상에서는 보이지 않는 것이었다. 즉, 평화란 이름은 없는

---

193) 한무희 역, 『魯迅評傳』, 서울: 일월서각, 1985, 95쪽

194) 魯迅, 「這樣的戰士(1925.12.)」, 『魯迅全集(第2卷)(野草)』, 서울: 그린비출판사, 2000, 215쪽

것이나 마찬가지라고 여겼다. 루쉰에게 보여지는 평화란 그저 영원히 평온할 수 없는 에덴동산과 같은 것이었다. 따라서 진화되어 가는 모든 사물은 그침이 없이 변화되어 가는 것으로서 악마처럼 세상에 끊임없이 도전하면서 반항해 가는 과정이다 그러므로 과정 그 자체가 위대한 것이다. 중국의 역사로 보아 중국에서는 천재가 나타나면 반드시 그를 죽이려는 무리들이 나타났다. 이 천재들 중에는 시인들이 있으니 무릇 시인들이란 마음을 어지럽히는 자였다. 보통 사람들이 시가 있어도 말로 나타내지 못하는 것을 시인이 대신하여 말로 표현한다. 이렇게 표현된 언어들은 보통 사람들의 마음의 평화를 무너뜨리고 만다.

루쉰은 평화란 이렇게 무너져야 마땅한 것이 인지상정인데 이를 막고 자유로운 인성을 속박하여 채찍이나 고삐 아래에 두려 하였던 중국의 역사는 파괴되어야 한다고 주장하였다. 중국에서는 유교사상에 구속되어 <시경> 삼백 편의 요지가 사악함이 없는 것이라고 하면서 유학자들은 남녀 간의 사랑을 비난하였다. 굴원도 조국을 되돌아보고 훌륭한 인재가 없음을 슬퍼하면서 만물에 대하여 회의를 표현하였으나 그의 작품 속에서는 반항과 도전의 정신은 찾아보기 힘들다고 간주하였다.

중국 상고시대 『상서(尙書)』「요전(堯典)」 편에 나타나듯이 시의 본질은 '시언지(詩言志), 가영언(歌永言), 성의영(聲依永), 율화성(律和聲)' 이었다. 여기서 '지(志)'는 암축된 사상을 의미한 것이다. 공자는 '흥(興), 관(觀), 군(群), 원(怨)' 설을 주장하였는데 여기서 '흥(興)'이란 감정을 표현하는 것을 말하며, '관(觀)'은 사회풍속과 정치적 득실을 말하며, '군(群)'은 독자들과 감정이 소통됨을 의미한다. 그리고 '怨'은 집정자에 대한 원망을 표출하는 것을 말한다. 이 네 가지 모두가 현재까지 그대로 전해오면서 시의 미감, 인식과 교육적인 작용을 하여온 것은 사실이다. 다만 공자의 시대에는 시작(詩作)의 목적이 주군(主君)을 위하여만 사용된 것을 감안할 때 루쉰과 같은 중국의 문호들이 예교의 속박을 반대한 것은 당연하다고 하겠다. 루쉰과 같은 지식인들은 시의 주인이 과거에는 사대부들이었던 것에서 시의 주인을 평민으로 끌어내림으로써 시의 대중화에 성공하였다. 그런 연후에 대중에게 자신의 사상을 담은 시를 쓰라고 주문하면서 자아표현주의·개성주의·독창성을 주문하였다. 오사(五四) 전후에 루쉰, 귀모뤄(郭沫若) 등은 모두 시는 '주정(主情)'의 문학이며 시의 본질은 '서정(抒情)'이라는 데 동의하였다. 이를 표현하는 데 있어서 또한 진실성·숭고성·함축성을 담아내야 한다는 데 있어서 후스(胡適)나 그밖에 문인들 모두가 동의하였다.

　루쉰은 중국의 전통시를 비판하면서, 유협과 같은 사람도 저서 문심조룡「변소편(辨騷篇)」에서 재능이 뛰어난 자는 웅장한 체재를 따랐고, 기교가 넘치는 자는 아름다운 문사를 구했고, 읊조리는 자는 작품에 나오는 산천을 음미했고, 초학자는 작품 속의 향초를 주워 모았다고 했는데 모두 겉모습에만 뜻을 두고 본질적인 내용에까지 나아가지 못하여 위대한 시인이 죽은 이후에도 사회는 변함이 없었다고 주장하였다. 그러한 까닭은 근본적으로 실리 위주의 내용만을 추구하다 보니 마음속으로는 격렬한 울림이 있어도 마음을 움직이지 않으려고 했기 때문으로 소박함이 소멸되고 각박함만이 남게 된 것이다. 그러므로 외적에게 당해도 목숨을 부지하려고만 하고 죽음을 두려워하니 노예근성만이 축적될 뿐이라고 간주하였다.

　역사적으로 유럽에서 1806년 8월 나폴레옹이 프로이센군을 격파하였을 때 익년 7월 프로이센은 화평을 요구하고 종속국이 되었지만, 같은 상황에서도 독일 민족은 옛날의 찬란한 정신을 굳게 간직하고 버리지 않았다. 1812년에 나폴레옹이 모스크바의 혹한과 대화재로 인해 실패하고 파리로 도망하여 되돌아오자 프로이센의 국왕 빌헬름 3세가 곧 국민들에게 조칙을 내리고 병력을 모아 자유, 정의, 조국이라는 세 가지 슬로건을 내걸고 전쟁을 선언하였다. 이로 보아 루쉰은 중국 국민들에게 나폴레옹을 물리친 것은 국가도, 황제도, 무기도 아니요, 바로 국민이었음을 외치고자 한 것 같다. 루쉰은 독일 국민의 승리가 그들이 모두 시를 가지고 있었고 시인의 자질이 있었기에 가능하다고 보았다. 그러므로 중국에서 같이 공리를 억지로 지키려고 하고 시가를 배척하고 타국의 쓸모없는 무기를 가져다 자신들의 의식주를 지키려고만 하는 자들에게 엄중한 메시지를 전달하였다. 그러니 시의 위력을 단순히 실리적으로만 보아 쌀이나 황금에 비유하려고 한다면 큰 착오임을 바로 역사적으로 독일 국민들이 승리한 예를 들어 보여주었다.

　루쉰은 중국 국민들을 개조하는 데는 문학의 힘이 쌀이나 황금보다도 앞선다는 점을 강조했던 것 같다. 예술의 본질이 사람의 감정을 움직여 기쁘게도 슬프게도 할 수가 있다는 점을 이용하였다. 그는 문학이 쓰임이 없는 것 같지만 실제로는 있는 것이라는 점을 강조하면서 인간의 정신과 마음을 함양하는 것을 우선시 한 것이다. 당시 이러한 현상은 단지 루쉰에게만 있었던 것은 아니다.

　여기서 잠시 중국의 신시 발전사를 살펴보면 이 시대에 중국의 후스는 「비둘기(Gezi, 鴿子)」란 시를 통하여 자유로운 생활을 갈구하였으며 선이모는 「달밤(Yue ye, 月夜)」에서 독립적 자유의지를 표현하였다. 또한 류빈농(Liu bannong, 劉半農)은 「종이 한 장을 사이에 두고(Xiang ge yi cheng zhi, 相隔一層紙)」란 시를 통하여 인도주의 정신을 나타내었다. 이들은 모두 개성의 해방과 사상의 해방을 요구하는 5·4시기에 걸맞게 중국 신시 발전의 전통을 열었다. 그 후, 중국 신시의 발전 시기(1921~1937)에 중국 시단은 다양한 시파를 낳게 되었는데 크게 두 가지로 대별하면 낭만주의와 현실주의로 나눌 수가 있을 것이다.

초기의 낭만주의 시파의 특징은 개성의 해방에 있었다. 궈모뤄(Guo moruo, 郭沫若)는 시집 『여신(女神)』을 통하여 호방한 남성의 풍격과 형식 면에서 자유체의 형식을 표출하였으며 개성의 해방을 요구하였다. 그는 민주주의 시인이라고 불리는 휘트먼의 영향을 받아 낭만주의 전통을 계승하였으며 시의 본질은 오로지 서정적인 데 있다고 주장하였다.195) 후기 낭만주의 시파의 특징은 초기 낭만주의의 개성화를 받아늘이면서 중국 전통과 매라을 이었다. 작가 휭즈(Feng zhi, 馮至)는 내면의 밀도와 기교의 순박함을 지녀 중국의 걸출한 서정 시인으로 불렸는데 독일 민요곡 중에서 영양분을 섭취하고 중국의 민간 전통 및 고대 신화를 내용으로 선별하여 중세기 낭만주의적인 풍미를 자아내었다. 내용상으로 봉건제도 하의 혼인제도에 대한 애증을 표현하였다.

이에 반하여 초기 현실주의 시파의 특징은 인생을 현실적으로 묘사하였다. 이들이 출판한 시집 『설조(雪潮)』는 자연스럽고 소박

---

195) 郭沫若, 「論詩三劄」, 『沫若全集』, 北京, 1987. 53쪽. "詩的本質專在抒情"

한 시풍을 자아내었다. 이 시집을 통하여 사실주의를 제창하면서 인생을 위한 문학을 강조하였다. 이들은 평소 창작 중에서 평범한 일상생활을 제재로 삼아 서정보다는 묘사에 뛰어나고 형상을 빌려 그 내재적인 본질을 투시하여 사람들을 깨우쳤다. 후기 현실주의 시파의 특징은 초기현실주의를 받아들이면서 민중 속으로 들어가 그들의 삶을 묘사하였다. 1932년 설립한 중국시가회(中國詩歌會)는 민중시가를 낭독할 것을 제창하였는데 작가 푸펑(Pu feng, 浦風)은 현실주의 작풍을 표현하였다. 시의 대부분이 농촌의 생활과 농민투 쟁을 취재하여 작풍이 강건하고 질박하였다. 이들은 신월파(新月派)에 근접하였으나 시의 내용과 경향은 현실을 포장하거나 도피하지 않았다. 당시에 신월 시파의 특징은 전통적인 율격을 중시하여 서구화와의 조화를 도모하였다. 신시의 격률화를 제창하면서 19세 기 영국 낭만주의의 영양분을 섭취하였다. 원이두오는 『여신지지방 색체(女神之地方色彩)』에서 궈모뤄가 주장한 '시는 다만 자연의 발로일 뿐'이라는 데 반박하면서 ' 시는 만들어지는 것이 아니라 써 내는 것'196)이라고 주장하였다. 이들은 절제한 이성적 감정을 가진 미학의 원칙하에 시의 율격의 형식화를 주장하면서 감성주의를 부 정하고 가식적인 낭만주의의 혼란스러움을 배격하였다.197) 이와 대 조적으로 현대시파는 신월파와는 달리 모든 격식을 떠나서 현대생 활 중에서 느낀 정서와 현대의 사조로서 시형의 배열을 주장하였 다.198) 1932년에 상해에서 성립된 이 파는 프랑스 상징파와 미국

---

196) 聞一多, 「女神之地方色彩」, 『聞一多全集』, 北京, 1988, 153쪽, "詩不是做出來的, 寫 出來的"
197) 古遠淸, 『中國當代詩論50家』, 重慶: 重慶出版社, 1993, 227쪽
198) 류성준, 『중국 현대시의 이해』, 서울: 한국외국어대학교 출판부, 1997, 72쪽

20세기 의상파의 영향을 받았다. 이들은 난해하고 몽롱한 시의를 지니면서 적지 않게 중국 고전시가의 의경(意境)과 언어의 자양분을 흡수하였다. 이들은 허무한 절망의 색채를 포함하였지만 초기 낭만주의 시파의 좌익혁명문학에 대응하는 자산계급문학으로 분류되었다.[199]

앞에서 중국 시파의 흐름을 간파하여 볼 때에 당시는 현실주의와 낭만주의가 혼재하던 시기였다. 이러한 분류는 전반적인 중국 시파의 흐름을 간면하게 설명하기에는 적합하나 어느 한 작가를 어느 한편으로만 규정하기에는 당시의 혼탁한 세계조류에 비추어 어려움이 크다고 할 것이다. 이러한 관점에서 루쉰의 낭만주의 제창은 후스와 같이 문학운동으로 발전하거나 신문학 운동에 직접적으로 영향을 끼쳤다고 보기는 어렵지만 낭만주의 정신의 체계적인 소개라는 문학사적 의의를 지녔다고 할 수는 있을 것이다. 이에 대해 취치우이(瞿秋白)는 루쉰을 마르크스를 따르는 현실주의자로 규정하면서 다음과 같이 루쉰을 평가하였다.

> "루쉰은 온 힘을 다해서 중국의 암흑을 폭로하고자 하였다. 그러므로 글 속의 풍자와 유머는 인생에 대한 가장 엄정한 태도에서 나온 것이다. …중략… 루쉰의 싸늘한 냉소와 열정적인 풍자, 경솔함을 비웃는 것은 그의 진면목을 이해하지 못하기 때문이다. …중략… 루쉰의 현실주의는 제3종인을 자처하는 자들의 초연한 척, 방관자인 척하는 과학적 태도와는 다르다. 그의 잡감을 제대로 읽어 본 사람이라면 누구나 그의 글 속에서 추악하고 썩은 암흑세계 속에서 한 가닥 이글거리며 타오르는 맹렬한 불꽃이 휩쓸고 있음을 느낄 수 있을 것이다."[200]

---

199) 한무희, 「중국 신시의 형성배경과 그 특징」, 『동양학』, 제25집, 단국대동양학연구소, 서울, 단국대학교출판부, 1995. 62쪽

200) 조현국, 「瞿秋白의 魯迅雜感選集序言研究」, 『중국학논총』, 제7집, 한국중국문화학회, 서울, 도서출판 학고방, 1998, 403쪽

이렇듯 루쉰은 중국이 처한 어두운 상황을 거침없이 폭로하면서 사회현실을 타개해 나갈 것을 주장하였다. 그러나 루쉰은 중국 내의 다른 지식인들이 무조건적인 외국문물의 수입이나 모방을 거부하였다. 그는 백인의 야만적이고 탐욕스러운 마음을 찬미하면서 세계문명의 극치라고 하는 지식인들을 향하여 분노하였다. 그는 백인문명의 야수성을 지적하면서 물질문명이나 제도문명을 추구하는 당시의 양무파나 변법 유신파를 비판하였다. 당시 그는 세계가 제국주의로 치달으며 진화론의 양육강식을 명분으로 삼아서 약소국을 점령하려는 서구 열강들의 속성을 꿰뚫고 있었던 것이다.201) 그는 서방의 과학과 민주라는 명분 속에 감추어진 힘의 야수성을 폭로하면서 노예근성을 버리고 미래를 살아갈 인간의 바람직한 인성(人性)이 무엇인가에 초점을 맞추었다.

3) 루쉰식 혁명의 미래

이에 루쉰은 중국의 봉건적인 전통을 철저히 부정하였으며 또한 서구의 자본주의 문명을 인정하면서도 그 속의 야수성을 부정하면서 물질보다는 평등한 정신을 강조하고 있다. 여기서 루쉰은 인간의 평등에 대한 도덕적 문제를 누구보다도 심각하게 고민하였음을 알 수가 있다. 따라서 루쉰은 감추어진 야수성을 통찰하고 문명을 비판할 줄 아는 혜안을 가지고 있다고 말할 수 있을 것이다. 이 점

---

201) 魯迅, 「破惡聲論」, 『魯迅全集』, 第8卷, 北京: 人民出版社, 1981, 31~32쪽

은 그의 전투적인 작품을 통하여 찾아볼 수 있다. 그의 작품들은 현대적이라고 말할 수 있으면서도 그 속에서 다른 고독과 비애를 느끼게 되고 한편으로는 초인과 같이 현실로부터의 이탈인 양 하면서도 통찰을 통한 적극적인 참여를 의미하게 됨은 바로 이러한 맥락에서 이해할 수 있을 것이다.

이러한 루쉰의 사상은 1905년을 고비로 쑨원(孫文)의 삼민주의 이론을 이념으로 하여 일어난 지식인들의 애국주의 혁명 정신에 부응하여 혁명파의 입장을 지지하고 애국주의적인 동기에서 낭만주의 악마파 시인들에게 경도되어 갔다. 이는 그가 추구하는 '정신계의 전사'로서, 전사의 상무정신은 그의 시 속에서 그대로 반영된다. 그 서막으로서 1903년에 쓴 「전투가」를 소개하면 다음과 같다.

〈전투가〉

싸우자! 이 전장은 위대하고 장엄하도다.
어찌하여 전우를 버려두고 살아 왔는가?
살아서 돌아옴은 큰 치욕이라
당신 어머니 죽을 때까지 매를 치리라

(〈戰哉歌〉

戰哉! 此戰場偉大而莊嚴兮
爾何爲遺爾友而還兮?
爾生還兮蒙大恥,
爾母笞爾兮死則止.)

이 시는 일본에서 발행되던 애국 잡지에 발표된 것이다. 「스파르타의 혼(斯巴達之魂)」이라는 소설 속에 삽입된 구체 한시이다. 스파르타 동맹군과 페르시아 군대의 격렬한 전투 속에서 단 한 명도 돌아오지 않고 장렬히 전사할 때까지 싸우는 영광스러운 장면을 연출하고자 한 것으로 보인다. 루쉰에게서는 전사로서 싸워야 하는 이유인 혁명의 미래에 대한 꿈이 있었다. 그가 꾸는 꿈은 다음과 같이 시 속에서 찾아볼 수 있다.

〈꿈〉

수많은 꿈들이 황혼을 틈타 떠들썩하게 웅성대기 시작한다
지난 꿈이 더 지난 꿈을 밀쳐낼 때, 미래의 꿈이 또 지난 꿈을 뒤쫓아 간다
떠나간 지난 꿈은 먹물처럼 검고, 남아있는 미래의 꿈도 먹물인 양 검다
지난 꿈과 남은 꿈이 모두 나의 예쁜 색깔 좀 봐줘 라고 말하는 것 같다
색깔이야 좋겠지만 암흑 속에선 알 수 없지
또한 알 수가 없나니, 말하는 이는 그 누구인가?
암흑 속에선 알 수가 없어, 열이 나고 머리가 아프다
어서 오라 어서 오라 분명한 꿈이여

(〈夢〉

很多的夢, 趁黃昏起哄.

前夢才擠却大前夢時, 後夢又赶走了前夢.
　去的前夢黑如墨, 在的後夢墨一般黑 ;
　去的在的仿佛都說 : "看我眞好顏色" ;
顏色許好, 暗里不知 ;
而且不知道, 說話的是誰?

暗里不知, 身熱頭痛.
你來你來! 明白的夢.)

이 시는 1918년 5월 『新靑年』 잡지 제4권 제5호에 발표된 것이다. 그가 기다리는 꿈은 암흑과 같다. 이 시에 대하여 유세종은 이렇게 설명하고 있다.

"미래지향의 가치는 새로이 다가오는 밝은 그 무엇을 위해 과거와 현재에 대한 강한 부정을 동반한다. 시간이 흐름에 따라 뒤에 오는 꿈이 현존이 되고 그것은 다시 뒤에 오는 꿈에 의해 밀려나 그 빛을 잃는다. 무한히 나타나는 신생(新生)만이 밝은 꿈으로서의 의미는 지닌다. 식인(食人) 사회에서의 유일한 희망으로서 아이를 구하라고 외친 광인의 절규가 인간사회의 신생인 유아에게 미래의 꿈을 건다는 소리라고 한다면 이 시에서의 그대의 분명한 꿈은 바로 미래의 꿈이다."202)

이러한 미래에 희망을 건 자신은 무엇인가? 그가 정의하는 희망이란 무엇인가에 대한 답이 다음의 「희망(希望)」이란 산문시에 들어 있다.

〈희망〉

내 마음은 유달리 석막하나. 그러나 내 마음은 아주 평온하다. 사랑과 미움도 없고 슬픔도 즐거움도 없고 색깔과 소리도 없다. …중략… 나는 희망의 방패를 내려놓고 페퇴피의 '희망'의 노래를 듣는다.
희망이란 무엇이냐? 창부이다. 그녀는 누구에게나 고혹적으로 모든 것을 들어바친다. 수많은 보배-네 청춘을 희생하길 기다려 그녀는 바로 너를 버린다. 이 위대한 서정 시인은 헝가리의 애국자이다. …중략… 지금은 별도 달빛도 없고 미소의 아득함과 사랑을 날리는 춤도 없다. 젊은이들은 그저 평온하기만 한 것이 아니라 또한 나의 눈앞에는 정말 어둔 밤까지도 없다. 절망이 허망하기란 바로 희망과 같다.

---

202) 유세종, 『魯迅식 혁명과 근대중국』, 서울: 한신대학교출판부, 2009, 113쪽

(<希望>

我的心分外地寂寞. 然而我的心很平安. 沒有愛憎, 沒有哀樂, 也沒有顏色和
聲音. -(省略)- 我放下了希望之盾, 我聽到 Petofi Sandor (1823~49)的"希
望"之歌.

希望是什麼? 是娼妓.
她對誰都蠱惑, 將一切都獻給.
待你犧牲了極多的寶貝-
你的靑春-她就棄掉你.

這偉大的抒情詩人, 匈牙利的愛國者, …省略…
現在沒有星, 沒有月光以至沒有笑的渺茫和愛的翔舞. 靑年們很平安, 而我
的面前又竟至於並且沒有暗夜.
絶望之爲虛妄, 正與希望相同!)

위의 시는 1925년 1월 1일에 쓴 것이다. 그리고 1925년 1월 9일
어사(語絲) 주간(週間) 제10기에 발표되었다. 희망이 만약 허망이
된다면 그것은 참으로 견디기가 어렵다 그러나 절망이 허망이 된
다면 그건 곧 희망이다. 그는 끝없이 전사로서 현실을 타개해 나가
고자 하였다. 그런 그에게는 꿈과 희망이 있었기 때문이다. 그런데
그 꿈이 이루어지고 나서, 희망이 사라졌을 때 그는 절망가과 희망
도 없는 그다음의 어둠을 기다리고 있었던 것 같다.

루쉰의 말에 따르면 서구 낭만파 시인인 쉴러의 말과 같이 오직
죽음으로서 해탈되어야만이 생사의 비밀이 밝혀질 것이니 이렇듯
생사의 신비로움은 이해할 수 없는 것이라고 하면서 죽음만이 이
를 이해하게 될 것이라고 하였다. 그러니 절망하는 사람들은 투쟁
과 도전정신으로 희망을 향해 가야 하지만 희망을 완수하고 나면

결국에는 또 다른 절망이 기다리니 절망과 희망은 그저 단어의 나열일 뿐이라고 생각하였다. 여기에는 모순과 부조리한 세계 속에서 느끼게 되는 루쉰식 회의와 부정의 철학적 사유가 깃들어 있다.

3. 결론

루쉰의 시대에 진화론과 니체 사상은 유럽에서 풍미하던 새로운 이론으로서 각광을 받았던 것이다. 중국의 지식인들은 모두 유럽의 새로운 사상에 흠뻑 빠져 있었고 그들이 마치 진화론자인 양, 혹은 니체가 말한 초인인 양 행동하려고 한 흔적들을 그들의 작품 곳곳에서 찾아볼 수가 있다.

그러나 결국 진화론이 유럽열강들의 식민지 정책으로 이용되는 점, 니체의 초인 사상이 독일의 무모한 세계대전으로 이어진 점을 보고 나서 루쉰과 같은 중국 내의 지식인들은 절망하였다. 이러한 절망이 곧 다시 허망으로 끝나게 된 것은 바로 중국 내에서 혁명과 진화를 통한 미래를 본 까닭이다. 루쉰은 진정한 진화론의 이론으로서 중국 내의 전통식 노예근성에서 벗어나야 됨을 외쳤고, 진정한 진화론을 중국 내에 끌어 들여와서 시는 시대에 따라 변한다는 주장을 펴게 되었다. 그리고 니체의 사상을 끌어 들여와 전통에 대항하는 전사로서의 도전정신을 고취시키는 데 한 몫을 했다. 바로 이것이 루쉰 방식의 혁명이었다.

그는 시론의 형태로 쓴 「마라시력설(摩羅詩力說)」을 통하여 중국 사회에 화두를 던졌다. 그 내용은 과학과 민주라는 미명 속에 담긴 서구 정신문명의 야수적 실체를 피해야 할 것을 주제로 하는 것이었다. 물질문명 속에 묻혀 져 버리는 불평등 의식의 자기 합리화와 약육강식의 정당성에 대하여 조전하고 반항하였다. 이렇게 그가 추구하는 낭만주의 속에는 현실을 통찰하는 악마와 같은 힘이 있었다. 이는 마르크스 사회주의에 경도된 자들이 외치는 현실타파에도 부응하는 것이었다. 즉, 중국 국민이 만들어 가야 할 이상적인 사회는 자신의 주체성을 확립하여 남의 노예가 되지 아니하여야 함은 물론 강자가 되어서도 남을 억압하지 않는 평등한 사회를 만드는 것이었다.

그리고 이러한 꿈들이 이루어졌을 때 루쉰은 희망이 허망함을 알게 됨을 예언하였다. 그럼에도 희망은 또 시간이 흐르면 절망으로 바뀌고 절망이 희망으로 새로이 태어나는 것임을 알 때에 아무런 색깔도 빛도 없는 어둠이 올 것을 미래에 그리고 있는 것이다. 그러므로 루쉰이 추구하는 바람직한 인성은 야수성에서 벗어나서 도덕적 인성을 회복시키는 것이며 인간의 평등사상으로서 인권의 회복을 그리고 있다. 지금까지 본고는 루쉰의 초기 시론과 작품을 통하여 보여준 사상을 중점적으로 다루어 보았다. 이후 소설 작품을 통하여 나타나고 있는 구체적인 형상들에 대하여는 계속 연구되어야 할 과제로 남겨 둔다.

【참고문헌】

[1] 전형준, 『루쉰』, 서울: (주)문학과지성사, 1997

[2] 엄영욱, 『정신계의 전사, 노신』, 서울: 국학자료원, 2005

[3] 한무희, 「중국신시의 형성배경과 그 특징」, 『동양학』, 제25집, 단국대학교동양학연구소, 서울: 단국대학교출판부, 1995

[4] 李俊國, 『中國現代文學硏究』, 第1集, 北京: 北京出版社, 1984

[5] 古遠淸, 『中國當代詩論50家』, 重慶: 重慶出版社, 1986

[6] 김영문, 『魯迅, 시를 쓰다』, 서울: 도서출판 역락, 2010

[7] 郭沫若, 『沫若全集(論詩三箚)』, 北京: 北京出版社, 1987

[8] 古遠淸, 『中國當代詩論50家』, 重慶: 重慶出版社, 1993

[9] 조현국, 「瞿秋白의 魯迅雜感選集序言硏究」, 『중국학논총』, 제7집, 한국중국문화학회, 서울: 도서출판 학고방, 1998

[10] 유중하, 「魯迅前期文學硏究」, 연세대 박사학위 논문, 서울: 연세대학교출판부, 1993

[11] 김하림, 「魯迅文學의 形成과 轉變硏究」, 고려대 박사학위 논문, 서울: 고려대학교출판부, 1992

Ⅱ. 현대중국어학 부문

「春」에 대한 수사학적 분석

1. 서론

　전통 수사학을 연구하는 사람들은 수사학을 학문의 범주에 넣지 않고자 하였으나, 1950년대부터 문장에 대한 전문적인 연구가 심화되면서 문장의 구조와 문체를 연구하는 한 분야로서 수사학을 하나의 학문분야로서 인정하기 시작하였다. 특히, 중국 문장은 四字成語가 많고, 중복적인 표현을 하여 리듬감을 살리는 등 다채로운 언어의 미감을 구사한 것이 많아 중국 문장을 연구하는 사람으로서 수사학의 연구는 필수요건이기도 하다. 본고에서는 수사학이란 무엇인가에 대한 개념정립과 함께 실제로 현대문학작가인 朱自清(1898~1948)의 한 작품인 「春」을 대상으로 수사학의 이론을 적용하여 심층분석을 시도하고자 한다. 그리고 그 결과로서 수사학을 재인식하고 또한 중국 산문작품에 대한 분석적 감상을 통하여 중국 작품의 우수성을 인식하고자 한다. 연구방법으로서 작품을 먼저 단락별로 구분하고 단락별로 수사학적인 분석을 시도한 후에 끝으로 종합하여 요약하는 순서로 하였다.

2. 본론

1) 「春」의 단락

작품 「봄」은 朱自清의 작품으로 朱自清의 자는 佩弦이고 浙江省의 紹興 출신이다. 그는 북경대학 재학시절부터 문예잡지에 기고했고 졸업 후에는 杭州 第一師範學校에서 교편을 잡았다. 장편의 시 「毀滅」을 발표하여 초기 시단에 큰 영향을 끼쳤으며, 뒤에는 장르를 산문으로 바꾸었다. 고전문학의 연구와 계몽에 힘썼고 이 분야의 논술이 많다. 작품으로는 「踪跡」, 「歐遊雜記」, 「論雅俗共賞」, 「標準與尺度」, 「朱自清文集」 등이 있다.

본고에서 다루려는 작품 「봄」은 모두 10개의 단락으로 구성되어 있다. 제1단락과 제2단락은 開頭에 해당되고 제3단락에서부터 제7단락까지가 본문, 그리고 제8단락에서 제10단락까지가 結尾로 구성되어 있다. 본문에 해당되는 제3단락은 春草에 대하여 이야기하고 있고, 제4단락은 春花, 제5단락은 春風과 春曲, 제6단락은 春雨, 제7단락은 迎春, 제8단락에서 제10단락까지는 頌春에 관한 내용이다. 그 전체 내용을 단락별로 구분하면 다음과 같다.

제1단락: 바라고 바라던 동풍이 왔다. 봄의 발걸음이 가까워졌다. (盼望着, 盼望着, 東風來了. 春天的脚步近了.)

제2단락: 모두가 막 잠에서 깨어난 듯 살그머니 눈을 떴다. 산이

윤기가 나기 시작하였으며 물이 불어나고 태양의 얼굴이 붉어지기 시작하였다. (一切都象剛睡醒的樣子, 欣欣然張開了眼. 山潤朗起來了, 水漲起來了, 太陽的臉紅起來了.)

제3단락: 작은 풀들이 살그머니 흙을 뚫고 나와 아주 연하고 푸른 것이 정원에서나 밭에 나와서 언뜻 보게 되면 밭 전체가 다 풀들로 꽉 차 있다. 앉아서나, 누워서, 두어 번을 구르고 몇 번이나 공을 차고, 뛰고, 술래잡기를 한다. 바람은 슬슬 불어 연약한 풀이 더욱 부드러움을 느낀다. (小草偸偸地從土里鑽出來, 嫩嫩的, 綠綠的. 園子里, 田野里, 瞧去, 一大片一大片滿是的. 坐着, 躺着, 打兩個滾, 踢幾脚球, 賽幾趟跑, 捉幾回迷藏. 風悄悄的, 草綿軟軟的.)

제4단락: 복숭아나무, 은행나무, 배나무는 서로 다투어 모두 꽃을 한창 피웠다. 붉은 것은 불꽃과 같고, 분가루는 노을과 같고, 흰 것은 눈과 같고, 꽃 속에는 단 맛을 지니고 있다. 눈을 감으면 나무 위에는 흡사 벌써 복숭아, 은행, 배가 꽉 차 있는 듯 하다 ! 꽃 아래는 수백 수천의 꿀벌들이 옹옹거리는 소리를 내며 시끄럽게 떠들고, 크고 작은 나비들이 날아오고 날아간다. 들꽃들이 잡다하게 가득한 데 개중에는 이름이 있는 것도 있고 없는 것들도 있다. 이 꽃들은 풀 더미 속에서 눈알과 같이 또는 별과 같이 반짝이며 눈을 뜨고 있다. (桃樹·杏樹·梨樹, 你不讓我, 我不讓你, 都開滿了花赶趟. 紅的象火, 粉的象霞, 白的象雪. 花里帶着甛味; 閉了眼, 樹上仿佛已經滿是桃兒·杏兒·梨兒! 花下成千

成百的蜜蜂嗡嗡地弄着, 大小的胡蝶飛來飛去. 野花遍地是: 雜樣兒, 有名字的, 沒名字的, 散在草叢里象眼睛, 象星星, 還眨呀眨的.)

제5단락: 옛말에 '바람이 불어 버들가지가 얼굴을 스치나 차갑지 않다'고 한 말이 맞다. 어머니의 손이 당신을 어루만지듯 바람 속에서 새로 뒤집어진 채 가져다준 흙 속의 기운에 푸른 풀 맛이 섞여 있고, 또한 각종 꽃의 향기가 배어 있다. 모두가 촉촉한 공기 속에서 자라고 있다. 새들은 많은 꽃잎들 속에서 둥우리를 틀고 즐거워하기 시작했으며 여기저기 친구들을 불러모으느라 맑고 청아한 목소리로 허리를 휘감는 듯한 곡을 부르니 가벼운 바람과 흐르는 물이 화답한다. 소 등위에서 부르는 목동들의 단소 소리는 하루 종일 낭랑하게 울린다. ("吹面不寒楊柳風", 不錯的, 象母親的手撫摸着你. 風里帶來些新翻的泥土的氣息, 混着靑草味, 還有各種花的香, 都在微微潤濕的空氣里醞釀. 鳥兒將巢安在繁花嫩葉當中, 高興起來了, 呼朋引伴地賣弄淸脆的喉嚨, 唱出宛轉的曲子, 跟輕風流水應和着. 牛背上牧童的短笛, 這時候也成天在瞭亮地響.)

제6단락: 비는 심심찮게 내리며 한 번 내릴라치면 이틀이나 삼일은 간다. 그렇다고 신경 쓸 것까진 없다. 보라, 내리는 빗줄기가 소털과도 같이 또한 꽃침과도 같이 조밀조밀하게 천을 짜고 있다. 가옥들의 지붕위에는 한층 얇은 연기가 뽀얗게 깔려 있다. 나뭇잎은 더욱 푸르게 빛나고 작은 풀도 푸르러 당신의 눈을 자극한다. 저녁 나절에 불이 켜지기 시작하면서 점점 황색 불빛이

늘어가며 조용하고 평화로운 밤을 밝힌다. 시골에서나 좁은 길에서나 돌다리 주변에서 우산을 쓴 채 천천히 걷는 사람들, 또한 일하는 농부들은 볏단으로 만든 비옷을 입고 초롱을 쓰고 있다. 그들이 사는 마을의 초옥들은 듬성듬성 빗속에 묵묵히 서 있다. (雨是最尋常, 一下就是三兩天. 可別惱. 看, 象牛毛, 象花針, 密密地斜織着, 人家屋頂上全籠着一層薄煙. 樹葉子却綠得發亮, 小草兒也靑得逼你的眼. 傍晚時候, 上燈了, 一點點黃暈的光, 烘托出一片安靜而和平的夜. 鄕下, 小路上, 石橋邊, 掌起傘慢慢走着的人; 還有地里工作的農夫, 披着蓑戴着笠. 他們的草屋, 稀稀疏疏的在雨里靜默着.)

제7단락: 하늘 가운데 연들은 점점 많아지고 땅을 걷는 아이들도 많아졌다. 도시건 농촌이건 가가호호 어른이건 아이들이건 모두 달음질치며 한 사람 한 사람씩 나왔다. 기지개를 켜고 팔운동을 하면서 정신을 차리고 각자각자의 일터로 간다. 누군가 '일 년의 계획은 봄에 있다'고 했다. 시작이 있는 곳엔 시간이 있고 희망이 있다. (天上風箏漸漸多了, 地上孩子也多了. 城里鄕下, 家家戶戶, 老老小小, 他們也赶趟兒似的, 一個個都出來了. 舒活舒活筋骨, 抖擻抖擻精神, 各做各的一分兒事去. "一年之計在於春", 剛起頭兒, 有的是工夫, 有的是希望.)

제8단락: 봄은 막 땅에 태어난 아기처럼 머리에서 발끝까지 새롭게 자라고 있다. (春天象剛落地的娃娃, 從頭到脚都是新的, 它生長着.)

제9단락: 봄은 숫처녀처럼 예쁘게 미소를 띠며 걷고 있다. (春天象小姑娘, 花枝招展的, 笑着, 走着.)

제10단락: 봄은 마치 건장한 청년처럼 강철 같은 팔뚝과 다리를 지니고 있다. 그는 우리를 데리고 앞으로 간다. (春天象健壯的靑年, 有鐵一般的胳膊和腰脚, 他領着我們上前去.)

2) 단락별 내용분석

제1단락: 盼望着, 盼望着, 東風來了. 春天的脚步近了.

1단락에서 보여주는 것은 반복법으로서 盼望着을 반복해 쓰면서 바라는 바를 강조하였다. 여기서 着은 時態助詞에 해당된다. 다음에 春天的脚步近了에서 擬人手法을 사용하였음을 알 수가 있다.

제2단락: 一切都象剛睡醒的樣子, 欣欣然張開了眼. 山潤朗起來了, 水漲起來了, 太陽的臉紅起來了.

2단락에서 보여주는 것은 象이란 글자를 이용하여 比喩法을 사용한 점이며 趨向動詞 起來와 助詞 了를 반복하여 쓰고 있다는 점이다.

제3단락: 小草偸偸地從土里鑽出來, 嫩嫩的, 綠綠的. 園子里, 田野里, 瞧去, 一大片一大片滿是的. 坐着, 躺着, 打兩個滾, 踢幾脚球, 賽幾趟跑, 捉幾回迷藏. 風(輕)悄悄的, 草綿軟軟的.

3단락에서 鑽는 謂語에 해당된다. 후반부의 數量詞組는 量詞의 변화를 도모하였고, 悄悄的, 軟軟的을 사용하여 對仗의 효과를 노렸다.

제4단락에서는 呀라는 虛辭를 사용하고 있다. 이 단락에서는 4개의 문장으로 구성되어 있으며 전반부 2개 문장은 봄의 나무에 대하여 그리고 후반부 2개의 문장은 봄꽃에 대하여 이야기하고 있다.

제5단락에서는 역시 象을 사용하여 어머니에 비유하고 있고 4개의 문장으로 구성되어 있다.

제6단락에서는 5개의 문장으로 이루어져 있으며 전체적으로 春雨의 아름다움을 노래하고 있다. 차례로 雨中景色, 雨中樹草, 雨中之夜, 雨中之人, 雨中之人家에 대하여 이야기하고 있다.

제7단락에서는 2개의 문장으로 구성되었다.

제8단락에서는 봄을 擬人法을 사용하여 어린아이에 비유하였다. 어린아이는 새로움과 성장의 의미를 지니고 있다.

제9단락에서는 봄을 처녀에 비유하였다. 花枝招展이라는 成語를 사용하면서 봄의 아름다움을 이야기하였다.

제10단락에서는 봄을 건장한 청년에 비유하여 봄의 건장함을 이야기하고자 하였다.

3) 수사학적 분석

字音이나 字形에 대한 수사로서 同聲 혹은 同韻을 중첩하여 사용함으로써 音響和諧의 아름다움을 창조할 수가 있다. 聲母를 중첩하여 쓴 것을 쌍성이라고 하고 韻母를 중첩사용한 것을 첩운이라고 한다. 예를 들면, 惆悵(chou chang), 參差(cen ci) 등은 同聲중첩이고 光芒(guang mang), 窈窕(yao tiao) 등은 同韻중첩에 해당된다. 「春」의 제3단락에서 이러한 점들이 눈에 두드러지게 들어온다.

제3단락: 小草偸偸地從土里鑽出來, 嫩嫩的, 綠綠的. 園子里, 田野里, 瞧去, 一大片一大片滿是的. 坐着, 躺着, 打兩個滾, 踢幾脚球, 賽幾趟跑, 捉幾回迷藏. 風(輕)悄悄的, 草綿軟軟的.

여기서 小草(xiao cao)는 ao의 발음이 중첩되어 동운중첩이 된다. 아울러 偸偸와 嫩嫩的, 綠綠的, 悄悄的, 軟軟的과 一大片과 一大片 등은 같은 글자나 단어를 반복하여 사용하여 同聲同韻의 중첩이 된다. 園子里와 田野里도 마지막 里(li)를 중첩하여 사용하여 同韻呼應의 효과를 나타내고 있다. 坐着과 躺着도 着(zhe)이라는 단어를 각 끝에 두어 동일음의 효과를 거두고 있다. 또한 踢幾脚球, 賽幾趟跑, 捉幾回迷藏에서도 幾(ji)라는 단어를 같은 위치에 두어 반복적으로 동일음의 효과를 자아내게 된다.

이와 같은 疊字(글자의 반복)는 음과 억양의 반복을 의미하며 마치 시를 읊는 듯한 리듬감을 준다. 이와 함께 약간씩 다른 글자를 사용하여 기복을 줌으로써 節奏感과 變化美를 가미시켜 문장을 지루하지 않고 노래하듯 부드럽고 편하게 읽어 내려가게 된다. 이러한 점은 聲音美가 있어 形象과 語意를 강하게 하는 작용을 하고 있다.

형상에 대한 묘사를 다양하고 풍부하게 하기 위하여 수사학에서는 同形比較로서 비유나 상징, 比擬, 借代, 誇張이나 類比의 수법을 사용하고 異形비교로서는 對比, 襯托의 수법을 사용한다.

여기서 비유는 일종의 사물이나 상황을 다른 사물이나 상황과 빗대어 말하는 것을 의미하는데 비유는 비유되는 사물을 의미하는 본체, 비유대상인 喩體와 비유관계를 나타내는 喩詞의 세 가지 부분을 포괄한다. 비유의 기본적인 유형에는 明喩, 暗喩, 借喩의 세 가지와 그밖에 倒喩, 反喩, 縮喩 등이 있는데 여기서는 기본적으로 明喩, 暗喩, 借喩의 세 가지만 논하고자 한다.

> 첫째, 明喩는 본체와 유체, 유사가 모두 출현하는 비유를 말한다.
> 둘째, 暗喩는 본체, 유체 모두 출현하는 비유로서 양자간에 是, 成了, 變成 등의 관련어를 사용한다.
> 셋째, 借喩는 단지 유체만이 출현하며 본체와 유사는 출현하지 않고 유체로서 본체의 비유를 대신한다.

상징수법은 모종의 구체적인 형상의 사물을 빌어 특정인이나 이치를 연상시켜 암시한다. 동일한 형태의 비교로는 比擬와 借代가 있는데 比擬는 擬人과 擬物의 두 가지로 구별된다. 擬人은 의인수법으로서 사물을 사람으로 간주하는 것이다. 「春」에서는 사람에게 적용하는 단어를 사물에 적용하여 서술한 예를 찾아볼 수 있다.

제5단락: 鳥兒將巢安在繁花嫩葉當中, 高興起來了, 呼朋引伴地賣弄淸脆的喉嚨, 唱出宛轉的曲子, 跟輕風流水應和着.

또한 추상적인 사물을 사람으로 간주한 예를 찾아볼 수가 있는데 다음과 같다.

제1단락: 盼望着, 盼望着, 東風來了. 春天的脚步近了.
(참고로 擬物은 사람을 사물로 간주하는 것이다.)

또한 본 작품 「春」에서 보이는 것은 詞語形式적 측면에서의 變格형식이다. 이러한 변격형식으로는 節縮, 鑲嵌, 非別 등이 있다. 이 중에 특히 鑲嵌은 중국문자의 특수성을 돋보이게 한다. 鑲嵌은 끼워 넣기를 말하는 것이다. 이로써 형식의 균형을 유지하면서 음절을 조화롭게 하고, 어의를 강조하며, 어기를 강화시키는 작용을 하는데 흔히 사용되는 예로서 拼字法이 있다. 끼워 넣기에는 본래 어에다 수사, 형용사, 동사, 수사, 동사, 부사 등을 끼워 넣는 방법이 있다. 예를 들면 「春」의 제4단락에서 보이는 '成千成百'과 같이 수사로서 사용되는 千과 百 사이에다 成이란 동사를 중첩하여 끼워 넣기 하는 방법이다. 이러한 다른 예로서 제4단락에 나오는 飛來飛去가 있는데 이는 飛라는 동사를 來去사이에 끼워 넣기를 한 것이다.

수사학에서 끼워 넣기 방법에는 위의 방법 외에 본래의 의미를 갖춘 두 단어를 서로 교차하여 끼워 넣기 하는 방법이 있다. 예를 들면 山重水複, 龍爭虎鬪와 같은 것들이 있다. 본 작품에서 찾는다면 제8단락에 나오는 從頭到脚이 있다. 이는 처음부터 어디까지에 해당되는─從─到와 두각 머리와 다리를 의미하는 頭脚을 서로 교차하여 끼워 넣기로 사용한 예라고 할 수 있을 것이다.

그러나 본 작품에서는 위와 같은 끼워 넣기 방법보다는 제7단락에 나오는 家家戶戶, 舒活舒活, 抖擻抖擻 등과 같이 반복법을 사용한 예가 더 많이 눈에 띈다.

다음으로 辭格의 常格修辭로서 형식면에서 對偶를 들 수 있다. 대우는 중국어 특유의 수사방식이다. 대우가 운용되는 범위는 일상생활에서 사용되어 광범위하다고 할 수가 있다. 즉, 결혼이나 회갑연, 추도회 등에서 많이 사용된다. 이러한 경우에는 어법이나 구조가 같거나 비슷하고, 글자 수도 비슷하며 내용도 상호관련성이 크다. 대우의 유형에는 내용에 따라 正對, 反對와 串對로 구분한다. 正對는 發揚革命傳統, 爭取更大光榮에서와 같이 비슷한 어법구조로 비슷한 관계를 가지고 나열되는 것을 말한다. 본 작품에서 찾아보면 제2단락에서 山潤朗起來了, 水漲起來了, 太陽的臉紅起來了와 같이 비슷한 구조가 비슷한 관계를 가지고 나열되고 있어 正對에 해당된다고 볼 수 잇다. 또한 제3단락에서도 보이는데 踢幾脚球, 賽幾趟跑, 捉幾回迷藏이 있고 이어서 風(輕)悄悄的, 草綿軟軟的도 마찬가지이다. 제4단락에서는 你不讓我, 我不讓你가 있고 이어서 紅的象火, 粉的象霞, 白的象雪도 마찬가지로 동일구조로 이루어져 있음을 알 수가 있다. 또한 동일 단락에서 有名字的, 沒名字的도 마찬가지로 대칭구조를 이루고 있으며 象眼睛, 象星星에서도 象이란 글자를 반복하면서 眼睛과 星星으로 변화를 적당히 주면서 읽어내려 가는데 동일구조로서 리듬감을 주고 있다. 이와 같은 현상은 제6단락의 象牛毛, 象花針에서도 마찬가지로 나타나고 있다. 제

7단락에서는 舒活舒活筋骨, 抖擻抖擻精神에서 正對의 수법을 사용하고 있음을 알 수가 있다. 이어서 有的是工夫, 有的是希望에서도 有的是를 반복하여 쓰면서 工夫와 希望으로 단어의 변화를 준 것이 동일한 구조의 리듬감을 살리고 있음을 알 수가 있다.

辭格의 常格 수사에 있어서 형식면으로 위에 열거한 對偶수법 말고 排比가 있다, 이는 세 개의 구조가 서로 같거나 비슷하게 나열하면서 내용상으로는 긴밀한 관계를 유지하게 된다. 排比에는 句子排比, 詞組排比와 段落排比로 나누어지는데 본 작품 「春」에서는 제8단락, 제9단락과 제10단락에서 段落排比의 전형을 찾을 수가 있다. 즉, 각 단락 모두 春天象이란 동일한 단어로 시작하면서 형식을 정제시키고 있으며, 언어의 節奏感을 강화하고 語勢를 강조하여 전달하려는 내용을 강하게 하고 있다.

3. 결론

위와 같이 수사학의 관점에서 단락별로 작품을 분석하여 보았다. 이로 보면 대체로 중국 문장은 단어의 중첩으로 말미암아 의미의 강조뿐만 아니라 청각적으로도 효과를 나타내고 있음을 알 수 있다. 본 작품은 각종 수사법을 동원하여 사물을 묘사하고자 하였는데 특히 비유를 사용하여 미적 감수성을 자아내었다고 평가된다. 아울러 중국문자의 특성을 잘 살린 예로서 끼워 넣기 방법을 사용한 점이 있다. 그러나 본 작품에서는 끼워 넣기보다는 반복법을 더 많이 사용하여 음의 리듬감을 살리고자 하였다. 반복법으로 趨向動詞로는 起來를 사용하였고, 助詞 了를 주로 사용하였다. 또한 悄悄的, 軟軟的를 사용하여 對仗의 효과를 노린 점도 돋보인다. 본 작품은 擬人法을 사용하여 봄을 비유하였는데 비유의 대상으로 어린아이, 처녀 및 건장한 청년에 비유하였다. 한편, 字音이나 字形에 대한 修辭로서는 同聲, 同韻을 중첩하여 사용함으로써 音響和諧의 아름다움을 창조하였다. 이와 같이 글자와 소리의 반복은 글 읽기에 리듬감을 주게 되므로 결과적으로 시를 읊는 듯한 분위기를 자아내게 된다. 뿐만 아니라 작가는 동일한 글자의 반복뿐만 아니라 글자의 말미마다 약간씩의 변화를 주어 다른 글자를 사용함으로써 節奏感과 變化美를 가미시켰다. 이로서 문장을 지루하게 하지 않고 노래하듯이 읽어 내려가게 하였다. 이와 같은 사실들을 종합하여 볼 때에 朱自淸의 산문은 산문으로서의 글 읽기에 韻文의 요소를 가미하여 한층 글을 부드럽게 하였다는 것을 알 수가 있다. 따라서 이러한 점은 당시에 새로운 산문의 형식을 창조하였다는 점에 그 의의가 크다고 하겠다.

【참고문헌】

[1] 陳孝全, 『朱自淸作品欣賞』, 南寧: 廣西人民出版, pp. 67-73, 1981

[2] 吳士文, 『修辭新探』, 沈陽: 遼寧人民出版, pp. 55-65, 1987

[3] 吳士文, 『修辭格論析』, 上海: 敎育出版, pp. 35-48, 1986

[4] 中國華東修辭學會, 『修辭學硏究』, 北京: 語文出版, pp. 67-78, 1987

[5] 黃維樑, 『中國語法修辭論集』, 香港: 文化事業有限公司, pp. 13-26, 1987

[6] 兒寶元, 『修辭』, 浙江: 人民出版, pp. 15-23, 1983

[7] 希裕民・陳漢森, 『寫作語法・修辭手冊』, 香港: 中華書局, pp. 24-56, 1992

[8] 黎運漢, 『現代漢語修辭學』, 香港: 商務印書館, pp. 46-87, 1986

[9] 姚亞平, 『當代中國修辭學』, 廣州: 廣東敎育出版, pp. 32-64, 1996

[10] 童山東, 『修辭學的理論與方法』, 河南: 人民出版, pp. 23-53, 1991

[11] 李晋荃, 「從80年代到90年代」, <蘇州大學報>, 第3期, pp. 121-125, 1991

[12] 陳光磊, 『關於修辭硏究方法論的幾点想法』, 上海: 復旦大學出版, pp. 37-48, 1991

[13] 王希杰, 『漢語修辭學』, 北京: 人民出版, pp. 114-154, 1983

[14] 王希杰, 『修辭學通論』, 南京: 南京大學出版, pp. 103-114, 1996

[15] 宗廷虎, 『修辭新論』, 上海: 敎育出版, pp. 63-78, 1988

[16] 宗廷虎, 『中國現代修辭學史』, 浙江: 敎育出版, pp. 34-65, 1990

[17] 陳望道, 『修辭學發凡』, 上海: 敎育出版, pp. 33-85, 1996

[18] 張志公, 『現代漢語修辭學』, 延邊: 吉林人民出版, pp. 285-288, 1984

[19] 程希嵐, 『修辭學新編』, 長春: 吉林人民出版, pp. 376-387, 1984

[20] 鄭子瑜, 『中國修辭學史稿』, 上海: 敎育出版, pp. 24-123, 1984

[21] 신동휘, 「건축표현에 있어서 수사학의 적용에 관한 연구」, 전북대

석사학위 논문, pp. 1-182, 1987

[22] 안성기, 「수사학의 관점에서 본 네스트로이의 익살희극」, 서울대 박사학위논문, pp. 1-184, 1993

[23] 박상진, 「Major Barbara의 수사학적 분석」, 동아대 교육대학원, 석사학위논문, pp. 1-154, 1986

[24] 김규원, 「플라톤 수사학에 관한 일 연구」 서강대 석사학위논문, pp. 1-136, 1991.

[25] 양태종, 「고대 수사학 연구」, 외국어대, 박사학위논문, pp. 1-176, 1991

[26] 최혜경, 「Aristoteles의 Rhetoric에 관한 연구」, 연세대 석사학위논문, pp. 1-80, 1988

[27] 고영섭, 「불교경전의 수사학적 표현 연구」, 동국대 석사학위논문, pp. 1-192, 1993

[28] Robert G. Bander, *American English Rhetoric, Los Angeles: University of California*, pp. 195-315, 1978

현대중국어 '了'의 용법에 관한 소고

1. 서론

중국 한자는 뜻글자로서 글자 한 자 한 자에 의미를 부여하게 된다. 그러면서도 한 글자라도 어순을 바꿔 버리게 되면 의미상의 변화가 생겨 해석상의 변화로 인한 어려움이 따르게 되어 있다. 여기에 문법을 알아야 하는 본질적인 의미가 있다. 특히, '了'의 용법은 중국어를 배우는 인도, 유럽어 사용자에게 가장 어려운 것의 하나이다. 왜냐하면 그들의 언어에는 '了'와 같은 용법이 없기 때문이다. 따라서 많은 중국문자들 중에서 자주 쓰이면서도 그 뜻을 정확히 파악하기가 어려운 '了'를 중심으로 다양한 용법을 정리하여 봄으로써 '了'의 쓰임에 대한 분명한 용도와 해석의 정확성을 기하고자 하는 데 본 논문의 목적이 있다.

현대 중국어에서 사용되는 '了'의 용법은 크게 두 가지로 나누어 설명되고 있다. 첫째는, 동사의 뒤에 놓여 동작의 완성을 나타내는 동태조사로 쓰이는 것이고, 두 번째는 문장의 끝에 쓰여 어떠한 상황이 이미 변화하였거나 변화할 것을 예견하는 語氣詞로서의 용도이다. 본고에서는 이 두 가지 점에 초점을 맞추어 순서대로 논의를 전개해 나갈 것이다. 그러나 이 두 가지 관점은 영어에서와 같은 어법상의 관점보다는 의미론의 관점에서 '시간'과 '어감'이라는 두 단어에 중점을 두면서 논의를 진행할 것이다. 그밖에 세 번째로는 가능보어를 구성하는 경우 네 번째로, '了'가 쓰여서는 안 되는 경우를 들어 쓰이는 경우와의 차이점을 분명히 하여 그 구별을 명확히 하고자 한다. 이로써 보다 쉽게 '了'를 이해할 수 있으리라 여겨진다.

2. 본론

1) 時態 · 動態 · 狀態助詞로 쓰이는 '了'의 用法

일반적으로 '了'는 문장 가운데 위치하여 時態·動態·狀態助詞로 쓰이는 경우와, 문장의 끝에 위치하여 語氣를 나타내는 語氣助詞로 대별된다. 그러나 본고에서는 語氣助詞가 語氣만을 나타내는 기능도 하지만 때로는 여러 가지 상태를 표시하기도 하기 때문에 語氣助詞를 다시 두 가지로 細分하여 狀態助詞와 語氣助詞로 세별하여야 하나 본고에서는 그로 인하여 발생하는 중복을 피하고자 語氣助詞로서 가지는 특성을 중점적으로 하여 나열의 語氣, 제안이나 충고할 때의 語氣, 변화의 완성을 의미하는 語氣助詞로 나누어 설명하고자 한다.203)

(1) 動詞, 名詞, 形容詞, 數量詞+'了'로 쓰이는 경우

'了'가 賓語를 동반하지 않고 단문으로서 動詞나 形容詞 뒤에 놓여서 '了'로 끝나는 경우에는 '了' 한 글자로서도 긍정적인 사태의 변화, 동작을 표시하거나 변화된 동작의 완성을 나타내기도 한다.

　　① 李老師把報紙拿走了. (이 선생님이 신문을 가져가셨다.)
　　② 韓國人站起來了. (한국인이 일어섰다.)

또한 '了'가 단문의 끝에 사용되어 문장 전체의 상태변화를 초래하는 경우가 있다.

　　③ 正午了. (정오가 되었다.)
　　④ 天氣好了. (날씨가 좋아 졌다.)
　　⑤ 他是學生了. (그는 학생이 되었다.)

앞의 예문을 보면 이전의 시간, 날씨, 신분의 상태가 변화하였음을 감지할 수 있다.

(2) 動詞(形容詞)+'了'+賓語(數量詞)로 쓰이는 경우

음악을 듣다(聽音樂), 밥을 먹다(吃飯), 책을 읽다(念書) 등과 같이 타동사로서 賓語를 동반한 경우에 불안정하기 때문에 그사이에 動態助詞 '了'만을 두어 끝나는 경우는 거의 없다. 따라서 이런 경우에는 語氣助詞로서 '了'를 다시 붙이게 되거나 賓語를 좀 더 구

---

203) 馬眞 著, 김준헌 飜譯, 『中國語文法』, 다락원, 2003, p. 208

체화시킬 수 있는 賓語가 되도록 '하나의(一個)', 혹은 '한 장의(一張)'와 같은 數量詞나 名詞賓語를 수식하는 限定語를 놓게 된다. 그러나 경우에 따라 단순히 '了'가 문장 안에서 쓰일 때는 동사의 뒤에 위치하여 동작의 실현되거나 완료되었음을 표시하게 된다. 그 예를 들면 다음과 같다.

⑥ 他看了一張報. (그는 한 장의 신문을 보았다.)

이와 같은 경우, 우리말로 번역하자면 과거형의 '하였다'로 대부분 해석된다. 여기서 그냥 신문을 보았다는 단순한 사실보다는 한 장의 신문이라고 하는 '한 장의(一張)'에 강조성 악센트를 두고 있음을 알 수 있다. 이러한 예로는 다음과 같은 것이 있다.

⑦ 他看了我以前買給的一張報. (그는 내가 이전에 사준 한 장의 신문을 보았다.)

위에서 보듯이 '내가 이전에 사준(我以前買給的)'이란 限定語句가 들어감으로써 賓語로 쓰이는 신문(報)을 구체화시키고 있다. ①, ②와 같은 경우에는 단순한 과거의 사실만을 의미하는 것이지 存在 자체와는 무관하다. 그러나 '了'가 들어 있는 문장 중에서 주어가 장소를 나타내는 場所詞가 쓰였을 경우에는 賓語가 어떠한 장소에 存在하고 있었음을 의미하게 된다.

⑧ 敎室里貼了畵. (교실에는 그림이 붙어 있다.)
⑨ 鞋上黏了泥. (신발에 흙이 붙어 있다.)

또한, 時態助詞로서 쓰이는 '了'로서, 形容詞의 뒤에 놓이며 그 다음에 수량사를 동반한다.

    ⑩ 那雙襪子就是小了一點兒(그 양말은 좀 작았다.)

(3) 動詞+'了'+賓語(補語)+'了'로 쓰이는 경우

여기서는 첫 번째로 문장 가운데 등장하는 '了'는 동작의 완성을 표시하고 나중에 문장의 끝에 쓰이는 '了'는 상황의 변화를 나타낸다.

    ⑪ 工資已經給了會計了. (월급은 이미 경리에게 주었다.)

(4) 動詞+'了'+賓語(補語)', 動詞+'了'+賓語(補語)+('了')로 쓰이는 경우

조건복문으로 쓰여 앞 문장의 상황이 뒤 문장의 조건문으로 사용되는 경우에는 앞부분의 문장은 동작이 이미 실현되었음을 나타낸다. 이러한 경우에는 앞 문장을 '하고서' 혹은 '하다면'으로 해석하면 된다.

    ⑫ 吃了飯, 他去學校了. (밥을 먹고(나)서, 그는 학교에 갔다.)
    ⑬ 吃了藥, 更好了. (밥을 먹고(나)서, 그는 더욱 나아질 것이다.)
    ⑭ 去年舉行了典禮, 就吃飯了. (작년에는 식이 끝나고 나서, 곧 밥을 먹었다.)
    ⑮ 明年舉行了典禮, 就吃飯. (내년에는 식이 끝나면, 곧 밥을 먹을 것이다.)
    ⑯ 吃了藥, 更好. (밥을 먹으면, 더욱 나아질 것이다.)

앞에서 특이한 점은 앞의 문장에 등장하는 '了'는 과거·현재·미래에도 두루 쓰일 수 있지만 뒤에 등장하는 '了'는 반드시 과거·현재·미래 가운데 어느 한 시점을 의미하고 있다는 점이다.

2) 語氣助詞로 쓰이는 '了'의 用法

語氣助詞는 문장의 끝에 놓여 사태의 출현, 변화나 장래의 출현, 변화를 나타낸다. 語氣助詞로 쓰이는 '了'의 용법은 대체로 다음과 같다.

(1) 動詞, 名詞, 形容詞+(程度補語)+'了'로 쓰이는 경우

'了'가 賓語를 동반하지 않고 단문으로서 動詞나 形容詞 뒤에 놓여서 '了'로 끝나는 경우에 '了' 한 글자가 단지 語氣만을 표시한다면 語感上의 차이점 외에 다른 글자로 바꾸더라도 의미상으로는 변화 없다. 다음은 감탄의 語氣를 나타내는 표현이다.

⑰ 太好了! (너무 좋다.)
⑱ 好極了! (너무 좋다.)
⑲ 好死了! (좋아 죽겠다.)

다음은 나열의 어기를 나타내는 표현이다.

⑳ 小金了, 小朴了, 小尹了, 都來了. (김군, 이군, 윤군이 모두 왔다.)

다음은 상대방에게 완곡한 제안이나 충고를 할 때에 부드러움을 나타내는 어기의 표현이다.

　　㉑ 別生氣了. (화내지 마세요.)

　또한, 형용사나 描寫性 단어 뒤에 놓여 일반적인 상황에서 새로운 상황의 등장을 나타내거나, 변화의 완성을 표시하기도 한다.

　　㉒ 刮了兩場南風, 花開了. (두 차례의 남풍이 불고서 꽃이 피었다.)

　名詞나 形容詞의 뒤에서 변화된 새로운 상황을 말하기도 한다.

　　㉓ 國慶節了. (이미 국경절이 되었다.)
　　㉔ 五十歲了. (이미 50세가 되었다.)

(2) 賓語+動詞+'了'로 쓰이는 경우

　동사가 賓語를 동반한다면 '了'는 賓語를 따라가지 않고 반드시 동사의 뒤에 놓인다.

　　㉕ 機器唱了. (기계가 노래했다.)
　　㉖ 電燈亮了. (전등이 켜졌다.)

(3) 動詞+(賓語)+'了'로 쓰이는 경우

　語氣助詞로서의 '了'가 만약에 문장의 끝에 놓이게 될 경우에는 동사 앞에는 반드시 부사가 놓이게 되며 진작에(早就), 이미(就),

벌써(已經) 실현되었음을 나타낸다.

　㉗ 我已經吃飯了. (나는 벌써 밥을 먹었다.)
　㉘ 雪就下了. (눈이 이미 내렸다.)

(4) 動詞+'了'+時間量詞+'了'로 쓰이는 경우

'了'가 시간을 나타내는 量詞 뒤에 놓이게 되면 문장의 뜻은 상
태의 지속을 의미한다.

　㉙ 我在舟城大學住了九年了. (나는 주성대학에서 산 지 9년 되었다.)

위에서 만약 문장 끝의 '了'를 없애면 의미상의 변화가 생긴다.
즉, 위에서의 문장의 의미가 변화하여 '나는 주성대학에서 9년을
살았지만 지금은 그곳이 아닌 다른 곳으로 이사 가 살고 있다.'는
말이 된다. 英文法의 관점에서 본다면 '了'+'了'의 의미는 영어에서
의 '현재완료(have+P.P.)'와 같은 역할을 한다고 봄이 타당하다.

(5) 動詞+'了'+賓語+'了'로 쓰이는 경우

앞에 나오는 '了'는 동태조사로 쓰이며, 뒤에 나오는 '了'는 語氣
助詞로 쓰인다.

　㉚ 看了報了. (신문을 보았다.)

위에서는 앞의 동태조사를 생략하여 看報了로 쓰일 수 있다.

(6) 時間副詞+動詞+'了'로 쓰이는 경우

미래를 표시하는 시간부사를 사용하여 곧 일어날 가까운 미래를 나타내는데 이때에는 문장 끝에 語氣助詞로서 '了'를 붙인다.

㉛ 汽車快要開了. (자동차가 곧 떠나려고 한다.)
㉜ 快到漢城了. (곧 서울에 이를 것이다.)

3) 可能補語를 구성하는 '了'의 用法

동사나 형용사 뒤에서 '得'이나 '不'과 같이 보어로 쓰여, 어떤 상태·행위의 가능성이나 가능성 여부 및 상태의 정도에 대한 예측 등을 나타낸다.

(1) 動詞+得+'了'로 쓰이는 경우

補語로 쓰여 정도가 심함을 나타낸다.

㉝ 不得了. (야단났다.)
㉞ 痛得了. (매우 심하게 아프다.)
㉟ 熱得了. (몹시 덥다.)
㊱ 這病好得了. (이 병은 좋아질 수 있다.)

위와 같은 경우에 '了'의 발음은 'liao'로 해야 한다.

(2) 動詞+'不'+'了'로 쓰이는 경우

補語로 쓰여 부정의 의미를 나타낸다.

㊲ 水深不了. (수심이 깊을 수가 없다.)
㊳ 眞的假不了, 假的眞不了. (진짜는 가짜일 수 없고, 가짜는 진짜 일 수 없다.)
㊴ 這事兒了得了不了. (이 일을 다 끝낼 수 있니 없니 ?)
㊵ 痛得了. (매우 심하게 아프다.)
㊶ 熱得了. (몹시 덥다.)

이와 같은 경우에도 '了'의 발음은 'liao'가 된다.

(3) '了' 자체가 동사로 쓰이는 경우

㊷ 石頭了到井里. (돌을 우물에 던진다.)
㊸ 了了主人的十元溜門兒去了. (주인의 돈 10원을 가지고 도망쳤다.)
㊹ 把韓國人的東西了了走了. (한국인의 물건을 가지고 갔다.)
㊺ 了無進步. (조금도 진보가 없다.)
㊻ 學生居然打老師, 罵這還了得. (학생이 선생님을 때리다니, 이게 어디 될 법이나 한가.)

이와 같은 경우에 '了'의 앞의 발음은 'liao'가 되고, 뒤의 발음은 'le'가 된다.

㊼ 了結不了. (해결이 안 나다.)

이와 같은 경우에 '了'의 앞뒤의 발음은 모두 'liao'가 된다.

(4) '了'+'不'+('得', '起')으로 쓰이는 경우

副詞로 쓰이며 뒤의 '不'과 이어져 부정이나 강조의 의미를 나타낸다.

⑧ 了不相涉. (전혀 간섭하지 않는다.)
⑲ 了不得. (대단하다 혹은 큰일났다.)
㊿ 了不起. (뛰어나다, 굉장하다.)

이와 같은 경우에도 '了'의 발음은 모두 'liao'가 된다.

4) '了'를 사용해서는 안 되는 경우

(1) 습관이나 주기·정기적으로 진행될 경우

'了'가 규칙적으로 진행되는 동작, 행위를 나타내는 동사 뒤에서는 '了'를 쓸 수가 없다.

㊶ 以前他常常來看我. (그는 이전에 항상 나를 보러 왔다.)

여기서 '來'라는 동사 뒤에 '了'를 붙여서 '來了'로서 사용할 수 없다.

(2) 동사구나 주술구를 목적어로 갖는 동사가 들어 있는 경우

'결정하다(決定)', '느끼다(覺得)', '느끼다(發現)'와 같은 동사가

동사구나 주술구를 목적어로 갖는 경우에는 '了'를 사용하면 안 된다. 그러나 목적어가 없이 단독으로 쓰이는 경우에는 '결정했다(決定了)', '느꼈다(覺得了)'와 같이 '了'동사를 삽입한다.

⑤ 我決定離開工場去學校. (나는 공장을 떠나 학교를 가려고 결심했다.)
⑤ 他覺得那建物好大. (그는 그 건물이 매우 크다는 것을 느꼈다.)

이와 같이 단어를 사용하는 경우에는 '了'를 사용하지 않는다.

(3) '"沒'+동사'를 사용하는 경우(단, '沒+有+동사'의 경우는 예외로 한다)

'"沒'+동사'를 사용하여 부정을 나타낼 때, 동사 뒤에 '了'를 쓸 필요 없다.

⑤ 上個月, 我沒來上課.

여기서 '沒' 글자 자체에 과거의 의미가 내포되어 있으므로 '了'를 중복하여 사용할 수 없다. 단, '沒' 글자에다 '有' 글자를 더 했을 경우, 즉 '沒+有+…了'의 형식으로는 사용이 가능하다. 만약 이렇게 사용될 경우에 의미는 다음과 같이 변화한다.

⑤ 我沒有錢了. (나는 이전에는 있었는데 지금은 돈이 없다.)

(4) '一…+就'의 형식을 사용하는 경우

'一…+就'의 형식에서는 '一+了+就'와 같이 '了' 글자를 삽입하여 사용할 수 없다.

⑤⑥ 他一下車就買了一部雜誌. (그는 차에서 내리자마자 잡지 한 부를 샀다.)

단, '一…+就'의 형식을 대신해서 '了…+就'의 형식으로는 사용할 수 있다. 이런 경우에는 다음과 같이 의미상으로 약간의 변화가 있다.

⑤⑦ 他下了車就買了一部雜誌. (그는 차에서 내려서 잡지 한 부를 샀다.) [204]

(5) 직·간접 인용문 가운데 '언어동작동사(喊, 說, 問 등)+'了''를 사용하는 경우

⑤⑧ 學生們議論紛紛, 都說這個方法行不通. (학생들 간에 의견이 분분한데, 다들 이 방법으로는 통용되지 않을 거라고 말한다.)

앞에서 '都說了這個方法行不通'과 같이 '了'를 삽입하면 안 된다. 그러나 직접 인용문 뒤에 ''了'+동량보어'가 쓰인 경우는 예외로 한다.

⑤⑨ 靑年喊了一聲: "小偸!" (청년이 "도둑이야!"라고 외쳤다.)

여기서 一聲은 동량보어에 해당한다.

---

204) 徐昌火, 『中國語 文法詞典』, 넥서스 CHINESE, 2003, p. 431

3. 결론

본론에서 '了'의 쓰임새에 대하여 구체적으로 예문을 들어 분석·설명하여 보았다. 이에 따라 요약하면 '了'는 크게 나누어 다음과 같이 네 가지로 정리될 수 있을 것이다.

첫째, 動態助詞로서 동작의 실현 및 완성을 나타내는 용법
둘째, 語氣助詞로서 어감을 표시하여, 상황의 변화나 새로운 사태의 발생을 나타내는 용법
셋째, 可能補語를 구성한다.
넷째, 그밖에 '了'를 사용해서는 안 되는 경우

이 서술을 통하여 난해한 점은 '了'가 動態助詞로 쓰이는 경우와 語氣助詞로 쓰이는 경우를 어떻게 구별할 것인가 하는 점이 될 것이다. 이는 다음과 같이 구별될 수 있다.

첫째, 動態助詞로서 쓰이는 '了'는 동사 바로 뒤에 위치한다.
둘째, 語氣助詞로서 쓰이는 '了'는 문장 끝에 위치하며 그 앞의 단어가 동사가 아니다.

이상과 같이 하여 현대중국어에서 '了'에 대한 용법을 용례를 들어 분석하여 보았다. 이로써 중국어 사용에 보다 정확한 의미전달로 의사소통에 원활함을 기할 수 있을 것으로 기대된다.

【참고문헌】

[1] 정태구, 『논항구조와 영어통사론』, 서울: 한국문화사, 2001

[2] 심재기, 『국어어휘론』, 서울: 집문당, 1983

[3] 양동휘, 『문법론』, 서울: 한국문화사, 1994

[4] 이기동, 『영어동사의 의미』, 서울: 한국문화사, 1995

[5] 이기용, 『시제와 양상』, 서울: 태학사, 1988

[6] 이정민 외, 『의미구조의 표상과 실현』, 서울: 소화출판사, 2000

[7] 이영헌, 「한국어 사슬동사의 몇 가지 특성」, 『언어』, 제21권 4호, 1996

[8] 김준헌, 『中國語文法』, 서울: 다락원, 2003

[9] Charles N. Lee, Sandra A. Tomson, "표준 중국어문법", 박종구·박종찬 Trans., on Aspects, Vol. 6, Hanul Academy, pp. 191-219, 1996

[10] Baker, Mark, *A Theory of Grammatical Function*, Chicago Press, 1988

[11] Sebba, Mark, *The Syntax of Serial Verbs*, Amsterdam, John Benjamins Press, 1987

[12] Bouchard, Denis, *The Semantics of Syntax: A Minimalist Approach to Grammar*, Chicago Press, 1988

[13] 士東莉, 「現代漢語動態助詞'了'硏究」, 北京語言文化大學, 碩士研究生學位論文, 1997.6

[14] 呂叔湘, 『現代漢語八百詞』, 常務印書館, 1980

[15] 李興亞, 「試說態助詞'了'的自由隱現」, 『中國語文』, 第五期, 1989

[16] 李訥, 『已然體的話語理據: 漢語助詞'了', 功能主義與漢語語法』, 北京語言學院出版社, 1982

[17] 潭傲霜, 『助詞'了'的語義, 功能和隱現問題』, 北京語言學院出版社, 1990

[18] 盧英順, 「關於'了1'和'了2'的區別方法」, 『中國語文』, 第四期, 1994

[19] 鄭懷德, 「'住了三年'和'住了三年了'」, 『中國語文』, 第二期, 1980

[20] 劉勛寧, 「'現代漢語詞尾'了'的語法意義'」, 『中國語文』, 第五期, 1988

[21] 劉寧生, 「動詞的語義範疇: 動作和狀態」, 『漢語學習』, 第一期, 1985

[22] 李臨定,「動詞的動態功和靜態功能」,『漢語學習』, 第一期, 1985
[23] 石毓智,「時間的一維性對介詞衍生的影響」,『中國語文』, 第二期, 1995
[24] 曲阜師範大學,『現代漢語常用虛詞詞典』, 浙江: 教育出版社, 1987
[25] 徐昌火,『中國語文法詞典』, 서울: 넥서스 chinese, 2003

현대중국어 개사의 용법에 관한 소고

1. 서론

    역사적 관점에서 중국어의 개사는 동사로부터 변화해왔다고 하는 설이 지배적이다. 개사로 쓰인 한자를 한국어로 번역한다면 '~까지', '~로', '~대하여', '~향하여' 등에 해당한다. 이러한 개사의 쓰임새는 문장 속에서 단어와 단어, 품사와 품사를 연결하여 문맥을 이어가게 하는 데 중요한 역할을 담당한다. 그러므로 중국어 초학자의 경우에도 이러한 용법만 파악한다면 의사소통뿐만 아니라 어휘구사에 많은 도움을 줄 것으로 사료된다. 따라서 본고에서는 개사가 들어 있는 문장 구조와 개사로 쓰인 글자마다의 쓰임새를 분석하는 것으로 연구방향을 잡았다. 연구방법으로서는 첫째, 개사의 의미와 특징을 파악한다. 둘째, 개사의 종류와 용법을 살펴본다. 셋째, 개사가 포함된 문장의 구조를 분석하고, 그 구조 속에서 개사의 의미와 위치를 분석하여 본다. 넷째, 습관적으로 개사와 호응하여 연결되는 字句를 검토한다. 이와 같은 일련의 과정을 통하여 개사로 쓰인 글자마다 갖고 있는 특징을 찾아내고 그 가운데 공통점을 정리하고자 한다. 정리된 개사의 공통적인 특징을 바탕으로 결론으로서 본고의 내용을 최종적으로 요약하여 정리하고자 한다.

2. 본론

1) 개사의 특징

중국어법에서 사용되는 개사는 명사, 대명사 혹은 명사의 성격을 갖는 어귀 앞에 놓여 동사나 형용사와의 장소·방향·시간·대상·목적·방식·비교·피동·배제 등의 의미관계를 나타내 주는 품사를 말한다.205) 어법발전과정에서 보면 개사는 동사로부터 변화하였다고 본다. 예로 들어 개사 '把'는 이전에 동사로서 '가지다·잡다'의 의미로 사용되었다. 또 한 예로 '對'는 이전에 '대하다'라는 의미로 사용되었으며 '跟'은 이전에 '따르다'는 의미의 동사였다.206) 따라서 중국어에서 사용되는 개사는 동사의 속성을 지니고 있는 것이 많다. 개사는 동사와 더불어 사용되고 있기는 하지만 실제로 개사는 虛詞로서 사용되기 때문에 그 자체로는 커다란 의미가 없다. 단지 문장구조 속에서 고정적인 위치에 있으면서 문장을 나누는 역할을 주로 한다. 그러나 의미가 없다고 해서 예로 들어 '向'이란 개사를 '往', '朝'와 혼용하여 쓰거나 '給', '對', '跟' 등과 무조건 바꾸어 써도 좋다는 것은 아니다. '向'이 가지는 의미는 첫째, 동작

---

205) 馬眞 著, 『中國語文法』, 서울: 다락원, 2003, p. 208
206) 박종한 著, 『標準中國語文法』, 서울: 한울아카데미, 1996, p. 343

의 방향을 나타내거나, 둘째, 동작 행위의 대상을 나타내는 것으로 나뉜다. 따라서 첫째의 의미로 쓰일 때는 '往', '朝'와 혼용하여 써도 무방하며, 둘째의 의미로서는 '給', '對', '跟'과 교환하여도 무방하다는 뜻이다. 이로 비추어 개사로 쓰인 글자들은 그 글자마다의 고유한 뜻을 지니고 있음에는 변함이 없다. 다만, 동사로서 '~하다'의 뜻으로 끝맺음에 사용하지는 않고, 다음에 이어지는 동사의 방향을 결정짓는 데 중요한 역할을 담당하게 되는 특징을 갖는다. 이러한 속성을 갖는 개사의 특징을 요약하면 다음과 같다.

(1) 단독으로 사용할 수 없다

일반적으로 개사는 단독으로 문장성분이 되지 못하고, 명사나 대명사와 함께 구를 형성하여 부사어·보어·관형어로 쓰인다. 예로 들어 다음과 같다.

> 我們要向他學習不怕喫苦的精神. (우리는 그에게서 고생을 겁내지 않는 정신을 배워야 한다.)
> * 我們要向學習不怕喫苦的精神. (*표와 같이 사용되지는 않는다.)

(2) 중첩할 수 없다

개사는 동사와 같이 중복하여 사용할 수 없다.

(3) 동태조사 '了'·'着'·'過'를 붙일 수 없다

(단, 동사에 대한 지속상 접미사로서는 사용이 가능하다.)

① 我們得**按(着)**法律辯. (우리는 법률에 따라 처리해야 한다.)
  * 我**從着**那兒走. (*표와 같이 사용되지는 않는다.)

위에서와 같이 '着'이 있거나 없거나 의미상 변화가 없을 때는 사용이 가능하다.

② 我**爲了**你一夜沒睡覺. (나는 너 때문에 밤새 자지 못했어.)

단, 이와 같이 일부 개사는 '了'를 취할 수 있다.

(4) 正·反疑問文을 만들 수 없다

(5) 질문에 대하여 단독으로 대답할 수 없다

① 你從漢城來中國的嗎? (당신은 서울에서 중국으로 온 것입니까?)
② 是. (예)
  * 從. (*표와 같이 사용되지는 않는다.)

(6) 대부분의 개사는 古代 한어동사에서 발전된 것으로, 일부 개사는 동사와 구분이 분명하지만, 일부분은 동사의 기능도 겸용하고 있다

예를 들어, 동사와의 구분이 명확한 개사로는 '從', '被', '對於', '關於', '由於' 등이 있다. 또한, 개사와 동사의 기능을 겸용하고 있는 글자로는 '在', '給', '比' 등이 있다.

(7) 개사는 자신이 동사로 해석될 수 없는 문맥에만 출현할 수 있다

예를 들어, '在'·'給'·'比'·'到' 등은 동사와 개사의 기능을 겸용하고 있는데, 동사로서 '~있다'·'~주다'·'~와 비교하다'·'~에 도착하다' 등과 같이 동사로 해석된다면 개사로서의 기능을 잃게 된다. 그러나 '~에서', '~비하여', '~까지' 등과 같이 개사의 기능으로 해석이 가능하다면 개사로서 출현하였다고 보아야 한다.

(8) 개사구는 일반적으로 문장의 술어로 쓰일 수 없다

예를 들어, '我們關於敎學法的討論(우리들이 교학법에 관한 토론)', '老師對我們的熱情帮助(선생님의 우리에 대한 열정적인 협조)' 등과 같이 명사구일 뿐, 술어가 없는 문장이 된다.

2) 개사의 종류와 용법

개사의 수는 상당히 많다. 그 가운데 100개의 개사를 바탕으로 문장구조 속에서 사용되는 빈도수를 보면 在·對·爲·把·從·與·以·到·於·向·由·同·被·關於·通過·用·給·將·爲了·根据·比·就·按照·對於·由于·経過·隨着·据·當·因·和·自·按·經·如·至·作爲·像·靠·除了·因爲·往·跟·讓 등의 순이다.[207]

---

207) 吳云芳 著, 「現代漢語介詞結構的自動標注」, 『碩士學位論文』, 北京語言文化大學, 1998, p. 3

개사의 용법으로 보면 대체로 명사, 동사나 형용사 앞에서 '在', '被', '跟', '爲', '從'와 같은 개사가 쓰여, 부사구를 만들며 이로써 동작의 대상, 사물이 존재하는 장소, 범위, 명사의 조건이나 근거 등을 나타낸다. 의미별로 분류하여 보면 다음과 같다.

(1) 동사 동작의 대상이나 방향을 나타내는데 사용되는 경우

'對'는 주로 일방적인 동사 동작의 대상이나 방향을 나타낸다.
'跟'은 쌍방적인 방향을 나타낸다.
'爲', '給'은 '~에 대하여', '~향하여'의 뜻으로 쓰인다.
'就'는 '~에 대하여', '~에 관하여'의 뜻으로 쓰여 동작의 대상이나 논점의 대상을 끌어들인다.
그 예문들은 다음과 같다.

① 我**對**他提了一個建議. (나는 그에게 건의를 하나 했다.)
② **跟**你沒有關係. (너와 관계가 없다.)
③ 不足**爲**外人道. (외부 사람들에게 말하기에 부족하다.)
④ 小朋友**給**老師敬禮. (어린이가 선생님에게 경례를 하였다.)
⑤ **就**我看來 (내가 보기에는)

(2) 동작의 발생이나 사물의 존재·장소를 나타내는 데 사용되는 경우

在休息室裏, 大家談得很高興. (휴게실에서 모두 즐겁게 이야기하였다.)

(3) 동사의 범위를 나타내는 데 사용되는 경우

'~(내)에', '~로', '~상'으로 번역되며 범위를 나타낸다.

他在學習上很努力. (그는 학습에 있어서 매우 노력한다.)

(4) 명사의 조건을 나타내는 데 사용되는 경우

'~(하)에', '~(으)로' 의 형식으로 조건을 나타낸다.

> 在大家的帮助下, 他的進步很快. (여러 사람의 도움으로 그는 매우 빨리 진보
> 했다.)

(5) 목적이나 동기를 나타내는 경우에 사용되는 경우

'~에게', '~을 위하여'로 해석되며 동작의 受益者나 受害者 앞에 쓰인다. 이 경우에는 명사·동사·형용사 및 주술구와 함께 전치사구로서 부사어가 된다.

> ① 這次試驗爲治療癌症找到了新途徑. (이 실험으로 암을 치료하기 위하여
>   새로운 길을 찾았다.)
> ② 醫生給大家看病. (의사는 여러 사람을 위해 병을 본다.) <동작의 수익자에
>   해당>
> ③ 這本書給你弄臟了. (당신의 책을 더럽혔다.) <동작의 수해자에 해당>

(6) 명사의 근거를 나타내는 경우에 사용되는 경우

'~에서', '~로부터' 로 해석된다.

> 一片一片黃葉從樹上落下來. (낙엽이 하나하나 나무에서 떨어지고 있다.)

(7) 동작·행위의 원인을 나타내는 경우에 피동적으로 사용되는 경우

'~까닭에', '~때문에', '~로 인하여', '~에 의하여'로 해석된다.

① 馬來西亞以盛産橡膠和錫聞名於世. (말레이시아는 고무와 주석 생산이 풍부한 것으로 세상에 널리 알려져 있다.)
② 我們以生在這個英雄的國度而自豪. (우리는 이 영웅의 나라에서 태어났다는 것 때문에 자랑스럽게 생각한다.)
③ 用此(이 때문에)
④ 用特函達. (때문에 특별히 書面으로 알립니다.)
⑤ 那本書給朋友拿走了. (그 책은 친구가 가져갔다.)

(8) 시기·수량·정도·능력·능력의 우열·정도의 차이 등의 비교에 사용되는 경우

'~에 비하여', '~보다'로 해석된다.

① 他比我會下棋. (그는 나보다 바둑을 잘 둔다.)
② 他不比我高. (그의 키는 나와 거의 같다.)

3) 개사가 포함된 문장구조

개사가 포함된 문장의 구조는 대체로 다음과 같은 구조를 갖는다.

(1) '개사+동사'의 구조

① 他在學習上很努力. (그는 학습에 있어서 매우 노력한다.)

'개사+명사+所+동사'의 형태를 갖추고 있는 경우로는 '爲'가 있으며 피동 '被'의 뜻과 같이 사용된다.

② 看問題要看本質, 不要**爲**表面現象所迷惑. (문제를 볼 때는 그 본질을 살펴야 하며 표면적인 현상에 미혹되어서는 안 된다.)

한편, 개사 '向'이 들어간 문장 중에 동작의 대상을 나타내는 개사구는 동사 앞쪽에 와야 한다.

③ 不懂的地方要**向**老師請敎. (모르는 부분은 선생님께 여쭈어 보세요.)
*不懂的地方要請敎**向**老師. (*표와 같이 사용되지는 않는다.)
④ 學校**自**五月一日起開始放假. (학교는 5월 1일부터 방학이 시작된다.)

'往'은 '往東', '往右', '往前'과 같이, 동사 바로 뒤에 놓여 구체적 동작의 운동방향을 표시한다.

⑤ 你順着這條馬路一直**往**前走, 走到第二個十字路口**往**右拐, 就能看到那家銀行. (이 길을 따라 곧장 앞으로 가다가, 두 번째 사거리에 이르러 우회전하면 그 은행이 보일 겁니다.)

(2) '동사+개사'의 구조

'自'는 '來自', '出自', '選自'와 상용되며, 동사 바로 뒤에 놓여 사물의 근거나 출처를 표시한다.

① 他來**自**江南水鄕. (그녀는 강남에서 왔다.)

'往'은 '開往', '飛往', '運往', '通往'과 상용되며, 동사 바로 뒤에 놓여 동작의 방향을 표시한다.

    ② 這趟火車開往杭州. (이 기차는 항주로 향하여 출발한다.)

(3) '개사+명사'의 구조

전치사구를 이루며 이에는 '爲'가 있다. 또한 개사('把') 뒤의 명사는 處置의 의미를 갖거나 뒤의 동사가 결과보어일 때는 개사 '叫', '令', '讓', '使'와 마찬가지로 사역의 의미를 갖는다.

    ① 爲語言的純潔和健康而鬪爭. (언어의 순화와 건강을 위해 투쟁하다.)
    ② 把衣服洗洗. (옷을 빨아라.)
    ③ 把鞋都走破了. (얼마나 걸었던지 신도 다 닳았다.)
    ④ 在大家的帮助下, 他的進步很快. (여러 사람의 도움으로 그는 매우 빨리 진보했다.)
    ⑤ 把房間收拾一下. (방 좀 정리하자.)

(4) '개사(在)+처소사(시간사)'의 구조

동작의 발생이나 사물의 존재장소를 나타낸다.

    ① 在休息室裏, 大家談得很高興. (휴게실에서 모두 즐겁게 이야기하였다.)

출생·발생·생산·거주 등의 장소는 '在+…'를 동사의 앞이나 뒤에 모두 쓸 수 있다.

② 出生在北京. (북경에서 출생했다.)

③ 事情發生在老張家裏. (일이 장씨 집에서 벌어졌다.)

동작의 도착지, 출현, 소실 및 불명확한 동작의 발생 시간은 '동사+在+…'의 형식으로 나타낸다.

④ 陽光照射在水面上. (햇빛이 수면에 비친다.)

⑤ 病人昏倒在地上. (환자가 땅바닥에 기절했다.)

⑥ 生在1991年. (1991년에 태어났다.)

또한 '~에' 뜻으로 동사의 발생시간을 나타낸다.

⑦ 火車在下午三點半到達. (기차는 오후 세시 반에 도착한다.)

(5) '주어…+개사+명사구+동사+(명사구)'의 구조

개사는 명사구를 이끌며, '개사+명사구'로 이루어진 개사구는 대개 주요 동사 앞이나 주제어/주어 뒤에 온다.

① 我要跟他說話. (나는 그와 이야기하려 한다.)

② 你從哪兒來? (당신은 어디에서 오십니까?)

③ 他在後院裏念書. (그는 뒤뜰에서 공부하고 있다.)

4) 한정어·상황어·보어로 사용되는 구문에서 개사의 위치

개사가 한정어·상황어·보어로 쓰이는 경우에는 다음과 같은 문장구조를 갖는다.

(1) '개사+명사+的+명사(구)'의 구조

명사나 명사구를 수식하는 한정어로 사용될 경우 개사구와 중심
어 사이에 반드시 '的'이 사용되어야 한다.

① 民間流傳着很多關於春香的故事. (민간에 춘향에 관한 많은 이야기가 전해
오고 있다.)

다만, '동사+的+장소명사'의 구문에서는 동사 뒤에 개사 '在'를
쓰지 않는다.

② 我以前住的那個房間, 條件實在很差. (내가 이전에 살던 그 방은 조건이
정말로 형편없었다.)
* 我以前住在的那個房間, 條件實在很差. (*표와 같이 사용되지는 않는다)

(2) '개사+술어'의 구조

개사가 상황어로 쓰일 때는 술어 앞에 놓인다.

我**對於**烹飪一窮不通. (나는 요리에 대해 아무 것도 모른다.)

(3) '술어+개사'의 구조

개사가 보어로 쓰일 때는 술어 뒤에 놓인다.

① 小李平時總走在我們前面，你到現在還沒注意嗎? (이군은 평소에 항상 앞에서 걷는데, 당신은 지금까지 아직 주의하여 보지 않았습니까?)
② 我畢業於漢城大學. (나는 서울대학교를 졸업했다.)
③ 我出生於1983年. (나는 1983년에 출생했다.)

그밖에 개사 '於'가 비교를 나타낼 때도 술어 뒤에 놓인다.

④ 作文的字數不能少於800字. (작문의 글자 수는 800자보다 적을 수 없다.)
  * 作文的字數不能於800字少. (*표는 잘못 사용된 것이다.)

5) 개사와 呼應하는 字句

다음과 같은 개사들은 뒤에 문장과 습관적으로 연결하여 사용된다. 이로 보아 개사는 전치사구를 만들어 부사어로서 문장의 부가적인 역할을 하는 공통점을 지니게 된다.

(1) 從……(到·起·上)

'從'은 장소·시간·범위 등의 기점을 표시하며 대개 到·起·往·向 등과 호응한다.

① 從頭到尾 (처음부터 끝까지)
② 從明天起戒烟. (내일부터 금연하다.)

'從'은 또한 '~로', '~을 지나'의 뜻이 있다.

③ 隊伍剛**從**操場上出來. (군대는 방금 운동장을 지나왔다.)

(2) 除……外

'~을 제외하고'의 뜻으로 쓰이며, '除'는 뒤에 반드시 '外' 또는 '以外'를 동반하여야 한다.

除(了)他**(以)外**, 我都不認識. (그 사람을 제외하고는, 나는 모두 모른다.)

(3) 同……(一樣)

'同', '與'는 동작의 대상을 나타낸다. 따라서 '跟', '向'과 마찬가지로 '~에게', '~을 향하여'의 뜻으로 사용된다.

① 我跟朋友一起**同**老師見面了. (나는 친구들과 함께 선생님을 만났다.)
② **同**媽媽住在一起. (엄마와 함께 산다.)

또한 '~와는', '~와'의 뜻으로 쓰여 일의 관련 여부를 나타낸다.

③ 我**同**此事毫無關係. (나는 이 일과 아무런 관계가 없다.)

비교의 대상을 나타내는 데도 쓰인다.

④ **同**去年比, 今年多招五十名學生. (작년과 비교해서 올해 오십 명의 학생을 더 선발했다.)
⑤ 學漢語**同**學英語一**樣**. (중국어를 배우는 것은 영어를 배우는 것과 같다.)

(4) 以⋯⋯(爲)

'以'는 '~으로써', '~을 가지고', '~에 따라', '~에 의해서', '~대로', '~에게 주다'의 뜻으로 사용되며, 동작이나 행위의 수단·구실·방식 등을 나타낸다.

① 以農業爲基礎. (농업으로 기초를 삼다.)
② 談經驗, 以他爲最豊富. (경험으로 말하자면 그가 가장 풍부하다고 하겠다.)
③ 以我個人來說, 我的力量是微小的. (내 개인적으로 말하자면 나의 역량은 아주 적다.)
④ 這種産品以質量高低分級. (이 생산품은 질이 높고 낮음으로 등급을 나눈다.)
⑤ 給敵人以迎頭痛擊. (적에게 정면 공격을 퍼붓다.)

(5) 在⋯⋯(時)

'在'는 '~할 때에', '~ 전에(후에)'의 뜻으로 사용되며 '在⋯的時候, '在⋯時', '在⋯以前(以後)'와 같은 관용구를 이룬다.

(在)他回來以前(以後), 我們要他帮我們做飯. (그가 돌아오기 전(후)에 우리는 그에게 밥을 하도록 할 것이다.)

3. 결론

앞에서 보듯이 문장 구조 속에서 개사로 사용된 단어들의 구체적인 용법을 살펴보면 다음과 같다.

첫째로, 개사는 부사구나 절을 유도하는 데 사용되며, 주로 전치사구를 만들어 부사어로 쓰인다는 것을 알 수 있다.

둘째로, 개사의 종류는 수백 가지나 되지만 실제로 사용되는 개사는 10개 내외일 뿐이다. 따라서 빈도 수가 많은 개사 '在', '對' 등을 중심으로 살펴본 바에 따르면 개사는 동사의 의미로 해석되지 않아야 하며, 문장의 구조를 변환시키는 데 사용된다. 또한 의미상으로는 처소의 방향이나 행위의 대상으로의 뜻을 지니게 된다.

셋째로, 일반적으로 개사가 쓰인 문장을 살펴보면 문장의 흐름을 유도하면서 일어나는 사건의 원인→결과나, 시작→종료를 나타내는데 주도적인 역할을 하고 있다. 따라서 문장 속에서 개사가 사용되었다면 무엇으로부터 무엇까지라든지, 일의 원인에서 출발하여 결말까지의 속성을 내포하고 있다는 것으로 보아도 무방할 것이다.

요약하여 말하면 개사의 수는 많다. 그러나 실제로 사용되는 것은 10개 미만이다. 그러므로 많이 쓰이는 몇 개만 배운다면 개사 활용상의 문제는 해결될 것이다. 더구나 이 중에서도 위에서 살펴본 바와 같이 개사가 가지고 있는 기본적인 특징만 이해한다면 의미파악이 훨씬 수월해질 것은 자명하다. 즉, 문장의 원인과 결과의 진행선상에서 그 맥락을 이해한다면 의미파악이 수월해져 번역상 일조를 하게 될 것으로 기대된다.

【참고문헌】

[1] 최창열, 『한국어의 의미구조』, 서울: 한신출판사, 1983

[2] 이상도, 『中韓辭典』, 서울: 동방미디어, 2000

[3] 高大民族文化研究所編纂室, 『中韓辭典』, 서울: 코리아헤럴드, 1989

[4] 심재기, 『국어어휘론』, 서울: 집문당, 1983

[5] 양동휘, 『문법론』, 서울: 한국문화사, 1994

[6] 이기동, 『영어동사의 의미』, 서울: 한국문화사, 1995

[7] 이정민, 『언어학사전』, 서울: 박영사, 1987

[8] 이정민 외, 『의미구조의 표상과 실현』, 서울: 소화출판사, 2000

[9] 이영헌, 「한국어 사슬동사의 몇 가지 특성」, 『언어』, 제21권 제4호, 서울: 학림출판사, 1996

[10] 김준헌, 『中國語文法』, 서울: 다락원, 2003

[11] 박종한, 『標準中國語文法』, 서울: 한울아카데미, 1996

[12] 최병덕, 『현대중국어실용어법』, 서울: 고려원, 1997

[13] 류기수, 『중국어포인트 999』, 서울: 시사에듀케이션, 1998

[14] 오문의, 「현대중국어 '非謂形容詞'의 특성 고찰」, 『중국어문』, 제18집, 서울: 중국어문출판사, 1990

[15] 徐昌火, 『中國語文法詞典』, 서울: 넥서스 chinese, 2003

[16] Charles N. Lee, Sandra A. Tomson, "표준 중국어문법", 박종구·박종찬 Trans., on *Aspects*, Vol. 6, Hanul Academy, pp. 191-219, 1996

[17] Baker, Mark, *A Theory of Grammatical Function*, Chicago Press, 1988

[18] Sebba, Mark, *The Syntax of Serial Verbs*, Amsterdam: John Benjamins Press, 1987

[19] Bouchard, Denis, *The Semantics of Syntax: A Minimalist Approach to Grammar*, Chicago Press, 1988

[20] Hindle H., *Structural Ambiguity & Lexcical Relationals*, Computational Linguistics, 1993

[21] 馬軫, 『簡明實用漢語語法』, 北京: 北京大學出版社, 1998

[22] 呂叔湘, 『現代漢語八百詞』, 香港: 常務印書館, 1980

[23] 陸檢明, 「關於'去+VP'和'VP+去'句式」, 『陸檢明自選集』, 鄭州: 河南教育出版社, 1993

[24] 湯廷之, 「動詞與介詞之間」, 『華文世界』, 第12期, 北京: 北京教育出版社, 1973

[25] 李佐豊, 「先秦漢語的自動詞及其使動用法」, 『語言學論叢』, 第10輯, 北京: 淸華大學出版社, 1983

[26] 呂香雲, 『現代漢語語法學方法』(書目文獻), 北京: 北京語言學院出版社, 1985

[27] 北京語言學院, 『現代漢語頻律詞典』, 北京: 北京語言學院出版社, 1986

[28] 劉寧生, 「動詞的語義範疇: 動作和狀態」, 『漢語學習』, 第一期, 上海: 敎育出版社, 1985

[29] 李臨定, 「動詞的動態功和靜態功能」, 『漢語學習』, 第一期, 上海: 敎育出版社, 1985

[30] 石毓智, 「時間的一維性對介詞衍生的影響」, 『中國語文』, 第二期, 北京: 中國語文出版社, 1995

[31] 曲阜師範大學, 『現代漢語常用虛詞詞典』, 浙江: 敎育出版社, 1987

[32] 遲明, 『漢語的使動性複式動詞』, 濟南: 山東大學學報, 1957

[33] 李臨定, 『現代漢語動詞』, 北京: 中國社會科學出版社, 1990

[34] 朴廷九, 「漢語介詞研究」, 臺北: 臺灣國立靑華大學, 博士學位論文, 1997

[35] 徐宗圭, 「漢語動詞的分類研究」, 臺北: 高雄師範學院國文研究所, 碩士論文, 1988

[36] 朱一之, 『漢語動詞分類角度』, 臺北: 光明日報出版社, 1988

[37] 張琳琳, 「漢語句法分析中的核心推導」, 『中文信息』, 第4期, 北京: 北京出版社, 1996

[38] 崔基元, 「開展多學科的漢語雙語的研究工作」, 『中國少數民族語文論文集』, 吉林: 民族出版社, 1986

현대중국어 동태조사 '着'의
용법에 관한 소고

1. 서론

　최근 한류 열풍이 불어 한국에 대한 인식이 나날이 새롭게 달라지고 있으며 이에 따라 한국어에 대한 관심도 높아져서 중국인들도 한국어를 배우고자 많은 관심을 기울이고 있음은 주지의 사실이다. 그런데 우리는 예로부터 한자를 차용하여 오던 터라 한국어에서 70%를 차지하는 한자어에 대하여는 한국어에 포함시켜 사용하고 있다. 이런 까닭에 중국어를 처음 배우거나 중국에서 한국어를 처음 배우는 초보자의 경우에 흔히 한국에서 사용되는 한자어를 가지고도 중국에서 사용하는데 동일하게 사용되리라는 선입관을 가지게 된다. 그러나 나라마다 문화적 특성이 다름으로 인하여 동일한 한자를 사용한다고 하더라도 그 해석이 달라져 왔기에 동일한 사물을 두고도 한자로 표현하는 방식이 다른 경우를 보게 된다. 더구나 중국은 간체자를 사용한 이후로 오히려 번체자에 대하여는 한국인만큼도 모르는 세대가 등장하였다. 이러한 이유로 본고에서는 '着'자의 경우를 예로 들어 그 용법은 물론 다양하게 확장된 해석상의 의미를 분석함으로써 양국 간의 언어교류에 있어서 더욱 원활함을 도모하고자 한다.

한자는 상형문자에서 출발하여 한 글자마다 독립된 의미를 지니고 있어서 글자의 어순에 따라서 의미가 달라지는 특성이 있다. 또한 문법상의 품사도 동사에서 조사로 변화되기도 하고 혹은 놓이는 위치에 따라서 보어로 사용되던 것이 빈어(목적)로 쓰이기도 하는 등 다양한 특징을 지니고 있다.

이러한 글자의 한 가지로서 한국에서 사용되는 '着' 자는 부착(附着), 도착(到着)이나 착륙(着陸) 등과 같이 한자어로서 쓰이며, 단순히 단어를 구성하는 한 가지 요소로서의 역할만 하는 데만 국한되어 있다고 해도 과언이 아닐 것이다. 그러나 중국에서 사용되는 '着' 자는 동태조사, 어기조사, 감탄사 또는 결과보어로서도 쓰이며 의미상으로는 대체로 동작의 지속을 나타내는 데 주된 의미를 둔다. 이러한 개념의 차이로 인하여 한국인으로서는 고전으로서의 한문 서적을 해석하는 데 간혹 오역을 낳게 된다.

예를 들어, 중국어의 경우만 볼 때에 '高着兒(고수)', '硬着子(강경책)'으로 쓰이는 '着' 자는 명사를 구성하는 성분으로 쓰인다. 그러나 '着點兒鹽'에서와 같이 '着' 자가 동사로 쓰이게 되면 '(소금을 조금) 넣다'의 의미로도 쓰이게 된다. 따라서 명사로 사용되는 경우만의 고착관념으로 인하여 본의와는 다른 오역을 낳게 될 수도 있다. 또 다른 경우로서 '着' 자가 감탄사로 사용되어 '그래! 그렇지'의 뜻으로 해석되기도 한다.

만약 '着' 자로 인하여 발생하는 해석상의 오류가 있다면 이것은 한·중국 사이에 사용되는 '着' 자의 특징과 용법이 다르기 때문으로 사료된다. 따라서 본고는 이 점에 초점을 맞추어 '着' 자의 특징과 용법을 위주로 '着' 자를 여러 가지로 해석하면서 한국에서 사용되는 한자어로서의 의미와 견주어 확장된 해석을 가지고 분석하여 보고자 한다.

본고의 연구 방법으로는 중국에서 사용되는 '着' 자의 정확한 개념의 파악을 위하여 '着' 자의 의미에 따른 특징과 용법을 차례로 열거하면서 분석해 보고자 하며 이 결과로서 추후 '着' 자에 대한 해석상의 오류를 수정하여 명확한 번역을 하는 데 일조할 것으로 기대한다.

2. 본론

1) 동태조사 '着'의 특징

중국어법에서 사용되는 동태조사 '着의 특징으로 주로 동작이나 상태의 지속을 나타내고 있는데 이를 세분하여 요약하면 아래와 같은 몇 가지 경우로 나눌 수가 있다.

(1) 동작의 지속을 의미한다

다음과 같이 동작이 일관되게 지속되는 상태를 나타낸다.

① 姐妹兩坐在山坡上愉快地唱着歌. (자매 두 사람이 산비탈에서 유쾌하게 노래를 부르고 있다)[208]

② 雨不停地下着. (비가 끊임없이 내리고 있다.)[209]

③ 笑着跟我打招呼. (웃으며 나에게 인사를 한다.)[210]

(2) 동작이 진행된 후 어떠한 상태에 놓여 있음을 의미한다

卓子上放着收音機. (탁자 위에 라디오가 놓여 있다.)

(3) 지속적인 동작을 나타냄과 동시에 어떤 상태에 놓여 있음을 의미한다

正思考着, 突然發現山脚下有一間小房, 門口坐着個老人. (심사숙고하던 차에 돌연히 산기슭 아래 자그마한 집의 입구에 한 노인이 앉아 있다.)

(4) 비동작 동사 뒤에 '着' 자를 놓아 상태를 표시한다

爲了敎育子孫後代, 今天, 蕃瓜弄還保留着一間舊席棚. (자손후대의 교육을 위하여 오이를 번식하여 옛 천막에 놓아두고 있다.)

(5) 형용사 뒤에 '着' 자를 놓아 상태의 지속을 표시한다

① 屋裏的燈還亮着. (집에는 등불이 켜져 있다.)[211]

그러나 <형용사+'着'>와 같이 항상 단독으로 謂語를 만드는 것

---

208) 劉月華 著, 『實用現代漢語語法』, 外語敎學與硏究出版社, 1983, 228쪽
209) 徐昌火 著, 『중국어문법사전』, NEXUS CHINESE, 2003, 232쪽
210) 朱德熙 著, 『현대중국어어법론』, 사람과 책 출판사, 345쪽
211) 김충실 저, 『중국에서의 한국어 교수방법 연구』, 도서출판 박이정, 326쪽

은 아니며 다음과 같이 완전한 구는 아니지만 대귀나 반복구 중에
서 형용사 뒤에 '着'을 놓아 단독으로 謂語의 역할을 담당하기도
한다.

　② 東屋的燈亮**着**, 西屋的.燈關了. (동쪽 집의 등불은 켜져 있고, 서쪽 집의
　　등불은 꺼져 있다.)

(6) 동태조사 '着'를 붙일 수 없는 경우가 있다. 단, 동사에 대한
　　지속상 접미사로서는 사용이 가능하다

　　我們得**按着**法律辨. (우리는 법률에 따라 처리해야 한다.)
　* 我**從着**那兒走. (개사는 *표와 같이 사용되지는 않는다.)

　이와 같이 '着'이 있거나 없거나 의미상 변화가 없을 때는 사용
이 가능하다.

2) 동태조사 '着'의 용법

　대체로 '着'의 주요한 의미는 상태의 지속을 나타낸다. '着'이 동
작의 지속을 나타내고자 할 경우에는 사물이 처한 상황이나 상태
를 설명하는 경우가 많은 데 다음과 같은 예가 해당된다.

(1) 사물이 처한 상황에서 상태의 지속을 나타낸다

　① 永珠進靜靜地聽**着**, 一聲也不響. (영주는 조용히 들어와 듣고만 있을 뿐,

아무 소리도 내지 않았다.)

위에서 '着'을 포함하고 있는 謂語 부분은 주어의 상태를 묘사하게 된다.

한편, '着' 자가 '正在+동작동사+着'의 구문 속에서 쓰일 때는 '着' 자가 없어도 의미가 불변하는데 다음과 같은 경우에 해당된다.

② 教室里, 一場辨論赛正在举行着. (교실에서 변론시합이 한창 진행 중이다.)

여기서 '着' 자와 '在' 자는 어떤 다른 점이 있는지 알아볼 필요가 있는데 그 차이는 다음과 같다.

(2) '着'과 '在'의 차이

'着'은 동작의 진행을 나타내는 '在'와는 다르다. '在'의 용법은 동작의 진행을 서술하는 데 있으며 묘사를 하지 않는다. 예를 들면 다음과 같다.

① 興國在打藍球. (흥국이는 농구를 하고 있다.)
　　* 興國打着藍球. (*표와 같이 사용되지는 않는다.)
② 李小姐不好意思地笑着. (이 양은 계면쩍게 웃고 있다.)
　　* 李小姐在不好意思地笑. (*표와 같이 사용되지는 않는다.)

'着'이 '在'와 같이 이어서 사용할 경우에는 동작을 진행하는 의미와 함께 묘사하는 의미도 지니게 되어 각각 단독으로 쓰일 때보다 한층 더 강한 의미가 된다.

③ 英雄們在譜寫**着**新的詩篇. (영웅들은 족보에 새로운 시편을 쓰고 있다.)

앞의 두 가지 점을 참고하여 陳月明의 설명을 요약하여 보면 '着' 자와 '在' 자의 차이에 대하여 다음과 같은 세 가지로 설명된다.

> 첫째로, '在'는 활동의 진행을 표현하고 '着'은 동작의 지속을 표현한다.
> 둘째로, '在'는 통사적 의미적 관할 범위가 달라, '在'는 술어문의 **VP** 전체를 공제하고 '着'은 그에 붙은 동사만 통제한다.
> 셋째로, '在'는 표술성이고, '着'은 묘사성을 띤다.[212]

'着'의 용법은 묘사에 중점을 두고 있기 때문에 항상 다음과 같은 상황에서 사용된다.

(3) 連動句의 첫 번째 동사 앞에서 동작자가 진행하는 주요한 동작으로서 두 번째 동작이 진행되는 상태나 방식을 나타낸다

① 我微笑**着**淡淡地說. (나는 미소 지으며 담담히 말하고 있다.)

앞의 연동구에서 등장하는 '着'은 묘사작용을 나타내므로 어떤 사람들은 이를 狀語라고 표기한다.

② 爺爺坐**着**看報紙. (할아버지께서 앉아서 신문을 보신다.)

---

212) 陳月明, 時間副辭 '在'與'着', 『漢語學習』, 99年4期, 10쪽

(4) 연동구에서 첫 번째 동사나 형용사에 붙는 '着'은 방식이나 상태를 나타내며, 뒤에 오는 두 번째의 동사는 원인이나 목적을 나타내는데, 이럴 때 쓰이는 <동사(형용사)>+'着'은 묘사 작용을 갖게 된다

① 李先生急着赶火車, 飯也沒喫就走了. (이 선생은 급히 기차 시간에 대어 가느라고 밥도 못 먹고 갔다.)
② 妈妈拉着孩子向外走. (엄마는 아이를 끌고 밖으로 나간다.)
* 妈妈拉孩子着向外走. (*표와 같이 사용되지는 않는다.)

(5) 명령구에 쓰여 어떤 상태의 보존이나 유지를 요구한다

① 你先歇着, 我出去看看. (당신이 먼저 쉬고 있어요, 내가 나가 볼 테니.)

구어체에서 동사나 형용사 뒤에 '着'을 놓은 다음에 '点兒'을 붙여, 어떤 일을 환기시키거나 명령할 때 쓰인다.

② 寫作業看着点兒! (숙제 열심히 해라!)
③ 慢着点兒, 你別撞了別人. (천천히, 다른 사람한테 부딪치지 말고)

(6) 첫 번째 동사 뒤의 '着'은 첫 번째 동작의 지속 및 두 번째 동작의 발생을 의미한다

이때 사용되는 <동사+'着'>은 동작이 발생하게 된 배경을 나타내며 묘사작용을 갖게 된다.

王先生着急地說: "放下我, 你快去追羊!" 說着就從明杰的背上掙脫下來.

(왕 선생은 조급하게 "나를 놔두고, 당신은 빨리 양을 쫓아가세요!"라고 말하면서 명걸의 등에서 재빨리 빠져나갔다.)

(7) 연용하여 사용된 '동사+着'의 동사 가운데 뒤에 사용되는 동사는 한 동작이 지속하는 중에 다른 동작이 발생되었음을 의미하고 원래의 동작도 이에 따라 정지되거나 부지불식간에 나타나는 동작임을 의미한다

① 孩子哭着哭着睡着了. (아이는 울다가 잠들었다.)
② 他想着想着就笑了起來. (그는 생각하다가 웃기 시작하였다.)

(8) 어떠한 비동작동사는 뒤에 '着'을 안 써도, '着'을 쓸 경우와 비교하여 의미상으로는 차이가 없지만 어감을 다소 부드럽게 하는 효과가 있다

金先生寫了一篇充滿着愛國主義熱情的文章. (김 선생은 애국주의의 열정이 충만한 한 편의 문장을 썼다.)

3) 동태조사 '着'을 포함한 구문의 특징

(1) 동사에 '着'을 사용한 후에 뒤의 문장에는 빈어(목적어)만 놓이게 되며 기타 동태조사나 보어는 쓰일 수가 없다

① 張女士紅着脸不说话. (장 여사는 얼굴을 붉히면서 말을 안 한다.)
  * 張女士紅脸着不说话. (*표와 같이 사용되지는 않는다.)

(2) 동작이나 상태지속의 부정을 나타낼 때 '沒' 자를 쓰는데 이때 에 쓰이는 '着' 자 역시 그대로 놓인다.

여기서 쓰이는 '着'은 앞의 동사에 대한 묘사의 의미를 지니게 된다.

他是在躺着嗎? (그는 누워 있습니까?)
- 他沒躺着, 坐着呢. (그는 눕지 않고 앉아 있어요.)

4) '着'의 기타 용법

앞에서 사용된 '着'의 용법 이외에 다음과 같은 용법으로도 사용된다.

(1) 다음과 같이 동사 뒤에서 전치사를 만든다

趁着, 沿着, 順着, 隨着, 朝着, 向着, 冒着, 爲着, 怎摩着, 接着 등 과 같이 일부의 동사 뒤에 붙어 그 동사를 전치사(介詞)가 되게 한 다. 여기서는 ~따라, ~향하여, ~대로, ~따라서 등으로 해석된다.

(2) 附着, 着色, 着陸 등으로 쓰이며 부착하다, 착색하다, 착륙하 다 등으로 해석되며 다음과 같이 동사 뒤에서 地, 天, 水, 邊 際 등의 賓語(목적어)만을 받는다

上不~天, 下不~地(하늘에도 땅에도 닿지 않다), 說話不~邊提(말 이 두서가 없다) 등과 같이 일부의 '着' 자 뒤에서 빈어(목적어)만이 올 수 있다.

(3) '着+呢'의 구조

'着呢'는 형용사 뒤에 정도의 높음을 나타내며 화자의 과장된 감정이나 정서를 나타내기도 하여 청자에게 신뢰를 표현한다.

他的朋友多**着呢**. (그는 친구가 많다.)

(4) 어기조사로서 '來着'로 쓰이며 시태를 표시한다[213]

① 下雨**來着**. (방금 비가 왔었다.)
② 門開着**來着**. (조금 전에 문이 열려 있었다.)

(5) 결과보어로 쓰이는 '着(zhao)'의 구조

구어체에 주로 쓰여 어떠한 동작의 목적이 달성되었음을 나타낸다.

① 你說的那本朋書我借**着**了. (자네가 말한 그 책을 내가 빌렸네.)
② 這個迷語李小姐沒猜**着**. (이 비밀을 이양은 추측하기 못했다.)
③ 她躺在床上就睡**着**了. (그녀는 침대에 눕자마자 잠들었다.)

여기서 사용되는 '着'은 앞에 부정형식의 '沒'이 있을 경우에 강조되며 긍정 형식이 경우에는 '睡着' 이외에는 가볍게 읽는다.

또한, 동사나 형용사 뒤에 놓여 어떤 동작이나 상황이 사람 혹은, 사물에 대하여 나쁜 영향이나 효과를 나타낸다.

---

213) 朱德熙 著, 『현대중국어어법론』, 사람과책 출판사, 1997. 442쪽

④ 她穿得太小, 凍**着**了. (그녀는 너무 적게 입어서 얼었다.) (얼은 것이 병이 난 원인이다.)

⑤ 少喫些, 別撑得**着**. (배터지겠다. 작작 먹어라.) (배가 터지므로 신체에 나쁜 영향을 준다.)

이와 같은 종류의 동사단어에는 熱着, 捂着, 餓着, 撑着, 燙着, 凉着, 嚇着 등이 있다.

3. 결론

위에서 보듯이 '着'의 문법적인 의미는 다음과 같이 요약할 수가 있을 것이다. 첫째로, 동사 뒤에 쓰인 후 동사 앞에 '正', '正在', '在' 등을 쓰거나 어말에 '呢'를 써서 어감을 부드럽게 하는 동시에 동작의 진행을 나타내며, '~고 있다'로 해석된다. 여기서 '正', '正在', '在' 등은 동작의 진행에 비중을 두는 부사로 사용되며 동작의 진행을 나타낼 때는 동사 앞에 쓸 수가 있지만 상태의 지속을 나타낼 때는 쓸 수 없다.

둘째로, 동사·형용사 뒤에 쓰여 상태의 지속을 나타낸다. 시간을 나타내는 부사를 쓰지 않으며, 이때는 '~여 있다', 혹은 '~아 있다'로 해석된다. 예를 들면 椅子上坐~一對老年夫婦(의자에 노부부가 앉아 있다), 墙上掛~一幅水墨畵(벽에 수묵화 한 폭이 걸려 있다) 등이 있다.

셋째로, 존재구에 쓰여 어떤 상태의 존재를 나타내며, '~고 있다'

로 해석된다. 예를 들어 '受上拿~一本漢語詞典'(손에 한 권의 한어사전을 들고 있다)이 있다.

넷째로, 두 동사 사이에 '着'이 쓰여 동작의 방식 혹은 수단과 목적관계를 나타낸다. '-어'로 해석된다. 예를 들어 '急~上班'(서둘러 출근하다)가 있다.

다섯째로, 동작의 진행 중에 다른 동작이 나타냄을 말하면서 '~다가, 혹은 ~면서'로 해석된다. 예를 들어 '想~想 ~笑了起來'(생각하다가 웃기 시작하였다) 등이 있다.

여섯째로, 앞 동사가 뒤 동사의 방식을 나타내며 두 동사가 동시에 진행됨을 나타냄. '~아서' 혹은 '~고'로 해석된다. 예를 들어, 坐~講(앉아서 말한다), 紅~臉說(얼굴을 붉히고 말한다)가 있다.

일곱째로, 앞 동사가 뒤 동사의 조건임을 나타낸다. '~하기'로 해석된다. 예로 들어 '說~容易, 做~難'(말하기는 좋으나 행하기는 어렵다) 등이 있다.

여덟째로, 정도를 더해 가라는 의미의 명령이나 환기의 의미를 나타낸다. '~어라'로 해석된다. 예를 들어 '聽~'(귀담아들어라)가 있다.

아홉째로, 단순히 동작을 강조하거나 말하는 사람이 확정적으로 알고 있음을 나타낸다. '직접'이라는 강조어가 들어간다. 예를 들어 我看~他偸了人家的東西(나는 그가 남의 물건을 훔치는 것을 직접 보았다)가 있다.

열째로, '~呢', 혹은 '來~'의 형태로 어기조사를 만든다. 이러한 경우에는 '~했다'라는 표현보다는 '~했어' 등과 같이 어감을 부드럽게 하는 의미가 있다.

열한째, '順~', '沿~' 등과 같이 동사 뒤에 붙어 그 동사를 전치사(介詞)로 만든다. '~에 따라', '~을 따라' 등으로 해석된다.

이런 여러 가지 경우에서 보는 바와 같이 한국어에서 한자어로 사용되는 '着' 자는 단순히 부착, 도착, 착륙 등과 같이 단어의 한 성분으로만 인식되고 있다, 그러나 중국어에서는 조사로서 동사 뒤에 붙어서 개사를 만들거나, 경우에 따라서는 그 의미가 동작의 지속, 상태를 구별하여 주기도 하고, 명령이나 어감상 강조하는 의미도 부여함으로써 어법상 다양한 구조를 이루면서 그에 따라 해석도 다양하게 해준다는 것을 알 수 있을 것이다. 이로써 한국에서 예전부터 사용되던 고전을 해석하는 데 있어 '着' 자의 용법과 의미를 확장하여 해석하게 되면 기존의 해석과 다른 해석도 가능하리라고 사료되는데 이는 후학들이 해야 할 몫이 될 것이다.

【참고문헌】

[1] 최창열, 『한국어의 의미구조』, 서울: 한신출판사, 1983
[2] 이상도, 『中韓辭典』, 서울: 동방미디어, 2000
[3] 高大民族文化研究所編纂室, 『中韓辭典』, 서울: 코리아헤럴드, 1989
[4] 심재기, 『국어어휘론』, 서울: 집문당, 1983
[5] 양동휘, 『문법론』, 서울: 한국문화사, 1994
[6] 이기동, 『영어동사의 의미』, 서울: 한국문화사, 1995
[7] 이정민, 『언어학사전』, 서울: 박영사, 1987
[8] 이정민 외, 『의미구조의 표상과 실현』, 서울: 소화출판사, 2000
[9] 이영헌, 「한국어 사슬동사의 몇 가지 특성」, 『언어』, 제21권 제4호, 서울: 학림출판사, 1996
[10] 김준헌, 『中國語文法』, 서울: 다락원, 2003
[11] 박종한, 『標準中國語文法』, 서울: 한울아카데미, 1996
[12] 최병덕, 『현대중국어실용어법』, 서울: 고려원, 1997
[13] 류기수, 『중국어포인트 999』, 서울: 시사에듀케이션, 1998
[14] 오문의, 「현대중국어'非謂形容詞'의 특성 고찰」, 『중국어문』, 제 18집, 서울: 중국어문출판사, 1990.
[15] 徐昌火, 『中國語文法詞典』, 서울: 넥서스 chinese, 2003
[16] Charles N. Lee, Sandra A. Tomson, "표준 중국어분법", 박종구·박종찬 Trans., on *Aspects*, Vol. 6, Hanul Academy, pp. 191-219, 1996
[17] Baker, Mark, *A Theory of Grammatical Function*, Chicago Press, 1988
[18] Sebba, Mark, *The Syntax of Serial Verbs*, Amsterdam: John Benjamins Press, 1987
[19] Bouchard, Denis, *The Semantics of Syntax: A Minimalist Approach to Grammar*, Chicago Press, 1988
[20] Hindle H., *Structural Ambiguity & Lexcical Relationals*, Computational Linguistics, 1993

[21] 馬軫,『簡明實用漢語語法』, 北京: 北京大學出版社, 1998

[22] 呂叔湘,『現代漢語八百詞』, 香港: 常務印書館, 1980

[23] 李佐豊,「先秦漢語的自動詞及其使動用法」,『語言學論叢』, 第10輯, 北京: 清華大學出版社, 1983

[24] 呂香雲,『現代漢語語法學方法』(書目文獻), 北京: 北京語言學院出版社, 1985

[25] 北京語言學院,『現代漢語頻律詞典』, 北京: 北京語言學院出版社, 1986

[26] 劉寧生,「動詞的語義範疇: 動作和狀態」,『漢語學習』, 第一期, 上海: 教育出版社, 1985

[27] 李臨定,「動詞的動態功和靜態功能」,『漢語學習』, 第一期, 上海: 教育出版社, 1985

[28] 石毓智,「時間的一維性對介詞衍生的影響」,『中國語文』, 第二期, 北京: 中國語文出版社, 1995

[29] 曲阜師範大學,『現代漢語常用虛詞詞典』, 浙江: 教育出版社, 1987

[30] 遲明,『漢語的使動性複式動詞』, 濟南: 山東大學學報, 1957

[31] 李臨定,『現代漢語動詞』, 北京: 中國社會科學出版社, 1990

[32] 朴廷九,「漢語介詞研究」, 臺北: 臺灣國立靑華大學, 博士學位論文, 1997

[33] 徐宗圭,「漢語動詞的分類研究」, 臺北: 高雄師範學院國文研究所, 碩士論文, 1988

[34] 朱一之,『漢語動詞分類角度』, 臺北 光明日報出版社, 1988

[35] 張琳琳,「漢語句法分析中的核心推導」,『中文信息』, 第4期, 北京: 北京出版社, 1996

[36] 崔基元,「開展多學科的漢語雙語的研究工作」,『中國少數民族語文論文集』, 吉林: 民族出版社, 1986

[37] 胡裕樹,『漢語語法研究』, 北京: 商務印, 書館, 1989

이정길

고려대학교 민족문화연구소 연구조교(’82. 3.)
충북대학교 중어중문학과 외래교수(’86. 3.)
홍콩 원동대학원 박사학위 수료(’93)
충북 지방공무원교육원 외래교수(’95. 8.)
주성대학 국제교육센터책임연구원(’96. 3.)
충남대학교 박사학위 취득(’03.)
한빛일보 논설 칼럼(’05. 3.)
진천군 지역경제 · 정책자문위원회 지역경제 · 정책 자문(’05. 9.)

「욱달부의 문학사상 소고」
「호적의 중국신문학에 대한 인식과 실천」
『중국신문학의 인식과 실천』

中國
현대어문학의
탐색

초판인쇄 | 2012년 2월 28일
초판발행 | 2012년 2월 28일

지 은 이 | 이정길
펴 낸 이 | 채종준
펴 낸 곳 | 한국학술정보㈜
주   소 | 경기도 파주시 문발동 파주출판문화정보산업단지 513-5
전   화 | 031) 908-3181(대표)
팩   스 | 031) 908-3189
홈페이지 | http://ebook.kstudy.com
E-mail | 출판사업부 publish@kstudy.com
등   록 | 제일산-115호(2000. 6. 19)

ISBN   978-89-268-3104-5 93820 (Paper Book)
        978-89-268-3105-2 98820 (e-Book)